お兄ちゃん力マックスの八人兄弟の長男が
傍若無人で冷酷な悪役騎士団長に転生!?
俺、悪役騎士団長に転生する。
酒本アズサ
Azusa Sakamoto
イラスト：kodamazon

最強お兄ちゃんの活躍
手作りお菓子やごはんで
胃袋を掴む!!

悪い子にはお仕置きして……
鍛錬もしっかり見てやるぞ!!

後で唐揚げにして
食ってやるからな！
直感に従い剣を頭上に振り上げると、
ロック鳥が再び空に舞い上がるところだった。
どうやら気を抜く瞬間を狙っていたようだ。

俺、悪役騎士団長に転生する。
酒本アズサ
Azusa Sakamoto
イラスト：kodamazon
カドカワBOOKS

口絵・本文イラスト
kodamazon

装丁
伸童舎

c o n t e n t s

本書は、二〇二四年にカクヨムで実施された第9回カクヨムWeb小説コンテストカクヨムプロ作家部門で特別賞と最熱狂賞を受賞した「俺、悪役騎士団長に転生する。」を加筆修正したものです。

第一話　これまでの俺と今の俺

まったく忌々《いまいま》しい！

俺達に守られているくせに、怯《おび》えた顔しか見せないこの辺境の住人達にはうんざりだ！

今も家から出ようとした住人が俺を見た途端に、慌てて家に引っ込んだのが見えた。

「ヴァンディエール騎士団長！　東の森に行ったロッシュ隊から救援要請です！　魔物化《魔》した熊《熊》が三体出たそうです！」

領都内の見回りをしていると、辺境伯領の騎士が慌てて報告に来た。

「チッ！　あいつらはその程度も処理できないのか。行くぞ」

舌打ちしながら踵《きびす》を返す。

戦闘中というのなら鎧《よろい》を装備している暇はない。今は見回り用の軽装備ではあるが俺なら問題ないだろう。

辺境伯が用意した宿舎に戻ると、すでに馬が準備されており、普段一緒に行動している俺の隊の部下四人と共に馬に飛び乗り、東の森へと向かった。

まだ秋とはいえ、北に位置するこの地では馬に乗って疾走すると、温度調整魔法が付与された鎧を装備したとしても冷たい風が体温を奪う。

到着すると、魔熊が一体倒れており、残りの二体がロッシュ隊の二人と睨《にら》み合っている状態だった。そして木の陰に領都の住人らしき男。震えながらも戦闘の様子を窺《うかが》っている姿に面倒な予感がする。

「ロッシュ！　現状は⁉」

「ジュスタン団長！　一体は討伐しましたが、三名重傷！　向こうの木の陰に子供がいます！」

「ロッシュ隊は下がれ！　散開！」

子供がいるならば恐怖で飛び出す前に片付けなければ。

幸い、短い合図でも慣れた精鋭の部下達はこれで意思疎通ができる。

下馬して魔熊二体を取り囲むと、二人が気を引き、隙ができた瞬間俺を含む残る三人が斬りこむ。

魔物化して丈夫になった毛皮だが、魔力を纏《まと》わせた俺の剣で難なく斬り伏せた。

どうやらもう一体も部下達で討伐できたようだ。

「パパぁ‼」

「トム！」

魔熊達が三体共倒れたのを見て、子供が奥から飛び出して来た。

同時に、到着した時から血塗れで倒れていた魔熊が立ち上がり、子供に飛びかかる。

いつもなら、真っ先に魔熊を斬り捨てた。

いつもなら、子供の命より討伐を優先した。

いつもなら、我が身を盾に誰かを庇《かば》ったりしない。

だが、その子供の姿が誰かに重なった。

気付くと身体が勝手に動いていた。

熊の丸太のように太い腕が、子供を抱き締めた状態の俺を吹っ飛ばした。

あの時と、車に轢《ひ》かれた時と同等の衝撃。

車？　車ってなんだ……？

そんな考えと共に、俺の意識は途絶えた。

◇　◇　◇

「ここは……？」

「ジュスタン団長！　お目覚めになりましたか！」

騎士みたいな格好の外国人が俺に何か言ってる。ジュスタン団長って……、俺？

どう見ても俺は欧米人には見えないから、間違われるなんて事ないと思うんだけど。

確か弟が道路に飛び出した時に庇って……あれ？

「あぁ……っ、頭が……!!」

「団長!?　おいっ、治癒師を呼べ!!」

急激な頭痛に襲われ声を上げると、周りが騒がしくなる。

痛みを抑えるために痛い場所を意識した途端、頭の中の霧が晴れるように記憶が甦《よみがえ》った。

八人兄弟の長男で、末の双子が幼い時に父親が事故で亡くなり、母親を支えていた大学生、それが俺だった。

六男の弟が俺を道路の向かいで見つけて飛び出したのを庇って……、恐らくそのまま死んだ。

そしてこの世界に生まれてからの記憶も思い出した。

気のせいだと思いたいが、高校の時にハマってた小説《『滅びの邪神と救国の聖女』》、通称『滅救』の内容にそっくりなんだけど⁉

もしもここが本当に小説《『滅救』》の世界だとしたら、俺は主人公に殺される敵役の極悪騎士団長に転生したらしい。

「ヴァ、ヴァンディエール騎士団長、お、お目覚めになりましたか……。し、診察をしても……？」

びくびくと怯えながらも声をかけてきたのは、この宿舎に常駐している治癒師だった。

散々きつく対応してきたから、めちゃくちゃ怯えている。

「ああ、世話をかける。診察の前に聞きたいんだが、あの子供と部下達は無事だったか？」

「「「「…………⁉」」」」

部下達も含め、部屋にいた全員が驚きで動きを止めた。

一応怪しまれないように言葉遣いとかは変えないようにしたけど、それ以前に部下はともかく、子供の安否確認や労《ねぎら》いなんてする人間じゃなかったからなぁ。

「は、はい、ヴァンディエール騎士団長のおかげで子供は擦り傷程度で済みましたし、部下の方々も後遺症は残りませんのでご安心ください。で、では……診察を始めますね。頭を打たれたそうですが、ご気分はいかがですか？」

「ああ、少々記憶が混濁しているように感じる。もしかしたら妙な事を言うかもしれん」

「えっと……、ご自分の事はちゃんと覚えておられますか？　名前やお立場など」

「………名前はジュスタン・ド・ヴァンディエール、二十二歳、王立第三騎士団の団長」

前世は前野直輝《まえのなおき》、同じく二十二歳、内定をもらって就職活動から解放されたばかりの大学四年生。

「ヴァンディエール侯爵家の三男で、現在は王命により魔物が急増したタレーラン辺境伯領に救援に来て……ひと月か？」

七人の弟達の世話をしつつ、母親の負担を減らすために弟達と協力して家事のほとんどを担って生活していた。

弟を助けるために飛び出した事は後悔していないが、家族達はどうしているだろうか。

父親に次いで長男の俺まで交通事故で死んでしまって、心に傷を負ってないといいんだが。

「とりあえずは問題なさそうですね。ですが治癒魔法をかけたばかりですので、今日はベッドから出ず、その後も三日は安静にしてください。本来ならひと月は動けないほどのケガをなさっていたので」

素直に頷《うなず》く俺を見て、治癒師と部下達が安堵《あんど》したように息を吐いた。

極悪な性格をしていたとしても、恐らく国で一番強いのは俺だ。

そんな主戦力とも言える俺が討伐に出られなくなったら、この領地崩壊の危機だからな。

それにしても、これまで部下や領民、はては辺境伯にまで魔物討伐の戦力や地位という切り札《カード》をネタに、かなり横暴な事をしてきている。

部下達の多くも、元々素行がよくなかった上に、俺がそういう態度だからか余計に調子に乗って周りに迷惑をかけまくりだった。

前世の記憶がなかったとはいえ、本っっ当〜に鼻つまみ者だったたと思う。

そんな事を考えていたら、前世の良識と道徳心との乖離《かいり》でシーツの上にホトホトと涙が落ちて止まらなくなっていた。

「団長⁉︎」

いきなり泣き始めた俺に、病室内が凍りつく。

「すまない、これまでの己の所業が情けなくて……」

部下と治癒師は目が痛くならないのだろうかと思うほど、目を最大に開いたまま動かない。

ポケットに入っていたハンカチで涙を拭《ぬぐ》ったはいいが、気まずくて仕方ないというタイミングでドアがノックされた。

「ジュスタン団長〜、目が覚めたって聞いたから食事を持って来たよ」

病室にいなかった俺の隊のアルノーが食事を持って来てくれたらしい。

「ありがとう」

「えっ⁉︎　あ……っ、ととっ」

お礼を言った瞬間、食事の載ったトレイを取り落としそうになるアルノー。

しかも泣いた事がわかる俺の目を見て固まった。

「あの、意識も魔力循環も異常がないので、私はこれで失礼します……」

室内が無言になった瞬間、治癒師が逃げるようにそそくさと出て行ってしまった。

それと同時にアルノーが再起動して、食事のトレイを俺の膝《ひざ》の上に置く。

「お前達も食事をしてくるといい。心配かけてすまなかったな」

「いえっ！　それでは我々は失礼します！　ごゆっくりお召し上がりください！」

最初に声をかけてきた副団長のオレールが弾かれたようにそう言うと、全員が出て行った。

静かになった病室で、はぁとため息を吐《つ》く。

「まいったなぁ。俺の名前と立場といい、この国の名前といい、完全にあの小説と一致してるんだよなぁ……」

俺が読んでいた小説では、俺《ジュスタン》が部下に無茶ぶりをした結果、その部下を見殺しにした状態になり、それをきっかけに余計にやさぐれて追い込まれ、破滅の道へとまっしぐらだったよな。

よくある悪役転生みたいに主人公の座を乗っ取るようなマネをする気もないし、英雄になるつもりもないが、もっと世間に好意を持たれるようになって、最終的には先代の団長みたいに引退後は平穏に暮らしたい。

そのためには部下の教育をし直すところから頑張らないとダメだろう。

再びため息を吐きながら、スープを掬《すく》って口へと運ぶ。

「……まずくはないけど、美味くもない」

香辛料が高価な輸入品で品薄だから味付けが物足りないのか。

明日から三日は安静にって言われたから、その間に街へ香辛料でも見に行くか。

散歩くらいなら大丈夫だろ。

全部食べたが、何と言うか、とても素材の味を活かした味付けだった。

これまでの俺はこれが普通だと思って食べていたが、今の俺からしたらなかなかの死活問題だ。

食事が済んだので食器を食堂へと持って行こうとしたが、治癒師が今日はベッドから出るなって言ってたよな。

その内部下が取りに来るだろう。サイドテーブルにトレイを置いて、布団の中にもぐり込んだ。

身体はともかく頭が寒い……。この世界は日本の小説なだけあって時間や季節、数の数え方なんかも日本と同じだ。

しかし建物は中世のヨーロッパみたいな造りで……、つまりは隙間風が入って来る！

こんな建物で生活して風邪を引かないなんて、この身体丈夫だな⁉

さっきまで眠っていたというのに、食事をしたら段々眠くなってきた。

沈みかけた意識の向こうでドアをノックする音が聞こえたが、返事をするのも億劫《おっくう》だ。

ドアが開く音がして、二人が中に入って来た気配がした。

野営時のために、普段から眠っていても意識と耳は起きている状態になるよう訓練をしているので、なんとなく会話は聞こえる。

「寝てるかな？」

「ああ、飯はちゃんと食ったようだな。だけどまさか団長が子供を庇うなんてなぁ」

この声は俺の隊のアルノーとシモンか。

「いつもの団長なら子供なんて気にせず討伐を優先してたよね。しかも目覚めてからすぐに様子を聞くなんてありえないよ」

「だよなぁ。しかも……泣いたんだぜ？　オレ達の前で。天変地異の前触れかよ。怖すぎるだろ」

カタ、と小さな音がして、トレイを手に取ったのがわかった。

「とりあえずオレール副団長に明日からの相談しようぜ。三日間は団長不在で回さなきゃならねぇんだろ？　オレ達も休んじゃダメかな？」

「ダメに決まってるでしょ！　もちろん見回りと称して娼館で遊ぶのも禁止！　あの時は僕達まで連帯でペナルティ受けたんだからね！」

「悪かったって。性格は極悪なくせに、任務に関しては真面目なんだよなぁ、ウチの団長」

「そうじゃなきゃ二十歳で王立騎士団の団長になんて任命されないでしょ。いくら強くてもさ」

「あ〜あ、オレも第一騎士団で王族や要人の警護だけしていたいぜ。それがダメなら第二騎士団で王都から動かねぇ」

「何言ってるの、第一騎士団なんて貴族しかなれないし、第二騎士団だって貴族か騎士の家系じゃないと難しいじゃないか。それに第二騎士団なんて、門番になったら一日中門の前でジッとしてなきゃならないんだよ？　シモンには無理だね」

「確かにずっとジッとしているより、こうして魔物討伐してる方がオレの性には合ってるかぁ……」

キィ、とドアが開かれる音がして二人が部屋から出て行く。

第一、第二と違って、俺が団長をしている第三騎士団は要請があった場所に出動するため、家系や出自に関係なく実力さえあれば入れる。

ただ、団長にはやはり貴族をという事で、当時実家の侯爵領の騎士団で頭角を現していた俺に団長候補として白羽の矢が立った。

俺としても、恵まれた立場で周りからチヤホヤされていて気に入らない王太子《主人公》に嫌がらせができると乗り気だったし、家族も手の付けられない乱暴者の俺を追い出すいいチャンスだと思ったのだろう。

話はサクサクと進んで今や王立騎士団の団長だ。

横暴な俺の姿を見てきた部下達も同じように、ヤンチャがすぎる態度で周りから嫌われている。

だが、魔物討伐には俺達第三騎士団の力が必要だから、誰も強く文句を言えない状態なのだ。

すぐには無理でも、少しずつ俺達《第三》の印象をよくしていかないとな。


翌朝、一旦《いったん》自室に戻って着替え、朝食のために食堂へ向かう。

最初鏡を見た時は長い銀髪にアイスブルーの瞳《ひとみ》という前世とかけ離れた容姿に驚いたが、次の瞬間にはそれが当然だとすんなり受け入れられた。

それにしても目線が高い。前世でも一応身長は百八十センチあったが、恐らくこの身体は百九十センチはあるだろう。それに関してはちょっと……いや、かなり嬉《うれ》しい。

食堂に到着すると、そこにはいつものように料理人達に対して横暴な態度を取る部下達の姿が。

当然俺もだが、騎士達の体格は料理人と比べてはるかに厚みがある。

そんな体格差がある相手に、料理人達は明らかに怯《おび》えていた。

「おい！　さっさとしろ！　じゃないと魔物と間違えてお前の首を斬っちまうかもな！」

「ひぃっ！　す、すぐにお持ちします！」

ため息をひとつ吐き、そのまま食堂へと入って行く。

一人が俺に気付くと、全員が一斉に挨拶《あいさつ》する。

最初は反発した者も、訓練中に実力で黙らせているので俺には従順だ。

「皆、おはよう。あまり料理人達を困らすんじゃないぞ」

そのひと言でその場の全員がポカンと口を開けたまま固まった。

確かにこれまでは見て見ぬふりというか、興味がなくて放置してたもんな。

だけど後で調理場にどんな調味料や香辛料があるかチェックさせてもらいたいし、少しは点数を稼いでおかないと！

そして食後、部下達が訓練と見回りでいなくなってから厨房《ちゅうぼう》を見せてもらい、普段ではありえない行動で料理人達を震え上がらせたのはご愛敬である。

厨房に置かれている調味料と香辛料をひと通りチェックし、帯剣だけして私服で街へと出かけた。

俺の姿を見ると、皆一様に怯えた顔をして遠巻きに通りすぎて行く。

これから少しずつ認識を変えてもらえるように、行動で示すしかないな。

幸い、日頃から領都の中も見回りをしているから、誰かに道を聞かなくても目的の店の場所はわかる。

風と同じく冷たい住人の視線を浴びながら、商店街へと向かう。

市場で売っている食材と違い、調味料や香辛料は高級品なため、商店街の店舗が並ぶ通りへ足を踏み入れた。

俺が店に入ると、店主はあからさまにギョッとしていたが、さすが商人なだけあってすぐに愛想笑いを浮かべた。

「これは……ヴァンディエール騎士団長、何かございましたか？」

「……買い物に来ただけだ」

「え？　あの、ここには武器などは置いてませんよ？　この通り、主に香辛料などを取り扱っている店ですので」

店主が戸惑うのも仕方ない。宿舎には料理人もいるし、野営で使う食料関係は全て料理人が準備するからな。

ましてや貴族の、昨日までの俺が見たとしても、どれがどんな味がするのかすらわからなかっただろう。

「わかっている。少々店内を見せてもらうぞ」

「はい、どうぞご覧ください。何かありましたらお声をかけていただければご説明しますので」

店内にある香辛料は輸入品なせいか、置いてある量もかなり少ない。

海に面してないから塩も高いな……。そういや黒胡椒《くろこしょう》って同じ重さの金と同等の価値……って、高ぁ!!

幸い俺にあまり趣味がなくて俸禄《ほうろく》があり余っていたから大丈夫だったが、平騎士だったら項垂れて帰るレベルの値段がズラリだ。

多めにお金を持って来て正解だったな。

塩と胡椒《こしょう》、ナツメグとシナモン……も買っておくか。

残念ながらカレーは香辛料から作った事がないから諦《あきら》めよう。なんとなく必要な物の名前は知ってるが、研究している暇はない。

店主に声をかけて今日買う分を量ってもらう。この世界は基本的に量り売りなのだ。

日本だと千円以内に収まりそうな量に対し、団長職の月収ほどの金貨を出した。

「店主、タイムやローズマリーといった物はどこで手に入る？　ここにはないようだが」

「は、はい、その二つは薬屋に置いてある物ですので……」

薬屋……、そうか、ハーブって鎮静効果あったりするから、薬みたいに使われてたって何かで見た気がする。

「そうか、わかった。……また来る」

「はい！　お待ちしております！」

俺を上客と認定したらしい店主は、満面の笑みで俺を見送った。

商品は剣帯に付けてあるウエストポーチタイプの魔法鞄《マジックバッグ》に入れた。馬車一台分の容量の魔法鞄で、王都に屋敷が買える値段だ。

時間停止機能の物は存在しないが、時間遅延効果があり、一年経っても半日ほどしか魔法鞄の中の時間は進まない。

高級品だけに付与されている魔力登録で俺にしか使えないから、人に見られて困る物は全てこの中だ。

というわけで、何を買っても人に見られる心配はしなくていい。

今度は薬屋に向かって歩き出した。

時々見回りをしているこの領地の騎士を見かけるが、俺に気付くとすれ違わない脇道へと入って行く。

彼らに対しても散々嫌味な事を言ったからな。また嫌味を言われると思って避けたのだろう。

やはり王都に帰るまでに第三騎士団への認識を変えないとダメだな。

特に辺境伯への印象をよくしておかないといけない理由がある。

小説《『滅救』》のストーリー通りだと確かこの辺境伯領から王都に戻った時に、辺境伯からの抗議文が王城に届いたのがきっかけで、王妃教育で王城にいた王太子の婚約者であり辺境伯の娘のディアーヌ嬢が謁見の間で俺を責め立てるんだよな。

それで余計に周囲からの風当たりも強くなって、色々あった後に闇堕ちした主人公《俺》に襲われて純潔を散らしたはず。

襲った時は暗くて証拠がなかったが、王太子は犯人が俺だと確信を持って追い詰めるようになるんだ。

辺境伯領《ここ》に来る前もディアーヌ嬢に散々言い寄っていたしな。

だがそれはディアーヌ嬢が好きというより、生まれた時から将来を約束された王太子を妬《ねた》んでの行動だったらしい。

ディアーヌ嬢からしたら完全なとばっちりである。

今の俺はディアーヌ嬢から責め立てられたとしても、襲ったりしないけどな！

それでも万が一にでも処刑に繋《つな》がる要素は排除しておきたい。現時点では底辺の俺の好感度を少しでも上げる事が、俺の平穏な隠居生活という将来への布石なのだ。

王太子に嫌がらせをする以前の荒れっぷりは、実力があるのに認めてくれない家族への反抗だな。

…………子供か。

ある意味、狭い世界しか知らない状態で育ったせいなんだろう。

怒りのぶつけ方も知らず、どうしたらいいのかわからないせいで暴走した結果が、主人公に殺されるっていうのは悲しすぎるだろ。

これで戦闘能力がなければ、ただのやさぐれた三男坊で終わってたはずなのに。

やってきた事は許されないだろうけど、ちょっとだけこれまでの俺が可哀想に思える。

「確か……あの角を曲がれば薬屋だったな」

香辛料店からの道中も、住人達は目が合うと因縁をつけられると言わんばかりに目を逸らし、俺が通りすぎるとあからさまにホッとしていた。中には店のドアを閉めようとする者もいる。

薬屋もそのひとつで、何やら入り口で揉《も》めているようだったが、俺の銀髪を見た瞬間に店主らしき男が静かにドアを閉めた。

薬屋に到着してドアを開けると、中から切羽詰まった子供の声がした。

「お願いです！　今はこれしかないけど、必ず払いますから！」

「だからダメだと言ってるだろう！　金がないなら帰った帰った！　……っ‼　ヴァンディエール騎士団長⁉　こ、このような店に何か御用でしょうか⁉」

シッシッと手を振って少年を追い払っていた薬屋の店主が俺に気付き、慌ててカウンターの向こうから出てきた。

「少々探している物があってな。ところでその少年は？」

俺が視線を向けると、少年はあからさまにビクッと身体をこわばらせた。

「この子はもう帰らせるので気にしないでください。ほら、早く帰るんだ！」

「待て、その子は薬を必要としているんじゃないのか？」

店から少年を押し出そうとする店主を止める。

見たところまだ八歳くらいで、よほどの事じゃないと一人でこんな店には来ないだろう。

「ええ、ですがお金が足りないので帰らせるところです」

「それなら俺が出そう、薬を出してやってくれ。あと……タイム、ローズマリー、ローリエ、バジルはあるか？」

「は、はい！　えーと、それらはこちらにあります。調合しますか？」

店主が示した場所には、木箱に入ったハーブ類が色々あった。

基本的に薬っぱのハーブは薬扱いのようで、その中から見覚えのある物を適当に掴《つか》み取る。

「いや、調合はいい。お、唐辛子もあるじゃないか。それじゃあ、その子の薬とこれと……こっちも」

治癒ポーションと解毒ポーションも置いてあったので、それもひとつずつ買う。

「は、はい！　ただいま！　……その、ヴァンディエール騎士団長……ですよね？」

商品を準備している途中、恐る恐る振り返って聞いてくる店主。

「そうだが？」

「で、ですよね、ははは……。すぐに準備しますので少々お待ちください」

店主は笑って誤魔化すと、まだ疑っているのかチラチラとこちらを見つつ商品の準備を急ぐ。

オロオロしている子供を横目に、代金と引き換えに買った物を受け取った。

量はこちらの方が多いくらいなのに、値段は香辛料屋の十分の一以下だ。

まぁ、ハーブって一回植えると毎年増えるのもあるし、その辺の村で栽培していたりするからな。

商品を受け取り薬屋を出ようとしたが、少年がついて来ない。

まさか極悪と評判の騎士団長に薬を買ってもらえるなんて思ってなかったのだろう。

「お前の家はどこだ？　薬が必要なんだろう？」

「あっ、は、はい！　ありがとうございます！」

泣きそうな顔でお礼を言うと、早く家に帰りたいのか小走りで先導し出した。

少年が小走りでも、俺の歩幅だと普通に歩くスピードだ。

背中に薬屋の店主の見送りの言葉を受けながら、薄汚れた路地へと向かう少年の後をついて行く。

いわゆる貧民街《スラム》の一角に、少年の家はあった。

俺の蹴《け》りひとつで倒壊しそうなボロボロの木造だ。

「あっ、おにいちゃん！」

家に入ると、四歳くらいの女の子がいた。

その奥のベッドには母親らしき青白い顔の女性。

「クロエ、いい子にしてたか？　ヴァンディエール騎士団長が母さんの薬を買ってくれたんだ！

もう安心していいぞ」

「わぁ！　バ、バンデ……、えーと……ヴァン……？」

小さい子には言いにくい家名なせいか、クロエと呼ばれた女の子が苦戦している。

「ククッ、言いにくければお兄ちゃんでもいいぞ」

「うん！　おにいちゃんありがとう！」

「どういたしまして」

俺の噂を知らない幼い子なせいか、満面の笑みでお礼を言ってくれた。

しゃがんで頭を撫《な》でると、脂でもの凄《すご》くベタついている。

恐らく母親が病気で水浴びすらままならないのだろう。

「『清浄《クリーン》』、どうだ？　さっぱりしただろう？」

「すごーい！　さっぱりしたよ！　おにいちゃんきぞくなの⁉」

この世界の魔力持ちの大半が貴族だ。というか、魔力があるからこそ功績を上げて貴族になった者が多い。

必然的に、魔法が使えるイコール貴族というのが子供でも知っている常識だ。

「そうだぞ。さ、クロエのお母さんに薬を飲ませような」

「うん！　こっちきて！」

クロエが小さな手で俺の手を引っ張った。

弟達も可愛かったけど、妹がいても可愛かっただろうなぁなどと考えてほっこりする。

背後で少年が妹の行動に固まっているが、まずは母親に薬を与えるのが先だ。

言っちゃあ何だが、母親も臭うほどに薄汚れている。

薬屋から渡された薬は、即効性のある総合漢方薬のような魔法薬だったはず。この母親にちゃんと効くんだろうか。

「とりあえず……『清浄《クリーン》』。おい、薬だ。身体を起こせるか？」

声をかけると母親がうっすらと目を開き、焦点が合わないのか数秒ぼんやりしてから目を見開いた。

「ヴァ、ヴァンディエール騎士団長⁉　あ、あの、ここにはどうして……⁉」

驚いた母親は身体を起こそうとしたが、力が入らずベッドに倒れ込む。

「この少年と薬屋で偶然会っただけだ。身体を支えるから薬を飲め」

「そんな……薬を買うお金なんて……」

真っ先にお金の事を言うなんて、よほど困窮しているのだろう。

「俺の買い物ついでに買った。俺からしたらはした金だから気にしなくていい。それより早く薬を飲んで子供達を安心させてやってくれ」

背中に手を回し、身体を起こしてやると、母親は震える手で薬を受け取り飲み干した。

どうやらあの店の魔法薬の品質はいいらしい。見る見る母親の顔色がよくなっていく。

「気分はどうだ？」

「おかげさまでとても楽になりました。何とお礼を言ったらいいか……。マルクもありがとう」

どうやら少年の名前はマルクというらしい。そういえば名前も聞いていなかったな。

子供達は顔色のよくなった母親を見て安心したようだった。

「ヴァンディエール騎士団長、ありがとう‼」

「おにいちゃんありがとう！」

「クロエ！　ヴァンディエール騎士団長に向かってお兄ちゃんだなんて……！」

慌てた母親がクロエを窘《たしな》めたが、俺は手を上げて制した。

「いい、呼びづらそうだったからそう呼んでいいと言ったのは俺だ」

「まぁ、ヴァンディエール騎士団長は……お優しいんですね」

一瞬間が空いたのは、おそらく「噂と違って」と言いたかったんだろうな。

「ほんの少し前までヤンチャだったのは間違いないがな。それよりマルクも清浄魔法をかけておいてやろう。身だしなみを整えていないと店から嫌がられるぞ。『清浄《クリーン》』」

「わぁ、すごいや！　ありがとうヴァンディエール騎士団長！　ははっ、今日は何回お礼言ってるんだろう」

そう言いながらマルクは目元を拭《ぬぐ》った。

ほとんど意識のない母親と幼い妹を抱えて、さぞかし不安だったのだろう。

その時、家の玄関を壊さんばかりの勢いでドアが開き、酒臭い一人の男が入って来た。

「おい！　男を連れ込んだって本当か⁉　さっきジョセフが見たって言ってたぞ！」

「あなた……！　ヴァンディエール騎士団長は薬をくださったのよ！」

「なんだと～⁉　あのクソ騎士団長がそんな……って、ヴァンディエール騎士団長⁉」

どうやらこの家の害虫が帰って来たようだ。

かなり飲んでいるのか、入って来たかと思うとヨタヨタとバランスを崩しながら歩き、妻の言葉に反論しながら男はこちらを見て驚きの声を上げた。

「病床の妻と幼子を放置して酒を飲むとはいいご身分だな。お前が酒を飲む金はあるのに、妻の薬代がないというのはおかしな話だと思わないか？」

「いやぁ、これはウチの問題ですから、ヴァンディエール騎士団長のような方が気にする事じゃありませんよ～。ウチの事はお気になさらず、お帰りください」

侮蔑《ぶべつ》の目を向けたが、男はヘラヘラと笑って俺を帰そうとしている。

だが、今ここで帰ったら子供達や母親が酷い目にあう予感しかしない。

「ああ、わかった。その前に少し話をしようじゃないか」

ニコリと微笑んだつもりだったが、どうやら悪役補正で恐ろしい笑みになっていたらしく、男の顔が引き攣った。

おかしいな。この顔って悪役だけど、かなり美形なはずなのに。

「おにいちゃん……、おとうさんをつれていくの？」

「ちょっとお話ししてくるだけだ。そうだな……、お父さんの中にいる悪い虫を追い出すために少し叩《たた》くかもしれないが、大きな怪我はしないから安心するといい」

「うん、わかった！」

頭を撫でてやると、クロエは安心したように頷《うなず》いた。

そのまま大股《おおまた》で父親に近付き、二の腕を掴んで外へと連れ出す。

「お前はどういうつもりなんだ？　家族が大切じゃないのか？」

「へっ、どうせ俺みたいな厄介者は家にいないない方がいいってもんだ！」

「厄介者？」

「そうさ、前は職人だったが、兵役で魔物討伐に駆り出された時に負った怪我が原因でまともに働けねぇ。あいつが働きすぎで病気になった姿を見たら、余計に情けなくて酒でも飲まねぇとやってられなかったんだよ！」

どうやらやさぐれているだけで、そんなに悪い人間でもないらしい。

問題は兵役で負った怪我に対する補償が何もない事だな。

「ふむ……、すぐにとは言えないが、領主に兵役での後遺症が残る怪我に対する救済措置を進言しておこう。手が使えなくても足は使えるだろう？　怪我があってもできる仕事を斡旋《あっせん》する場があるといいな。……とりあえず薬代は子供達に免じて返さなくていい。だが奥方と子供達を大切にしないのであれば後悔する事になるぞ。いつか様子を見に来るからな」

「は、はいっ」

救済措置の話をしたら、男の目に希望の光が灯ったのが見えた。

やっぱり生きていく上でやりがいって必要だよな。戻ったら領主に面会申請でもしておくか。

腕を掴んだまま睨《にら》みつけたせいか、男の酔いはすっかり醒《さ》めたようだ。

手を離すとへたり込んだ男を放置し、宿舎へと戻った。

騎士団の執務室へ向かい、事務官に声をかけるとわかりやすく飛び上がった。

前はこの必要以上に怯《おび》える態度が気に入らなくて、余計にきつく当たっていたからだろう。

「辺境伯に面会したいと伝えてくれ。街に行った時に問題を見つけたとな」

「は、はいっ」

事務官は返事をすると、慌てて立ち上がった。

「ああ、待て、申請書を出して返事を待ってから行くつもりだ」

以前は用事があればいきなり辺境伯の執務室に押しかけていたからな。辺境伯が先触れがないと事務官に文句を言うせいで、俺が会いに行くのを察するとダッシュで報せに走ってたっけ。

申請書の返事を待つという俺の言葉に、事務官は信じられないと言わんばかりに戸惑いながら申請書を作成している。

こうして面会申請書を出したら、事務官だけじゃなく辺境伯にも驚かれるかもしれない。

……俺って辺境伯に相当嫌われてるよなぁ。

嫌がる娘に言い寄る害虫くらいに思われていても不思議じゃない。しかも辺境伯領の守りを盾に圧力かけてたし。

気を取り直して部下達の訓練でも見に行くか。

まだ剣を振る事はダメでも、指導くらいはできるしな。

確か今日は従騎士《スクワイア》から騎士になったばかりのカシアスが訓練場にいるはずだ。

カシアスは前世の俺のすぐ下の弟、真《まこと》に性格が似てるんだよな。褒めると口では反発しながらも内心喜んでいるのがバレバレなところとか。そういや年齢も十八歳で同じか。

大きい弟達にはひと通り家事は仕込んであるけど、俺が急にいなくなってちゃんとできてるか心配だ。

俺がいなくなった事で真が繰り上がり長男として頑張ってくれているんだろうか。

末の双子は俺の言う事は聞いても、真の言う事はあまり聞かなかったから苦労しているかもしれない。

俺には反抗的な態度を取ってたくせに、なんだかんだ年が離れている双子には甘かったもんなぁ。

双子《あいつら》は誰が自分に甘いかしっかり見抜いて態度を変えていたから、俺なんかよりずっと世渡り上手だと思う。

そんな事を考えながら訓練場に到着すると、騎士達の刃を潰《つぶ》した剣の金属音と、従騎士が使う木剣の衝突音が聞こえてきた。

この辺境伯領に来てからというもの、連日魔物討伐をしているせいか、全体的に腕が上がってきた気がする。

上達する時によくある、次の段階へ進んだというラインを超えた者が増えた。

こういう時は身体の使い方が変わったりするから怪我をしやすい。

「うわっ」

「大丈夫か⁉」

そんな言葉が聞こえた方を見ると、カシアスが腕から血を流していた。

どうやら刃を潰してあっても斬れてしまったようだ。二の腕から肘《ひじ》をまたいでザックリと斬れている。

ダラリと下がった腕の傷を押さえているが、ポタポタと血が流れ続けていた。

周りは動きを止めて見ているだけで、俺は思わず駆け寄る。

「おい！　すぐに治癒師を呼べ！　カシアス、腕を上げていろ！」

「いててっ、こんな傷、大した事ないから大丈夫だって」

とりあえず患部を心臓より高くして、ハンカチで止血のために二の腕を縛ろうとしたら、カシアスが抵抗した。

「いいからお兄ちゃんの言う事を聞け！」

弟とイメージを被らせたせいで失言したと気付いたのは、凍り付いたように訓練場が静まり返ってからだった。

焦ってやらかした……！

これまでの俺《ジユスタン》が自分の事をお兄ちゃんと言うなんて、絶対ありえないのに！

前世の記憶の事とかバレたらどうしよう！　さすがにそれはないか⁉

「と、とにかく傷口を心臓より上にしておけ！　普通の治癒魔法をかけても失った血は戻らないんだからな！」

「あ、ああ……」

『滅救』小説の後半に出てくる部位欠損すら治せる聖女《ヒロイン》の神聖治癒魔法ならともかく、一般の治癒師だと傷を塞《ふさ》ぐ事しかできない。

普段生意気な態度のカシアスが動揺して普通に返事をしているが、こっちはジワジワと羞恥《しゆうち》が襲ってきて、顔や耳が赤くなってる気がする！

気のせいか、いや、気のせいじゃないからか部下達の視線が突き刺さっている。

「他の者は訓練を続けろ！」

一喝すると、その場にいた部下達はハッとして訓練を再開した。

「カシアス、歩けるならこちらから救護室へ行くぞ。少しでも血を流さない方が回復が早いからな」

「わかっ……たぁ……っ！」

おとなしくなった隙にギュッと腕を縛った。

傷に触れないように腕を支えて歩き出すが、カシアスはもの凄《すご》く動揺している。

か～

さっきから俺の顔をマジマジと見てくるのをやめてほしいんだが。

クソッ、まだ耳が熱いからきっと赤くなっているんだろう。

「何を見ている」

「あっ、いやっ、その、団長が……さっきお……グフゥッ！　いたたた！」

話している途中でカシアスが噴き出し、その反動で傷が痛んだらしい。

こいつ、絶対俺の「お兄ちゃん」発言の事を言おうとしたな。

仕方ないだろう。これまで何年俺が「お兄ちゃん」してきたと思ってるんだ！

カシアスと同い年のすぐ下の弟《真》が十八歳だから、お兄ちゃん歴十八年だぞ⁉

一番下の双子が五歳だったから、どうしても自分の事を「お兄ちゃん」って言っちゃうだろ！

これ以上笑うようなら、笑えないようにしてやらなきゃいけないかもしれない。

こんな事を考えるのは、もしかしてこれまでの俺《ジュスタン》の考えに引っ張られているんだろうか。

そうだとしたら、気を付けないと処刑される未来にまっしぐら……なんて事になりかねないぞ。

「怪我をしている時は話すのも体力を消耗するから、もう口を開くな」

「団長が話しかけてきたんじゃないか……」

「何か言ったか？」

「いいや、何も」

ブツブツ言うカシアスを睨むと、すぐに黙った。

同時に救護室の方から、従騎士に連れられた治癒師が走って来るのが見えた。

「うわわっ、これは酷いですね！　すぐに治癒魔法をかけます。えーと」

治癒師はキョロキョロと辺りを見回した。

治癒魔法はかけられた側の体力を消耗するものでもあるから、座らせたいのだろう。

宿舎の廊下にはベンチも椅子もないので、地べたに座らせるしかない。

「カシアス、そこに座れ。今治癒魔法をかけられたらフラつくかもしれないからな」

「え～？　オレそんなにヤワじゃないのに」

「カシアス」

「はい……」

わざと低い声で名前を呼ぶと、おとなしく従った。

こういう場合は怒鳴るより、低く、ゆっくり言う方が効果があるからな。

騎士団員は弟達よりヤンチャだが、これまでのお兄ちゃんとしての経験が活かされそうだ。

「では……、『治癒《ヒール》』」

まるで早送りの映像を見ているように、見る見る傷が塞がっていく。

俺もかすり傷程度なら治せるが、こんなにザックリ斬れた傷は治せない。

適性があるとないとでは、威力がこうも違うんだと見るたびに思う。

しかし治癒師の魔力量はそう多くないらしく、傷が塞がる頃には汗をかいて辛そうにしていた。

「ふぅ……、これでもう大丈夫です」

「あ～、やっぱ治癒魔法受けるとダルいな。さぁて、訓練に戻るか！」

カシアスは治癒師にお礼も言わずに立ち上がった。

「こら、礼くらいちゃんと言え」

「「「は？」」」

その場にいた俺以外の三人の声が重なった。

以前の俺もお礼なんて簡単に言う人間じゃなかったからな。

だけどこれからは部下達の教育のためにも、率先して正しい行動をしないと！

幕間　訓練場SIDE

ジュスタンとカシアスが救護室へ向かい、訓練場から姿を消してしばらくすると、それまで打ち合っていた騎士達の動きが止まった。

そして誰からともなく口を開く。

「おい、さっきのは聞き間違いじゃないよな？　皆も聞いたよな？」

「ああ、俺も耳を疑ったぜ。カシアスに対してあんな気遣いしただけでもおかしいのによ」

「じゃあさっきのは聞き間違いじゃないんだな。団長が自分の事……」

騎士達は顔を見合わせてゴクリと唾《つば》を飲み込んだ。

「「「「「お兄ちゃん」」」」」

同時に言い、そして各々へたり込んだり、腹を抱えて笑い出した。

「うはははは！　あ、ありえねぇ！」

「しかも見たか⁉　すんげぇ赤くなってたよな⁉　ククッ」

「あんな団長初めて見たぜ！　ははははは」

「ひーひー、他のヤツらに言っても絶対信じないだろうなぁ」

「普段からああいうのだったら可愛げがあるのになぁ。いてっ、いたたたた！　何すんだよ！　あっ、お前従騎士《スクワイア》のくせに叩《たた》いたな！」

「アメデオが変な事言うからじゃないか！」

ジュスタンから最も程遠い言葉を発した騎士を、その場にいたほとんどの者が叩いたり蹴《け》ったりした。

手を出していない者も、鳥肌が立ったとばかりに二の腕をさすっている。

仲間意識の強い彼らはいつもこのようにジャレ合っているが、自分達以外への当たりは強い。

それは生まれを理由に周りから正当な評価をされにくい彼らにとって、ある意味自衛の手段でもある。

気性の荒い狼の群れのような彼らが辛うじて認められているのは、番犬としての能力の高さゆえではあるが、好意的に思われる日が来るのかどうかはジュスタンの躾《しつ》けにかかっていると言えるだろう。

第二話　味の改革

カシアスには治癒師にお礼を言わせ、二人で訓練場に戻るとみんな妙にソワソワしながら訓練をしていた。

もしかしてカシアスの怪我が心配だったのだろうか。いや、こいつらの性格上それはないな。

しばらくすると、部下達が俺を見てソワソワしているのがわかった。

というかピンときた。さっきまで俺の顔が赤かった事とか話してたな⁉

弟達が俺の失敗を嬉《うれ》しそうに陰で話していた時と同じ空気だ。

「カシアス、お前は休んでいろ」

「普段なら絶対休ませてくれないのに……。もしかして団長が訓練に参加するとか？　確か、団長も治癒師から明後日まで訓練禁止って言われてるんじゃ？」

「安心しろ、俺はそう動かないからな」

ニヤリと笑うと、カシアスだけでなく他の部下達も息を飲んだ。

そんなに俺の笑顔って怖いのか……。

「あ、あの、ジュスタン団長？　一体何をする気なんですか？」

治癒師を呼びに行っていた従騎士が恐る恐るといった様子で聞いてきた。

「さっき見ていた時に、随分と基礎がおろそかになっている者が多いと思ってな。とりあえず久しぶりに素振り千本やってもらおうか。それが終わる頃にちょうど昼食の時間になるだろう」

俺の指示に部下達の顔色が変わり、カシアスはこっそりと安堵《あんど》の息を吐いている。

「どうやら無駄話をして休憩していたようだからな、体力は残っているだろう？　始めッ！」

俺が騎士団長になったばかりの頃、散々やらせた千本素振りを始める部下達。

時々カウントに紛れて「鬼畜」だの「悪魔」だの聞こえてくる。

日本の小説の世界なせいか、名称とか食材なんかも色々と日本的なんだよな。

本来の昼休みの時間に入って少しした頃、千本素振りが終了した。

途中で体勢が崩れていたり、変なクセがついていたりする場合は容赦なく指導してやったせいか、全員ぐったりしている。

「明日はカシアスの素振りも見てやろう」

「ヒッ！　あ、ありがとうございます……」

ビビってる時だけ敬語になるなんて、わかりやすい奴め。

だけどみんな頑張ったから、ご褒美に昼食の味変をしてやろう。

もう少し塩や胡椒《こしょう》を足すだけで美味しくなると思うんだよな。

「よし、それじゃあ食堂へ行くぞ」

部下達は返事をすると、使っていた剣や木剣を片付けて、足早に俺の後をついてきた。

たっぷり運動したから、食事が楽しみで仕方ないのだろう。

食堂に入ると、外回り組が食事を始めていた。

カウンターでトレイに載った昼食を受け取ると、長いテーブルの一席に着く。

部下達も席に着いた途端にガッつくように料理を平らげている。

俺は全て料理をひと口だけ食べると、従騎士の一人に乳鉢と乳棒を持ってくるように言いつけた。

というのも、胡椒を買ったのはいいが、胡椒を挽《ひ》くミルがない事に気付いたのだ。

厨房《ちゅうぼう》から持ってきた乳鉢セットを受け取り、黒胡椒《くろこしょう》を数粒入れてゴリゴリとすり潰《つぶ》す。

「うぉっ、ジュスタン団長、それ胡椒じゃないですか⁉」

乳鉢を取りに行った従騎士のユーグが驚きの声を上げた。

「ああ、少々物足りないから買ってきたんだ」

「すげぇ、あれだけでいくらするんだろう……、金貨は絶対だよな……」

ユーグの声で料理人達も気付いたらしく、厨房の方からそんな声が聞こえた。

粉になった胡椒と塩をレンズ豆と鶏肉のスープにパラパラと入れて、スプーンで混ぜる。

「ん……、かなり美味しくなったな。だがもうひと味……。あ、バジルも買ったんだった」

魔法鞄《マジックバッグ》からバジルの葉を数枚取り出し、その内の一枚を細かく千切ってスープに混ぜた。

「うん、これならお前達も満足できる味だろう。試してみるか？」

「いいんですか⁉　お願いします‼」

ユーグがスープ皿を差し出すと、他の部下達も我先にとスープ皿を俺のところへ持ってきた。

「わかったわかった。バジルは自分で千切るように。ほら、持っていけ」

スープの量に合わせて塩と胡椒を入れ、バジルの葉を一枚ずつ渡すと、嬉しそうにスープに入れてかき混ぜている。

最初にスープ皿を差し出したにもかかわらず、従騎士という立場上後回しにされてしまったユーグにもちゃんと入れてやった。材料はちゃんと全員分あるからそんな不安そうな顔をするな。

「うまぁい‼　なんだこれ‼」

真っ先に食べたカシアスが大声で叫んだ。

その声を聞いた他の部下達が急いでスープを口に運ぶ。

「本当だ！　味が締まるっていうのか？　全然違う！」

「うっま！　さっきまでのスープとは別物だ！」

同じテーブルの部下達が騒ぐせいで、外回り組でスープの残っている奴らがスープ皿を持って立ち上がり出した。すでにスープ皿が空になっている奴は、悔しそうに皿を睨《にら》みつけている。

「お前達、言っておくが塩も胡椒も高級品だ。身体を動かす俺達が濃い味の方が美味いと感じるのは当然だが、料理人に与えられた予算では今の味が限界というわけだ。もっと美味い物が食べたいなら、一回分の飲み代程度の金を出し合って塩や胡椒を買えばいい。どうする？」

「俺は出すぜ！」

「俺も！」

俺と同じテーブルにいた部下は全員同意したが、他の奴らはためらっている。

しかし、スープ皿を持って立ったままになっている奴らを指で招いて、追加で味付けしてやると、

その表情は一変した。

「自分も出します！」

やはり美味しいは正義。

娯楽が少ないこの世界で、食べる事はかなりのウエイトを占めるからな。

「何を騒いでいる！」

話がまとまりかけた時、ある男の声が食堂に響いた。

「あっ、副団長！　早く料理持ってきて団長に味付けしてもらってくれよ！　驚くから！」

現れたのは、副団長のオレールだった。

どうやら外回りから戻ってきたところのようだ。

そんなオレールに、カシアスは怒鳴られたのがなかった事のように話しかけた。

「団長に味付け？」

オレールは怪訝《けげん》な顔で俺を見た。

俺は侯爵家の子息という立場上、本来騎士になるために通る下積み時代がほとんどない。

ゆえに調理などというものに縁がないのを知っているのだ。

無駄に大きいカシアスの声のせいで、自分の分の昼食を持ったオレールと共に、この食堂の料理長まで一緒に来た。

その表情は笑顔を保っているものの、プライドを傷つけられて憤慨《ふんがい》しているとわかるオーラを放っている。

「ジュスタン団長、どういう事ですか？」

副団長のオレールは年齢が十六も上なのに男爵家の子息なせいか、俺に対して部下の中で最も丁寧な対応をする第三騎士団唯一の常識人だ。正確には常識人に擬態できる奴、か。

「料理人の腕は悪くないが、調味料が高価なせいで控えめな味付けになっているだろう？　それを我々が少しずつ金を出し合って買い足さないかという提案をしていたところだ。たとえばこんな風に……」

他の部下達にしてやったように、塩と胡椒を入れ、バジルも千切って入れてやった。

「さぁさぁ、早くかき混ぜて食べてみてくれよ、副団長！」

カシアスに急かされ、オレールは戸惑いながらもスープをかき混ぜて口へと運んだ。

「あ、ああ……」

「……ッ‼」

何も言わなかったが、その表情が全てを物語っていた。

すでに味変したスープを飲んだ奴らは、ニヤニヤしながらオレールを見ている。

「あの、ラルミナ副団長、私にもひと口飲ませていただけませんか」

おずおずとそう申し出たのは料理長。

普段なら絶対俺達に近付かない人物だが、よほど味が気になったのだろう。

「ああ、今後の料理のためにも味を知っておいた方がいいですよね。いつもとかなり違いますよ」

料理長は用意していたらしいスプーンでひと掬《すく》いして口に入れた瞬間、カッと目を見開いた。

「高級な胡椒を使い、味付けが濃い方が美味しいのはわかっていたが……、なんだこの独特の風味！　この葉っぱは薬屋に置いてあるのを見た気がするが……」

ゴクリと飲み下すと、ブツブツ言いながら考え込む料理長。

「それは薬屋で売っているバジルだ。他にも薬屋で売っていて使える物をいくつか買ってきているぞ。見るか？」

「ぜひお願いします‼」

「あ、ああ……。では食事が済んだら厨房の方へ行こう」

「ありがとうございます！　お待ちしてますね‼」

予想以上に圧が強い。

領主に雇われるくらいの料理人だからこそ、料理への情熱は人一倍なのかもしれない。

「ふわぁ……、ジュスタン団長がねぇ……」

「本当だよな、昨日から中身が別人と入れ替わってるんじゃないかって疑っちまうぜ」

昨日俺が泣いたのを目撃したシモンと、シモンから話を聞いたであろうアルノーがヒソヒソと話している。

今日はオレールの指揮下に入って領地の巡回をしていたから、一緒に食堂に来たらしい。

その後、他の奴らもちゃっかり味変をして食べ、調味料へお金を出す事に同意した。

食事の後に厨房へ向かうと、緊張した面持ちの料理人達に迎えられた。

王都全体を守る大所帯の第二騎士団と違って第三騎士団は五十人程度とはいえ、宿舎には俺達が来る前まで辺境伯騎士団の世話をしていた四人の料理人と一人の見習いがいる。

「そんなに緊張しないでくれ。俺もほんの一部を知っているだけで、そんなに詳しいわけじゃないんだ」

「ですが薬草を料理に使うという発想は素晴らしいです！　さぁさぁ、こちらに来てご教授願います！」

確かこのハーブを使った調理法って、小説《『滅救』》の後半に出てくる聖女が山奥の村で色々試していたのを広めるエピソードがあったはず……。

だけど聖女が登場するまで微妙な料理を食べ続けるのは厳しいもんなぁ。仕方ない、うん、仕方ない。

自分に言い訳しながら、魔法鞄から買った物を取り出して、調理台の上に並べる。

塩と黒胡椒の瓶を出した時点で、料理人達はゴクリと唾《つば》を飲み込んだ。

そりゃそうだろう。騎士団長の俸禄《ほうろく》ひと月分の量だからな。

「これがタイム、主に魚料理に使われるが肉料理でも飾りや臭み消しとして使われている。こっちのローズマリーも飾りとしても使われるが、肉料理の下処理ですり込んだり、乾燥してない物を肉と蒸して香りを付けたりする。ローリエは煮込み料理で臭み消しと香り付けだな。バジルは風味付けで色んな料理に使えるぞ」

並べながら説明したら、料理長が一生懸命メモを取っている。

メモを取ってない料理人は、きっと文字が書けないのだろう。

説明を聞いた料理人達が、何か言いたげにソワソワしている中、見習いの少年が口を開いた。

「あのっ、ヴァンディエール騎士団長はどうしてこんな事を知っているんですか⁉」

少年の質問に、周りの料理人がよく聞いたと言わんばかりの表情を浮かべた。

どうして知っているかというと、前世で家族全員で外食なんてしたら凄《すご》い金額になるため、いわゆるカフェご飯というやつを作って外食気分を味わわせていたからだ。

特に母親がオシャレプレートを喜んでくれたから、母の日とか誕生日は必ずハーブを使った料理を作っていたせいだ。

まさか前世の話をするわけにもいかないし、何て言おう……。

「教養として色々叩《たた》き込《こ》まれた中のひとつに、薬草学があったおかげだな。毒に対抗するためにも知識は必要だったから、その事を思い出しただけだ」

「へぇぇ～、やっぱりお貴族様は凄いですねぇ」

ま、まぁ、これくらいなら完全に嘘でもないから大丈夫だろう。

身近にある薬草や毒草をひと通り習ったのは間違いないし。

そんな風に料理人達にレクチャーしていた頃、俺のいないところで訓練場での「お兄ちゃん」発言が騎士団内に広められていたという事実を知るのは、数日後の事である。

◇　◇　◇

安静にしろと言われてから四日、休養最終日に、タレーラン辺境伯との面会申請が通って会う事になった。

きっとめちゃくちゃ警戒してるんだろうな。これまで小説の前半ヒロインであるタレーラン辺境伯令嬢の事でイチャモン同然の脅しをかけたりしたし。

ただ王太子《主人公》に嫌がらせしたいだけで、好きでもないのに王太子の婚約者であるディアーヌ嬢とその周囲を脅して手に入れようとするなんて、我ながらかなり歪《ゆが》んだ性格してたよなぁ。

結果的に俺に《ジュスタン》汚《けが》されたせいで令嬢は物語の途中で命を絶つため、読者からは前半ヒロインと呼ばれていた。ちなみに令嬢がいなくなってから表舞台に出てくる聖女は後半ヒロインだ。

とりあえず、今回は令嬢の事も含めて以後心配ない事をアピールしておかないと。

非番なので普段の騎士の服装ではなく、貴族の服装で訪問した。

安心させるために愛剣も置いて来たのだが……。

招かれた執務室に入ると、辺境伯領の騎士団長を含めた騎士達が辺境伯の後ろに五人もズラリと並んでいる。

おいおい、そんなに危険人物と思われてるって事か⁉

「失礼します。タレーラン辺境伯、時間を取っていただき感謝します」

そう挨拶《あいさつ》すると、辺境伯だけでなく、後ろに控えている騎士達も瞠目《どうもく》した。

そりゃそうか、こんな礼儀正しい俺なんて初めてだろうから。

これまでは俺達の力がないと領地も守れない奴ら、なんていう態度を隠してなかったもんな。

「ああ……、それで今回は何の話だ？」

サッサと帰れ、そんな心の声が聞こえてきそうだ。

だが今回はこれまでの俺と違って、ちゃんと領地に有益な事を話しに来たのだ。

「昨日少々街に出かけたのですが、その時領地の改善すべき大きな問題点を目の当たりにしたので報告しようと思いまして」

「領地の問題点？　フン、君が？」

鼻で笑ったよ。

そうか、そういう態度を取るのなら遠慮なく論破してやろう。

「ええ、そのせいで領都の治安が悪化していると言っても過言ではないでしょうね。領民はタレーラン辺境伯の事を領民を使い捨てにする非情な領主だと認識しているようですし」

「なんだと……っ⁉」

憤《いきどお》って剣の柄に手をかけたのはタレーラン辺境伯領の騎士団長。

この男、悪い奴じゃないけど、幼い時に助けてもらったとかで、辺境伯に心酔してて面倒なんだよな。

しかし、辺境伯は軽く手を上げて騎士団長を制した。

「聞かせてもらおうか」

「はい。領民に召集をかけて魔物を退治した時、騎士や兵士も含めて後遺症が残る怪我をした者をどうしていますか？」

「それはもう戦力にならないのであれば外すに決まっている。怪我人を無理やり駆り出したりせんぞ」

まるで何を言っているんだ、と言わんばかりの態度だ。

「…………それを使い捨てにしていると言っているのです。その怪我をした者達がその後どうやって生活をしているのかご存じですか？　元の仕事にも戻れない怪我をした者達が、です」

今初めてそんな事を考えたのだろう。辺境伯の動きが止まった。

騎士達も顔を見合わせている。こちらは俺がそんな事を言い出すなんて思ってもみなかったのだろう。

「それは……家族に養ってもらっているのだろう」

目を泳がせながら答える辺境伯。

「家族を養っていた者がある日突然仕事ができなくなるのですよ？　私が見た者は職人だったのに怪我のせいで仕事をなくし、妻が夫と子供達を養うために働いて身体を壊した家族でした。魔法薬を買いたくても代金が足りず、子供が薬屋の店主に追い払われようとしていましたよ」

この世界に保険会社なんて物は当然ない。社会福祉なんかも全然整ってないし、生きていけないなら野垂れ死ねといわんばかりに命の価値が軽いのだ。

「それで？」

「騎士や兵士なら退役《たいえき》する時にある程度の慰労金が渡されるでしょう。しかし一般の領民には何の救済措置もないのです。それでやさぐれて周りに迷惑をかける者がどれだけいる事か。せめて貧民街《スラム》に無料で治療を受けられる施設を作るなり、タレーラン辺境伯の都合で後遺症の残るような怪我をした者には、後遺症があってもできる仕事を斡旋《あっせん》するとか、考えられる救済措置はいくらでもあるでしょう？」

半分説教になってしまった気もするが、ツラツラと考えをぶちまけた。

「そ、それはヴァンディエール騎士団長の考えかね？」

「？　そうですが。まぁ、他領の事に口を出すなと言われればそれまでですが、この先タレーラン辺境伯領の治安が悪化の一途を辿《たど》るのが目に見えていたので進言させていただきました。今回の用件はそれだけです」

全て言いたい事は言ったので、最後にペコリと頭を下げたのだが、タレーラン辺境伯は変な顔をしている。

「それだけ……？　娘に関する話はないと？」

「はい、今後は私から令嬢に関わる事はないでしょう。ですが……、いえ、なんでもありません」

将来聖女が現れたらパワーバランス的にあんたの娘が側室になりますよ、なんて余計な事は言わなくていいか。

小説だとディアーヌ嬢が死んでいたからこそ王太子と聖女の結婚の障害にならずに済んだが、実際ヒロインが二人揃《そろ》った状態だと、きっと聖女が正妃で令嬢が側室にされると思うんだよ。王太子もあっさり聖女に惚《ほ》れてたしさ。

小説内では令嬢が純潔を散らされていてよかった、なんて言う貴族もいたくらいで、聖女という存在はこの世界でかなり大きな影響力を持っているらしい。

「なんだね、何か言いたい事があるのなら言いたまえ」

犯人は俺であって俺でないけど、小説の中で大変な目にあった令嬢には幸せになってほしいとも思う。

今から正妃のポジションを守れるようにタレーラン辺境伯が動けば、もしかしたら何とかなるのだろうか。

「……ここ数年、魔物の数が異常だと思いませんか？　もしかしたら聖女が現れるかもしれません。正確には聖女が必要な状態に陥《おちい》ると言うべきでしょうか」

「まさか……！」

「まぁ、魔物は我々がどうにかするとして、問題はご令嬢の事です」

「聖女と娘に何の関係があるというのだ！　我が娘が聖女だとでも⁉」

執務机を拳《こぶし》でドンと叩くタレーラン辺境伯。

それだったら何の問題もないいんだけどな。

聖女というのは邪神に対抗すべく、邪神復活の兆しと共に能力が開花すると言われているが、俺は小説でディアーヌ嬢が聖女ではないと知っている。

「いえ、そうではありません。だからこそ聖女が現れたら王太子の正妃とすべく王家は動くでしょう。聖女の人気を利用して王権を強めるためにも歴代の聖女のほとんどは王や王太子の正妃となっていますから。神殿としても聖女を介して王室に影響を及ぼせる立場になるのは歓迎でしょうし。

ご令嬢を側室という立場にしたくなければ、今から根回しをしておく事をおすすめします」

「いったい何を企んでいる⁉」

これまでの俺の行動のせいだけど、段々面倒になってきた。

「ここ数日色々ありまして、これまでの行動を反省したのですよ。それと……今まで失礼な態度を取ってきた事をお詫《わ》びします。いきなりこんな事を言っても信じていただけないのも仕方ありませんから、今後の行動を見て判断していただければと。では失礼します」

俺の謝罪で辺境伯がポカンとした隙に、そそくさと執務室から脱出した。


翌日の朝六時、広場の鐘が鳴り響いた。

俺達第三騎士団はその鐘の音を合図に起床し、三十分後には食堂で食事をしている。

混み合う時間帯を避け、生活魔法と呼ばれる少しの火や水の魔法を使って淹れたお茶を飲んでから部屋を出た。

記憶を辿り、普通に混み合う時間に行って周りが気を遣っていた事に気付いてしまったからな。

これまでは貴族出身なだけあって、周りが自分に気を遣うのは当たり前だと気にしてなかったが、前世を思い出した今となってはこっちの方が気を遣うって！

というわけで、大体の部下達が食べ終わった頃合いを見計らって食堂に入る。

食事を始めようとしたら、副団長のオレールが真剣な顔で近付いてきた。

何かあったのかと内心ドキドキしながら、ずっしりとしたパンを毟《むし》って口に放り込む。

緊急ですぐに行かなきゃいけない案件だったら、少しでも食べておく必要があるからな。

「団長、おはようございます」

「ああ、おはよう」

「先日の件ですが……、今朝までに全員の同意を得ました！」

「先日の件？　もしかして金を出し合って味の改善を……って話か？」

「はい！　とりあえず支給される給金から、銀貨一枚を天引きする形にしました。金貨五枚分もあれば大丈夫でしょうか」

仕事が早いな⁉

キラキラとした目で言われたが、金額が足りるかは正直微妙なところだ。

「とりあえずそれで買えるだけ買えばいい。事務官にこの予算で発注させて届ければいいが、注文しに行く時は必ず騎士の誰かを同伴させるように。少しでも安く仕入れた方がいいからな」

父親が事故で亡くなった時、生命保険や事故の相手からの慰謝料で生活には困らなかった。だが弟達も大学に行く事を考えて少しでも節約しなきゃいけなかったから、節約の意識は俺の中に根付いている。

というわけで、大家族の家事を担当していた者としても、まとめ買いする時に値下げ交渉するのは当然の事だ。

元々この宿舎だけじゃなく、領主邸とまとめて買っているのなら、届ける場所も同じという事でより安く仕入れられるはず。

「注文は料理人達に任せないんですか？　天引きした分をそのまま渡そうかと思っていたのですが」

「いや、料理人には必要な分を聞いて現物で渡した方がいい。金貨五枚をポンと渡された時に、少しだけなら誤魔化せないかという誘惑に負けたら大変だろう？　バレた時にその料理人がな」

「ああ……、なるほど」

オレールが納得したように頷《うなず》いた。

食べ物の恨みは恐ろしいからな。本来美味しく食べられるはずだった物が、不正のせいで減ったとなれば俺でも部下達を抑えられる自信がない。

人は誰しも魔が差す瞬間というものがあるから、少しでも要因は取り除いてやった方がいいだろう。

とりあえず今宿舎が発注している店に行って、調味料とハーブの値段表を渡して予算を伝えてやればいい。

値段交渉には威圧できる騎士をつけるか。脅すつもりはないが、店の言いなりで高い金を払うようでは困るからな。

「だったら団長が行ってください。何、外回りついでに事務官を一人同行させればいいだけですから」

「…………それって、俺が威圧的な顔をしているって言いたいのか？」

「いえいえ、ジュスタン団長の強者のオーラと、生まれ持っている高貴な者の存在感が圧倒的だからお願いしただけですよ」

ジトリとした目を向けたが、笑顔のオレールはまったく動じない。

そういう奴だから副団長を任せられるのだが。

「……まぁいい、今日は俺の隊が南の森に行くんだったな。この三日で変化はなかったか？」

「変化はありませんでしたが、本日ジュスタン隊は見回り組になりました。一応休養明けですし、森へ行くのは明日からお願いします。今日のところは見回りついでにお店にも寄ってくればいいじゃないですか」

「お前……、そんなに早く味付けを変えてほしいのか」

俺の問いに、オレールは微笑んだだけで答えなかった。

きっと金貨五枚分だと予算的に足りないとわかっていて、最初から俺に交渉させる気だったのかもしれない。

「はぁ……、わかった。それじゃあ見回りの最初に香辛料店と薬屋に立ち寄る事にしよう。発注する係の事務官を訓練場前に呼び出しておけ」

「了解しました」

迅速に食堂から立ち去るオレールを見送り、少し冷めたスープを流し込んだ。

食事の後に訓練場前に向かうと、俺の隊の部下達と事務官のフロランが待っていた。

「ジュスタン団長！　事務官《こいつ》が一緒に行くって事は、今日から美味い飯が食えるのか⁉　店に寄るって聞いたぜ！」

シモンが今にも街へ飛び出して行きそうな勢いで騒いでいる。

ジュスタン隊の中で俺に次いで切り込み隊長的なポジションだが、それは戦闘時だけではないのだ。落ち着きがないとも言うが。

「今日からかどうかは店の対応次第だな。在庫があるかどうかにもよるだろう」

「早くっ！　早く行こう！」

「落ち着け」

お前は散歩に行きたい犬か。

一応見回り中は俺が先頭を歩いているが、シモンが今にも抜かして走り出しそうだ。

いつもならこちらを見る住人に対し威嚇をしているのに、今日はそれどころではないらしい。

薬屋の方が近いから、今回は先に薬屋へ向かう。

前回行った所が、ちょうど宿舎の治癒師がポーションや薬草を仕入れている店だったらしい。

「あっ、おにいちゃん！」

薬屋の近くで可愛らしい声が聞こえたと思ったら、クロエがこちらに駆け寄って来た。

その後ろにはクロエを追いかけているマルク。

「クロエ、マルクと散歩か？」

「うん！　おかあさんがげんきになったから、おにいちゃんがいっしょにいてくれるんだ。おとうさんもなんだかやさしくなったよ」

「そうか、よかったな」

しゃがんでクロエの頭を撫《な》でると、嬉《うれ》しそうに笑って報告してくれた。

どうやら父親は希望を持ったおかげで、気持ちを持ち直したようだ。

「だ、団長が笑って……!?」

「子供を撫でたぞ!?」

「自分の目がおかしくなったわけじゃないですよね!?」

「団長が自分の事お兄ちゃんって言ったのは本当だったのか!?」

俺の後ろで言いたい放題の部下達。

………ちょっと待て。

「あの時貴様らはいなかっただろう！　なぜその事を知っている!?」

「ぴゃっ!?」

「あ～あ、ほらほら、団長が大きな声を出すからその子泣きそうだぜ？」

俺が大きな声を出したせいで、クロエを驚かせてしまったようだ。

シモンに言われて慌てて謝る。

「驚かせてすまないクロエ、また今度様子を見に行く時にお土産を持っていくから許してくれ」

「おみやげ!?　ほんとう!?」

「ああ」

怯《おび》えたような表情から一転、嬉しそうな笑顔になってホッとする。

クロエとマルクを見送り、ゆっくりと部下達を振り返った。

笑みを浮かべている俺の顔を見て、事務官も含め全員の顔色が悪い。

「さて、さっきの続きを聞かせてもらおうか？」

「続きって何の事ですかねぇ……？」

さっきお兄ちゃん発言をした部下のガスパールが目を逸らしながら言った。

お前普段敬語なんか使わないだろ、わかりやすすぎる。

「さっきのお……、お兄ちゃん……って言った話だ……」

くっ、これまでのジュスタンとしての記憶があるせいで、こいつらの前でお兄ちゃんという単語を出すのがもの凄《すご》く恥ずかしい！

「うわっ、団長が照れてる！」

「照れてなどいないっ！」

ガスパールが驚愕《きょうがく》の声を上げ、思わず反論する。

無意識に殺気がこもったせいか、全員が黙った。

「で、誰が貴様らに話したんだ⁉」

「あ、言ったのは本当なんだね」

小声で漏らしたアルノーを睨《にら》むと、サッと目を逸らされた。

「誰がっていうか、皆が話しているのが聞こえてきたんだよ。たぶん第三騎士団の全員が知ってるんじゃねぇ？」

サラリと答えるシモン。

「な……っ！」

危うく膝《ひざ》から崩れ落ちそうになったが、何とか踏みとどまる。

この数日で前世と今世の記憶が馴染《なじ》んだ今、こいつらの前でみっともない姿は見せられない。

しかし、追い打ちをかけるようにシモンが話を続けた。

「いや〜、その時も団長が赤くなってたって聞いた時は絶対嘘だろって思ったけどよ、今の団長見て本当だったんだなぁって確信したぜ。はははぅわっ、いててて！　何すんだお前ら！」

黙り込んだ俺を見て、他の奴らがシモンを叩《たた》いたり蹴《け》ったりして諫《いさ》め（？）ている。

再び殺気の漏れ出した俺を見て慌てたせいだろう。

「フン」

不快の意思表示だけして、部下達を置いて薬屋へと向かう。

背を向けると数回ペチペチとシモンを叩く音の後に、全員ついてきたようだ。

「お前達はここで待て。お前らみたいな体格のいい奴らが全員入ると狭いだろう。それに必要以上に値下げや量を増やせと脅しそうで面倒だしな。フロランと俺だけで話してくる。フロランは薬屋の店主とは顔見知りだろう？」

「は、はい！　騎士団のポーションや薬草はここで買ってますから！」

「よし。お前達、間違っても通行人や薬屋の客を威圧したりするなよ？」

部下達を注意すると、あからさまにつまらなそうな顔をされた。

危ない、釘《くぎ》を刺しておいてよかった。

ヤンチャなこいつらは、遊び半分で周りを脅かすからな。

薬屋に入ると、店主が俺の顔を見て固まった。

前回と違って騎士服のまま来たから、何かの容疑でもかけられたと思ったのかもしれない。

だが、フロランの顔を見てホッと息を吐いた。

もしも容疑者を連行するなら、事務官は必要ないからな。

「いらっしゃいませ。本日はどのようなご用件で？」

交渉は基本的にフロランに任せる。今後のやり取りも丸投げするつもりだからな。

顎《あご》で促すと、今回注文する物が書かれた紙を持って前へ出た。

「あの、今後領主館の騎士団宿舎の方へ、追加で納品してもらいたい物があるんです」

「ほう、何をどれだけでしょう？」

「とりあえず今回はこちらを……。今後は多少数量が前後するかもしれませんが、しばらくは継続的に発注する予定です」

継続的、の言葉に店主の顔がパァッと明るくなった。

しかし、渡された紙を見てその表情はガッカリしたものへと変わった。

恐らく高価なポーションが売れると思ったのだろう。実際は安く売っているハーブ類だけだ。

「これを救護室へ……じゃないですね。届け先は……と、えっ、厨房《ちゅうぼう》にですか？」

「ええ、ヴァンディエール騎士団長が新たな活用法を教えてくださいまして、料理人や騎士達がぜひにと」

「ヴァンディエール騎士団長が……ですか？　しかも料理人？」

店主はぽかんと口を開けて俺を見た。

貴族である俺が料理とは縁遠いというのが一般常識だ。店主の反応は当然だろう。

「何なら活用法を料理人達から聞けばいい。別に秘密にする気はない。むしろ広まって美味い料理屋が増えればいいと思う。そうなれば店主よ、それなりに儲《もう》かるだろうから、騎士団宿舎へ納品する分はしっかり勉強してくれるだろう？」

「ヒッ！　もっ、もちろんです！」

あれ？　愛想よく笑ったつもりだったが、どうやら怖かったらしい。

「運び込むのは宿舎の厨房でいいので、明細書も料理人に渡してください」

「わかりました。この量でしたら今日中にお届けできると思います」

「それでしたら、夕食の仕込みが始まる前にしていただけると色々と平和になるのでお願いします」

縋《すが》るような目で自分を見るフロランの様子に、店主は色々察したのか、視線を合わせてしっかりと頷《うなず》いた。

薬屋を出た後、次に向かった香辛料の店では、外から部下達の存在を存分にアピールしつつ、穏便に値下げ交渉ができた。

幕間　薬屋前SIDE

「ちょっとシモン、いい加減笑うのやめなよ。団長が店から出て来たらどうするのさ」

ジュスタンがフロランと薬屋に入ってから、シモンが声を出さずにずっと肩を震わせているのに対し、アルノーが肘《ひじ》でつついて窘《たしな》めた。

「だってよ、団長が泣いた時もヤベェって思ったけど、今度は自分でお兄ちゃんって……ククッ、しかも赤くなって……ププッ」

「俺はこの目で見てないから、団長が泣いたなんてずっと信じてなかったけど、さっきの団長を見ると信じられるな」

先ほど照れながらお兄ちゃん発言をしたジュスタンに、思わず驚きの声を上げてしまったガスパールが真剣な顔で頷いた。

「ちょっと！　それこそ団長に聞かれたら僕達がどうなるかわからないんだから、もう口に出さないでよね！」

「お前……、もし団長に聞かれたらオレール副団長に聞いたって言えよ。間違ってもオレ達が言った事バラすなよ！」

「わ、わかった、もう言わねぇよ」

アルノーとシモンの二人がかりで詰め寄られ、ガスパールはコクコクと頷いた。

「だけど本当にこの数日、団長が別人みたいに見えますね。さっきも子供に対して笑顔を見せてましたよ？　いつもみたいに見下すような笑みじゃなく」

ジュスタン隊唯一の従騎士《スクワイア》であるマリウスが、窓ガラス越しに店内にいるジュスタンを見ながら呟《つぶや》いた。

十六歳という、ジュスタン隊最年少でありながら、一番の毒舌家である。

「それ！　マジでビビったぜ！　団長はいっつもこ～んな顔で笑ってんのによ！」

シモンが口の端を上げ、少し上を向いて目線だけを下に向けてニヤリと意地悪そうな笑みを浮かべた。

しかし他の仲間達はそっぽ向いて何のリアクションもしてくれず、シモンが首を傾げた時、背後から声が聞こえた。

「ほぉぉ、その顔を俺にも見せてもらおうか？」

そんな言葉に、シモンはまるで錆《さ》びついたブリキのオモチャのように、ギ・ギ・ギと音が鳴りそうな動きで振り向く。

その視線の先には、正に先ほど自分がマネした笑みそのままのジュスタン。

「あ、いや、ほんの冗談だから……」

いつもなら鞘《さや》に入ったままの剣で滅多打ちにされるところを、これまで見た事のない拳《こぶし》で頭を挟んでグリグリするというお仕置きをされて悲鳴を上げるシモンだったが、仲間達は誰も助けようとはしなかった。

第三話　スタンピード

街の見回りと店に発注する仕事を終え、昼休憩のために宿舎へと戻った。

大体は昼に鳴る鐘の音を頼りに戻って来るが、全員騎士がいなくなるとその時間を狙って犯罪が起きやすくなるので時間差で戻って来る隊もいる。

「あ～、腹減ったぁ！　あっ、あそこに見えるのは先に戻ったフロランじゃねぇか！　いいよな～、事務官はすぐに昼飯にありつけてよ～」

「こら、フロランに絡むんじゃない。俺達とは違った仕事で大変な思いをしているんだぞ。なんなら何日か事務官の仕事を体験してみるか？」

「ヒェッ！　無理無理！　絶対やらねぇ！」

午前中に発注仕事が終わって先に宿舎へと戻ったフロランに対し、シモンが絡みに行こうとしたので窘める。

シモンの性格上、絶対に書類仕事なんて無理だろう。

フロランも俺がシモンを止めた事に、あからさまにホッとしていた。

「ふふっ、ヴァンディエール騎士団長、ありがとうございます。先ほど料理長に書類を渡して説明しておきましたので」

「そうか、ご苦労。我々の事は気にせず食事を続けてくれ。ほら、行くぞシモン」

「へいへい」

部下達とカウンターへ昼食を取りに向かうと、事務官達のいるテーブルから、あれは本当にヴァンディエール騎士団長かという声が聞こえた。

今は驚かれているが、今後はこういう俺が当たり前だと思ってもらえるようにしないとな。

パンとスープを受け取り、あとはテーブルに盛ってある果物といういつもの昼食。

今日はソーセージ入りのスープらしい。

そのまま食べようとしたら、部下達が期待に満ちた目で俺を見ていた。

「………わかった。だが胡椒《こしょう》が粒のままだから乳鉢と」

「乳棒も借りてきますね！」

従騎士のマリウスがサッと立ち上がると、厨房の方へ小走りに向かった。

わかりやすい部下達の態度に思わず笑ってしまう。

「ククッ、存外お前達も食いしん坊だな。これまでもよく食べるとは思っていたが、そんなに食いしん坊だったか？」

「笑った……、じゃなくて。そりゃ腹が減ってるから食うけど、美味いからもっと食いたいと思ってるわけじゃなかったからさ。けど、団長がこの前食わせてくれたスープ、あれは美味いからもっと食いたいと思う味だったぜ」

シモンがズイッとスープ皿をこちらに押し出しながら言った。

「今夜からでも美味いと思って食べる食事に変わるんじゃないか？　実際控えめな味付けでも、ソーセージや他の具材の味で美味しく食べられるように考えてくれているんだから感謝して食べろ」

「ほぇぇ……、団長の口から感謝なんて言葉が出たよ……」

「何か言ったか？」

アルノーをジロリと睨むと、慌てて視線を逸らされた。

「いやいや、何も！　あっ、ほら、マリウスが戻って来たよ！」

こんな反応は今だけだと自分に言い聞かせ、差し出された乳鉢に数粒の胡椒を入れるとマリウスが自主的にすり潰《つぶ》し始める。

随分積極的だな、オイ。

そんなこんなで食事も終わりに差し掛かった頃、にわかに宿舎の入り口の方が騒がしくなった。

「何事だ？」

立ち上がり、様子を見に行くと、入り口には血塗《ちまみ》れのオレール達。

二小隊で森の魔物を間引きに行ったのか、十人全員が怪我をしている。

「すぐに治癒師を呼べ！　怪我人が十名だと伝えるんだ！　オレール、何があった？」

比較的オレールの怪我は軽そうだが、それでも騎士服が血塗れだ。

全員玄関にへたり込んでいるので、少しでも話しやすくなるようにとオレールにつたない治癒魔法をかけながら聞いた。

「あ……、ありがとうございます。東の遺跡がある辺りに魔物が妙に増えていまして、何とか討伐したものの……ご覧のありさまです。死者が出なかったのが救いですね」

オレールは自嘲《じちょう》気味に笑ったが、俺は東の遺跡という言葉に引っ掛かりを感じていた。

小説《「滅救」》で何か……ジュスタン騎士団長《俺》が関わってたような……。

ただ、過去のエピソードとして出てきただけだから、あんまり覚えてない。

えーと、えーと……、あっ！　そうだ、スタンピードだ！

確か、怪我の完治してない部下達を森の遺跡に行かせて、その時に発生したスタンピードで部下がかなり死んだはず。副団長を含めて部下の約半数が命を落としたんじゃなかったか？

その後王都に戻った時、新しく就任した副団長が王太子《主人公》の部下だったんだよな。

ジュスタンが多くの部下を亡くしてやさぐれているところに、追い打ちをかけるために暗躍してたのが、その新副団長だった気がする。

「とにかくよく生きて戻った。恐らくここ最近の魔物の増え方からしても、スタンピードが発生する前兆だろう。マリウス！　すぐに執務室へ行って事務官から辺境伯にスタンピードが間もなく発生する事を伝えさせろ！」

「はいっ」

確か小説だと、自分達だけでなんとかできるという過信から部下を犠牲にしたんだっけ。

みんなが頼っていた副団長を見殺しにしたも同然だと、生き残った部下達からの信頼もなくしたんだよな。

さすがにそれがわかっていて、辺境伯に協力してもらわないという選択肢はない。

しばらくすると、非番の治癒師も含めて三人の治癒師が来たが手が回らないため、重傷者だけ救護室へ運び込んだ。

比較的軽症の者には治癒ポーションを飲ませ、その場にいた他の騎士達が各自の部屋へと連れて行った。

傷はある程度塞《ふさ》がるものの、身体に受けた衝撃などのダメージは残るのでみんなフラフラだ。

小説だと、今怪我しているこいつらの傷が癒えない内に再び遺跡に出向いて、その時にスタンピードが起こる。つまり、遅くとも一週間以内に起こるって事だな。

以前の俺なら翌日でも行けと言いそうだ。

だが準備があるから明日の可能性は低い。明後日辺りが怪しいか。

「ヴァンディエール騎士団長はいるかっ⁉」

みんな救護室や各自の部屋へ移動し、一人で玄関で考え込んでいたら、辺境伯領の騎士団長がいきなり現れた。

「ここにいるが」

なんでこの人めちゃくちゃ怒っているんだ？

スタンピードの件で来たのなら、憶測で物を言うなとか、そんなところだろうか。

「ヴァンディエール騎士団長！　貴殿は一体何を考えているんだ！　スタンピードなど、ここ百年以上起こっていないのだぞ⁉　今更起こらぬだろう！」

予想より頭の悪い意見だった。

百年起こってないからって、むしろ百年前にあったのならいつあってもおかしくないって思えよ。それともあれか？　自分が騎士として体力が衰えてきている年齢だから、あってほしくないという願望から言っているのかもしれない。

年齢を聞いた事はないが、恐らく四十代半《なか》ばくらいだと思う。

「はぁ……。百年なかったからこそ、今起きようとしていると、なぜ思わないんだ？　スタンピードは百年から三百年周期で起こると歴史で習って……はいないのか。チッ」

この辺境伯領の騎士団長は、平民からの叩《たた》き上げで出世したと記憶している。

貴族は領地経営のために、スタンピードの事も含め、あらゆる学問を学ぶのが普通だが、平民はそうはいかない。

だが、せめて騎士職に就く者にはスタンピード程度の歴史は学ばせるべきだろ！

今ここでそれを言っても仕方ないがな！

「……ともかく、ここ最近の魔物の数はただの大量発生というには多すぎると思わないか？　実際今日、俺の部下達が十人で行動していたにもかかわらず、全員が怪我をして戻ったのだ」

こいつは年齢的には俺より上だが、身分的にも役職的にも俺の方が上になる。

前世の俺そのままだったら絶対敬語で話すところだが、ジュスタンの記憶のおかげで普通に偉そうに話せるな。

「第三騎士団の精鋭十人でも……!?」

通常であれば、決して弱くない辺境伯領の騎士団員十人で辛勝の魔物でも、第三騎士団の五人一組の小隊で怪我もなく戻って来られる。

　そんな実力差がある精鋭が十人でもボロボロだと聞いたら、そりゃ動揺するよな。

「だから辺境伯に進言したんだ。すぐにでも市壁《しへき》に綻《ほころ》びがないか確認して、見つけ次第修復する事を勧めるとな」

　スタンピード発生時、町を取り囲む市壁が壊れた箇所から小型の魔物が入り込んだせいで、住民がパニックを起こして大混乱……なんて事が多かったと家庭教師が言っていた。

　部下達が完全回復する前にスタンピードが起こるというのなら、少しでも対策できる事をやっておいた方がいい。

「だが……っ、それで何も起こらなかったらどう責任を取るつもりだ⁉」

「……責任？　俺は可能性を提示しているだけで、判断するのは辺境伯の仕事だろう？　仮に何も起こらなかったとしても、市壁を修繕して辺境伯領の損にはなるまい？　いったい俺に何の責任があるというんだ？　辺境伯もこのタレーラン辺境伯領以外の歴史も学んでいるのなら、俺と同じ判断を下すと思うがな」

「…………くっ、邪魔をした」

「ああ、早急にスタンピードを前提とした騎士と兵の編成を組み直す事を勧めておくぞ」

　悔しそうな顔で踵《きびす》を返したクレマン辺境伯騎士団長の背中に、素直に聞くかわからないがアドバイスを送っておいた。

　数体ずつの魔物と戦うのと、集団の魔物と戦うのでは戦略も変わってくるからな。

玄関が静かになったところで、そろそろ治療が終わった頃だろうと救護室へと向かった。

回復の状態を見て、後方支援ならできるのか、それとも安静にさせておくか判断しないと。

「邪魔をするぞ」

宿舎の一角にある救護室に入ると、奥にある五台のベッドにぐったりとした部下達が寝ていた。

俺が入った瞬間、治癒師だけでなく、部下達も緊迫した表情で身体を起こそうとして痛そうに顔を顰《しか》めている。

「ああ、いい。無理をせずに寝たままでいろ」

俺がそう言うと、全員の動きが一瞬止まった。

今までの俺なら「情けない」とか、「それでも俺の部下か」とか暴言が飛び出してるところだもんな。

「こいつらの状態を教えてくれ。何日休ませればいい？　リハビリは必要か？」

「……えっ？　あ、ああ！　はい！　自室にいる方々は三日ほど激しい動きを控えていただければ大丈夫です。ただ、ここにいる方々は三日間はベッドで、一週間後から少しずつ様子を見ながら身体を動かした方がいいかと」

以前俺を治療してくれた治癒師がそう答えてくれた。

「わかった。ではお前達は三日間ここでこのまま世話になれ。様子を見に来られる時は来るから、いい子で大人しくしているんだぞ」

「「「「…………」」」」

なぜか目玉が飛び出んばかりに目を見開いている部下達。

…………あっ！　今俺、弟達が風邪を引いて寝てる時に言う決め台詞《ぜりふ》（？）を口にした⁉

…………よし、何事もなかったかのように、このまま去ろう。

「では部下達を頼んだぞ」

「はい、お任せください」

そう返事した治癒師が笑顔なのは、ただの愛想笑いだよな？

俺の様子が微笑ましかったから微笑んでいるわけじゃないよな⁉

おっと、そんな事を気にしている場合じゃない。

編成の組み直しをしなければならないのは、辺境伯騎士団だけでなく、第三騎士団《こちら》も同じだ。

今度は副団長のオレールの部屋へと向かう。

『絶対おかしいって！　あの時頭をぶつけておかしくなったとか⁉』

『いやぁ、案外あの時の魔熊が呪いスキル持ってて呪われたせいだったりして』

オレールの部屋から聞こえてきたのは、アルノーとシモンの声。

よーし、二人にはスタンピードで今回動けない部下達の分までたっぷり働いてもらおうか。

俺は笑顔を作ってオレールの部屋のドアをノックした。

『どうぞ』

オレールの返事が聞こえたので、笑顔を張り付けたままドアを開けた。

「少し時間をもらえるか？　明日からの予定を話し合いたいのだが。……お前達も聞いておけ」

コソコソと俺の脇をすり抜けて、部屋から出て行こうとしたアルノーとシモンを引き止める。笑顔のままひときわ低い声で引き止められたせいで、二人はヒッと小さく悲鳴を上げた。

話し合いを始めるにあたって俺は椅子に座り、アルノーとシモンは訓練時の待機の姿勢でビシッと立っている。

苦笑いを浮かべながら二人を見るオレールに、先ほど治癒師から聞いた事を話す。

「というわけで、オレール含め、自室で療養している者に関しては三日間の静養、救護室で世話になっている五名は最低一週間静養させる事にした。恐らく……その間にスタンピードが起こる」

「「「えぇっ⁉」」」

三人の驚きの声がハモった。

「お前達もここ最近の魔物の数の不自然さには気付いていただろう？　明らかに救援に来た当初よりも、出現数が増えている事に。オレールは知っているだろうが、スタンピードが起こるのは百年から三百年周期だと言われている。さっきクレマンがタレーラン辺境伯領では百年以上スタンピードは起こっていないと言っていた。つまり今日起こっても不思議じゃないという事だ」

「スタンピードですか……、実際に遭遇するのは初めてですね」

「安心しろ。今回のスタンピードでお前が魔物を討伐する事はない。執務室で事務仕事でもやっておけ。今もそのための部隊編成の相談に来たんだ」

「はいはいっ！　オレは絶対今のまま団長の隊に入れてくれよ！　当然最前線なんだろ⁉」

シモンが手を挙げて訴えてきた。ヤンチャを通り越してバトルジャンキーだな。

俺の隊のメンバーは全員実はそうと言えるような奴らばかりだが。

「俺の隊は発生源と思われる場所に突入するつもりだ。当然お前も入っているから、思う存分暴れるといい」

「さっすが団長！」

「えぇ〜!?　発生源〜!?　休憩なしの突入かぁ……」

気乗りしないような事を言っているアルノーだが、いざ魔物を目の前にすると凶悪な笑みを浮かべて蹂躙《じゅうりん》するタイプだ。

小説にはハッキリ書かれていなかったが、家庭教師から習ったスタンピードの原因は、邪神の欠片と言われる魔石だ。

普段はその辺の石ころと区別がつかないが、溜《た》め込んだ魔素が飽和状態になると魔物を引き寄せ、魔素が溢《あふ》れ出すとスタンピードを起こすらしい。

魔素が溢れた状態になって初めてその石が邪神の欠片だと区別がつくが、魔素を全て出し切ると再び普通の石ころのような見た目に戻って、再び少しずつ魔素を溜め始めるという。

ただ、高位神官や聖女のように、高い神聖力を持つ者であれば判別も可能だと言われている。

後半ヒロインの聖女が後にタレーラン辺境伯領の遺跡に来た時、スタンピードを発生させた邪神の欠片を見つけるエピソードがあった……はず。

「俺の予想では東の森の遺跡の中にその原因があるはずだ。明日にでも遺跡に入ってスタンピードの発生を待つ。そうすれば邪神の欠片が原因だった場合、すぐに見つけて破壊できるだろう？」

「確かに邪神の欠片を見つけて破壊するのが一番被害が少なくて済みますが……。その場合、スタンピードの中心地にいるという事になりますよ？」

オレールは心配そうに俺を見た。

ヘタをすれば、魔物が一斉に俺達に襲いかかってくる危険もあるわけだからな。

「けどよ、スタンピードって他にも終わらせる方法があるわけ？　これまでどうやって終わらせてきたんだ？」

平民出身のシモンは隊で一番の脳筋だからな。スタンピードを経験した事もないし、知らなくて当然だろう。

「スタンピードを終わらせるには二通りだ。ひとつは今回俺がしようとしている邪神の欠片と言われる魔石が発動したら壊す事。その場合は原因がなくなるため次のスタンピードが起こらなくなる。そしてもうひとつは邪神の欠片から魔素が全て出尽くすまで魔物を生み出すのを待つ事。邪神の欠片に蓄えられた魔素が全て尽きれば、それ以上魔物が生まれる事はないからな」

「ただ、後者を選んだ場合は魔物による被害はとんでもない事になりますけどね。しかしこれまで邪神の欠片を破壊してスタンピードを終息させたのは、我が国の四千年の長い歴史の中でも二回だけと言われていますから至難の業ですよ？」

俺の説明にオレールが補足説明を入れた。

「へぇ、て事は……オレ達がそれをやったらかなり英雄扱いされんじゃねぇ⁉　絶対団長について行くからな！」

「安心しろ、俺の隊は最初から同行させるつもりだったからな。あとひと小隊連れて行こうと思っている。お前達が連携を取りやすい隊はあるか？　今回怪我をしていない隊でだぞ」

乱戦状態になれば俺は単独で戦った方が効率がいい。しかし部下達は連携した方が安全だ。

かといって実力差があると逆に足を引っ張られて危険になるからな。

とりあえず第三騎士団の中で弱い部類のロッシュ隊は選ばないだろう。

「ん～……、だったらエリオット隊かなぁ。あいつら最近力付けてきてるし。アルノーもそう思わねぇ？」

「確かにね、それにカシアスもいるから面白……じゃなくて、従騎士《スクワイア》が二人いる隊だけど、実力的には問題ないと思うな」

「エリオット隊か……、確かに実力はあるな」

一瞬アルノーが不穏な事を言った気がするが、実際実力のある隊を選んだのだから拒否するつもりはない。

「ふむ……、エリオット隊ならジュスタン隊の皆の動きについていけるでしょうね。私の隊が動ければそれが一番でしたが、明日から動くとなると足手まといになるでしょうから」

「安心しろ。お前達が戦う必要がないくらい早くスタンピードを終わらせてやるから、ゆっくり休んでいるといい」

申し訳なさそうな顔をするオレールに不敵な笑みを向けた。

翌日、タレーラン辺境伯から呼び出しを受けた。

用件はわかっている。スタンピードの事だろう。

家令の案内で執務室へ通された。前回と違うのは辺境伯の後ろに並んでいる騎士の数だろうか。

今回はクレマン辺境伯騎士団長だけだったのだ。

「呼び出してすまないな」

「いいえ、私もお伝えする事があって、ちょうどお会いしたかったのです」

お伝えしたい事、と言うと辺境伯はピクリと眉《まゆ》を動かした。

「伝えたい事とは何だね？」

「クレマン辺境伯騎士団長から話を聞いたのであれば、恐らく辺境伯が話したい用件と同じだと思いますが……。我々第三騎士団から二小隊が、スタンピード対策として今日から森へ向かいます。幸い発生源の大体の位置が予測できていますから、上手くいけば邪神の欠片を破壊する事ができるでしょう。今回の作戦では私も出ますので、その間第三騎士団の指揮は副団長のオレール・ド・ラルミナに一任します」

「なんと……！　ここがタレーラン辺境伯領と呼ばれる前から何度もスタンピードで滅んでいた事は知っていたが……、まさか私の代で発生するとは思っていなかった。しかし、スタンピード発生直後に邪神の欠片を破壊する事ができるのであれば、被害は格段に減るだろう。…………よろしく頼む」

「辺境伯⁉」

驚きの声を上げたのは俺ではなくクレマン。

なぜなら辺境伯が立ち上がって俺に頭を下げたのだ。

「無責任にお任せくださいとは言えませんが……、被害が最小限になるように最善を尽くすとお約束します」

「その言葉だけでも十分だ」

そう言って辺境伯は右手を差し出した。

握手に応じると、とても力強く両手で握られたが、実はこの時が辺境伯と初めて交わす握手だったりする。

これは俺に対する評価が、少しはよくなったと考えていいのかもしれない。

俺の処刑以前にこの世界の破滅を回避するために、最終的には邪神の討伐が目標となるが、このスタンピードで第三騎士団から犠牲者を出さず、そして何かあった時に世論を味方にできるくらいに今ある悪評をひっくり返さなければ。

クレマンが異様に悔しそうにしていたので、詳しい作戦は伝えずに執務室を出た。

嫌われ者の……、いや、自分が嫌っている俺が辺境伯に認められるのが嫌だったのかもしれない。

宿舎へ戻る途中、名前は憶えていないが辺境伯騎士団の者とすれ違った。

俺を避けるようにコソコソと立ち去ったが、そんな対応はいつもの事なので気にならない。

……ちょっと虚《むな》しいが。

宿舎に到着すると、俺の隊とエリオット隊が揃《そろ》っていた。

全員やる気満々で待機している。俺の部下達って本当に血の気が多いな。

今回のジュスタン隊の編成は頭脳派の二人と入れ替えで火力重視の編成にしているから、暴走しないよう気を付けないと。出発前にもう一度確認しておくか。

「各自携帯食と水とポーションは持っているな？　俺は今から食堂で料理を受け取ってくる。お前達は先に武器の最終確認をして訓練場前で待機だ。作戦通り、今日はマリウスとアルノーがエリオット隊に、カシアスとユーグが今回は俺の隊なのも忘れるな」

「「「「「「はいっ」」」」」」

これまでの俺なら味は二の次で、携帯食だけ持って森へと向かっていただろう。

だが今の俺は食事でやる気が変わるのを知っているから、料理長にお弁当を三食四日分頼んでおいた。

その事を今回作戦に出る部下達に伝えると、そりゃもうケーキを作ってあげた時の弟達みたいに喜んでほっこりしたくらいだ。

食堂へお弁当を受け取りに行くと、同じ容器がズラリと並んでいて、端っこに弁当にしては妙に大きい木箱が置いてあった。

「料理長、頼んだ料理を受け取りに来た。ここに置いてある物でいいか？」

「はい！　三食四日分を十人分で百二十食作っておきました！　ヴァンディエール騎士団長の魔法鞄《マジックバッグ》は時間遅延ですから、安心して預けられますね。こちらが先ほど完成させたばかりの熱々の方が美味しい物ですので、こちらから収納をお願いします。あちらはサンドイッチなどのパンを使った物になってますので、後でも大丈夫ですよ」

料理人だけあって、美味しく食べられるように考えてくれたようだ。

香辛料やハーブの供給を増やしたせいか、俺への好感度が爆上がりしているので余計によくしてくれているのだろう。

「わかった、ありがとう。……ところであれは？」

魔法鞄にお弁当を収納しながら、気になった木箱を指差す。

「あれは……、さっき本邸から届けられた物なんです。なんでもヴァンディエール騎士団長への差し入れだとか。ですが今は本邸と宿舎では味付けが違うので、きっとヴァンディエール騎士団長や皆さんの口には合わないと思うんですよねぇ」

悩まし気にため息を吐《つ》く料理長に、解決策を提案する。

「だったらそのまま辺境伯騎士団に差し入れてやればいい。もし何か言われても、俺達が出て行った後だったから渡せなかったという事にしておけば問題ないだろう。宿舎にいる怪我人が食べるには重いだろうし、第三騎士団が出払っていて、傷んでしまうのはもったいないからとでも言って届けさせろ。辺境伯騎士団用の訓練場なら休憩の時にでも食べるだろう」

「なるほど、確かにそうすれば無駄になりませんね。ありがとうございます」

「いや。料理人として料理を捨てるのは忍びないだろう？」

「ヴァンディエール騎士団長……、そこまで考えてくださっていたのですね……」

「ああ、いや、まぁ……。弁当の準備、助かった。残る団員達の食事も頼んだぞ」

弟達に食べ物を粗末にするなと教えてきたからとは言えず、目頭が熱いと言わんばかりの表情をする料理長から逃れるように食堂を出て部下の待つ訓練場へと向かった。

訓練場で合流した部下達と俺は普段なら馬で森を移動するところだが、今回は魔物達に見つかりにくいように徒歩移動するため、森までは馬車で向かう事にした。

「あくまで予測ではあるが、状況から東の森の遺跡にスタンピードを起こす原因の邪神の欠片という魔石があるはずだ。スタンピードが起こった瞬間から魔素が溢れ出しているのが見えるらしい。もしもそれを見つけたら、何よりも優先して破壊しろ。それまではただの石ころにしか見えないのが難点だが、被害を最小限にするためには今回の作戦が絶対となる」

移動中に今回の作戦を詳しく話す。

万が一にでもあの頭の固いクレマンに妨害されたらたまったものじゃないから、行き先も森としか辺境伯達に伝えていないので、アルノーとシモン以外の部下達も初めて聞く話だ。

タレーラン辺境伯領は西側以外の三方向を森に囲まれているため、スタンピードが起こった場合は三方向から魔物が押し寄せる状態となってしまう。

小説《『滅救』》でもタレーラン辺境伯領は壊滅状態になっていたからな。

馬車を降りると、単独行動している魔物は全て斬り伏せながら遺跡へと向かった。

集団で来られたら体力の消耗を考えて回避するが、遭遇したのが数体であれば、少しでも数を減らしておくに越した事はない。

森に入って一時間ほど進むと遺跡が見えてきた。

しかし魔物達の姿が見えて手前の草むらに身を隠す。

「うわぁ、何だアレ！　魔物の集会でもやってんのかよ！」

ガスパールが悪態を吐くのもわかる。小さなパルテノン神殿のような造りの遺跡の周りには大小様々な五十体ほどの魔物が集まっていたのである。

遺跡の中は、わかりにくくなっている入り口から地下に入り、広間の奥の扉を開けると礼拝堂になっているのは調べがついている。

同じような遺跡は世界中にあるらしいが、神殿関係者ですら同じ宗派の神殿跡なのかわからないくらい古い物らしい。

現在信仰されている全ての宗教は、この遺跡に祀《まつ》られていた神から派生したものにすぎないという説もあるとか。

「腐っても神殿跡だ。中に魔物は入り込んでいないようだな。もしも中から魔物が出て来たとしたら……それはスタンピードが始まったという事になる」

「ヤな事言ってくれるなよ、団長……」

純粋な戦力だけで隊を編成した事により、今回の作戦で俺の隊に入っているユーグが嫌そうに顔を歪《ゆが》めた。

スタンピードの中心地に向かうという無謀とも言える今回の作戦では、スタンピードを止めるのはもちろんだが、部下を無事に連れて帰る事も重要だ。

先代の団長と俺が育ててきた部下達を、一人も欠かす事なく王都に戻らねば。

「とりあえず大物を片付けたらエリオット隊は残って小物の掃討を。ジュスタン隊は先行して地下の礼拝堂へ向かう。何もなければそこで食事休憩だな」

「やったね！　団長の魔法鞄に入ってるから温かい料理だろ⁉　じゃあサッサとあいつら蹴散《けち》らそうぜ！」

シモンは早々に剣を鞘《さや》から抜いてやる気満々だ。

「あんなに大量の魔物と戦うのは初めてだぜ。けど、団長の指揮下なら余裕だろ」

カシアスも軽い興奮状態のようだ。今回は慣れた装備の方がいいと、正騎士になる前の従騎士《スクワイア》の時の軽装備で来ている。

防御力が下がるとしても、自分の長所である素早さを活かすには賢い選択だろう。

「二人は周囲の雑魚の牽制《けんせい》、主力の三人は標的を狙う。わかっているだろうが怪我をしないように気を付けろ。……最初は魔熊から潰《つぶ》そう、左右に分かれて行くぞ」

見たところ大物は五体、魔熊二体とあとは鬼人《オーガ》に二首狼《オルトロス》、ロック鳥だ。

ロック鳥は上空から様子を見ているので後回しにするとして、比較的慣れた相手である魔熊から討伐し、弾みをつけて鬼人と二首狼だな。

頭上のロック鳥を警戒しながらという面倒な状況ではあるが、手が届かない相手に攻撃するつもりはない。

「こっちの魔熊は変異種だ！　いつもより手強いと思え！」

俺達が相手をする魔熊は、頭部から背中にかけて体毛の色が他の魔熊に比べて赤味を帯びていた。

体もひと回りほど大きいから間違いなく変異種だろう。シモンが真っ先に斬りかかる。

「うわっ、こいつかってぇ！　体毛自体が硬くて剣が通らねぇよ！」

振り下ろされる鋭い爪を避けながら文句を言うシモン。カシアスとユーグは雑魚を近寄らせないように牽制に忙しそうだ。

「斬れないなら突けばいい！」

俺が踏み出すと、ガスパールが魔熊の攻撃を弾くために並走する。

魔熊は俺の方が脅威と思ったのか、左手が薙《な》ぎ払《はら》うように振り下ろされた。俺は魔熊の爪を剣で弾き、肘関節《ちゆうかんせつ》めがけて下から柄頭を叩《たた》きつけて腕を跳ね上げる。

ほぼ同時に右手も振り下ろされたが、それはガスパールの剣がギャリギャリと耳障りな音を立てながら魔熊の爪の軌道を逸らした。

「ダァッ！」

気合と共に魔熊の背後から背中を突こうとしたシモンの剣すら赤い体毛に弾かれるのが見え、考えを巡らせる。

「ガスパール、合図をしたら転ばせろ！　シモンは同時に背中を押して倒せ！」

俺はガスパールとは反対方向へ移動し、囮《おとり》となって魔熊を大木の方へと誘導していく。

「今だ‼」

合図と同時にガスパールは地面に剣を突き刺し魔熊を躓《つまず》かせ、シモンは雄叫びと共に背中に体当たりをした。

当然俺の方へ倒れ込んでくるが、その先にあるのは柄頭を木に預け、魔力を纏《まと》わせ斬れ味を強化した剣の先端だ。

「グオォォォォ！」

自重のせいで胸に深々と剣が刺さり、断末魔の咆哮《ほうこう》を上げる魔熊。体をのけ反らせた瞬間に剣を引き抜くと、勢いよく血が飛び散り魔熊が倒れた。

ホッと息を吐こうとすると、ふと頭上が陰る。

直感に従い剣を頭上に振り上げると、ロック鳥が再び空に舞い上がるところだった。

どうやら気を抜く瞬間を狙っていたようだ。

「クソッ、後で唐揚げにして食ってやるからな！」

「何だそれ⁉　団長、美味い？　美味いやつ⁉」

鬼人を牽制しながら聞いてくるシモン。ある意味尊敬するぞ。

「ああ、絶対お前達も気に入るやつだ」

宿舎に戻ったら料理人達に唐揚げの作り方を教えないといけなくなったな。

周囲を確認すると、すでにもう一体の魔熊は倒れており、エリオット隊は二首狼に苦戦しているようだった。

「カシアス！　エリオット隊に加勢しろ！　ガスパールは雑魚の牽制に回れ！」

大きいくせにロック鳥の羽音は梟《ふくろう》のように静かだ。常に上空を気にしながら戦うのは神経が削られる。

サッサと鬼人と二首狼を始末してロック鳥を回収したい。唐揚げと口に出したら唐揚げの口になってしまったのだ。

醤油《しょうゆ》がないから塩唐揚げしかできないけど、下味にお酢を足したやつ好きなんだよなぁ。

「シモン！　いつまで遊んでいるんだ！　ロック鳥に逃げられたらどうする！」

「遊んでねぇよ！　早く手伝ってくれ、このデカブツの相手は一人じゃ厳しいって！」

いくつかの傷はつけているが、致命傷となる傷には至っていなかった。

これ以上時間をかけると遺跡の中に入ってからの体力が心配になるな。仕方ない、俺の体力と魔力は消耗するが、ここは身体強化を使って一気にカタをつけよう。

俺が向かっている事に気付いたシモンは鬼人のアキレス腱《けん》を切断してそのまま走り抜ける。体勢を崩した鬼人の首を、身体に回転を加えて斬り落とした。

鬼人の動きと同時に警戒していた影は予想通りその大きさを増す。

「滑空してくるのが影の大きさでバレバレなんだよ！」

鬼人の巨体を踏み台に、森の木を使って三角飛びの要領でロック鳥より上に飛び上がると、その大きな頭を斬り落とした。

慣性の法則に従い、ロック鳥の体だけが木に突っ込んで地面に落ちる。

馬車一台分の俺の魔法鞄に入れたら三分の二は容量を食うな。だが今の俺は唐揚げのためには他の素材は諦《あきら》めてもいいとさえ思う。

ちょうど二首狼も討伐完了したのを確認し、手早くロック鳥を魔法鞄に収納した。

俺とシモンの会話を知らないエリオット隊の奴らの視線が刺さったが気にしたら負けだ。

「あとは雑魚ばかりだから任せるぞ！　数が増えて手に負えないなら中に来い！　ジュスタン隊は遺跡に入るぞ！」

部下達の返事と共に、俺達は遺跡の中へと向かった。

以前は立派だったであろう崩れかけた彫刻が等間隔に並ぶ中心に、他の彫刻より大きなものが鎮座しており、その陰に隠れるように地下への階段がある。

屋根はあるが壁のない造りだからだろうか、広めの会議室ほどの礼拝堂のような場所は、地下に下りてすぐある広間の奥の扉の向こうだ。

「この先は真っ暗だから灯り魔法を付与しておくぞ。『灯り《ライト》』」

洞窟《どうくつ》などの真っ暗な場所を探索する時には、いつも鞘に灯りの魔法を付与して進む。

俺やオレールがいない時は松明が必要なので、こういう時はとてもありがたがられる。

小説では聖女が邪神の欠片を見つけた時には、扉も壁もボロボロに壊されていたから、広間ではなくこの奥に邪神の欠片があるはず。

魔法の灯りに照らされた階段を下りて扉の前に立つと、全員が扉の向こう側の気配を感じて臨戦体勢に入った。

「おいおい、これってもしかして……」

「考え方によっちゃあ、すぐにどれが邪神の欠片かわかるんだから手っ取り早いってもんだろ」

シモンとカシアスが軽口を叩いているが、明らかに緊張している。

「団長、あんたが身体強化で突っ込むのが一番確実だろ。俺達で血路を開くから行ってくれ」

ガスパールの提案に三人も頷《うなず》いたが、俺の判断は違う。

「いや、邪神の欠片を破壊するのはカシアスに任せる。元々この中で一番足が速くて身軽だしな。幸い今回は軽装備で動きやすいだろう？　鎧《よろい》の重さと身体強化できる残りの魔力を考えてもカシアスの方が早く到達できるはずだ。さぁ、覚悟を決めろ」

「「「「はいっ」」」」

こうして話している間にも魔物の気配は増えている。観音開きの片側だけをそっと開き、身体を滑り込ませるように中へと入った。

中に入ると祭壇らしき物の横が、赤い陽炎《かげろう》のように仄《ほの》かに光って揺らめいている。

その陽炎の中から次々に魔物が発生しており、礼拝堂の中は十数体の魔物が戸惑うように周囲を見回していたが、すぐに俺達に気付いて向かって来た。

「来るぞ！」

スタンピードが始まりかけていて魔物の数が多い。中には黒狼《ブラックウルフ》のように群れで連携してくるものもいる。

「あの陽炎の中心にあるのが邪神の欠片だ！　カシアスが突っ込めるように援護しろ！」

カシアス本人も応戦しているものの、なかなか邪神の欠片に近付けない。

「これって邪神の欠片壊すまで魔物が出続けるって事だよな!?　さっきより出てくる勢いよくなってねぇ!?」

「早く壊さないと本格的に魔物が噴き出してくるぞ！　今！　スタンピードが始まっているからな！」

陽炎を中心に左右に押しのけるように魔物を移動させて討伐して、なんとかカシアスを陽炎の中心地まで行かせようとするが思うように進めない。

そうこうしている内に大きな斧《おの》を手にした牛頭巨人《ミノタウロス》が出てきた。不幸中の幸いというべきか、大物が出たせいか魔物の発生速度が落ちたように見えた。

「牛頭巨人の気を引くぞ！　カシアス、奴の気が逸れたら祭壇を回り込んで行け！」

「はいっ」

大きな斧を持つ手を狙って斬り付けると同時に、バックステップで陽炎から離れる。

怒って追いかけてくるのは認識できていたが、思ったより速い。こいつも変異種か⁉

ゾワリと嫌な予感が背中を駆け抜けた次の瞬間には、俺は吹っ飛ばされていた。

幸い斧は剣で受けたが、三メートルほどの巨体の膂力《りょりょく》は五メートルほど離れた壁に俺を叩きつけた。

「カハッ」

衝撃で肺から空気が漏れる。身体強化を使っていなければ壁のシミになっていたかもしれない。

「「「団長！」」」

「グ……ッ、こっちは気にするな！　各自目の前の相手に集中しろ！　ケホッ」

壁を支えになんとか立ち上がりながら檄《げき》を飛ばし、牛頭巨人に視線を向けると陽炎へと差し迫るカシアスに向かっていた。

他の三人も気付いているようだったが、目の前の魔物で手一杯の状態で動けない。

カシアス自身も背後に迫る牛頭巨人には気付いているはずだ。だが振り向かずに邪神の欠片に鞘に入ったままの剣を振りかぶっている。

もしもカシアスが振り返れば攻撃を躱《かわ》せるはずだが、しかしそうすると邪神の欠片は次の魔物を生み出すだろう。

恐らく牛頭巨人が到達するよりカシアスが邪神の欠片を破壊する方が速い。が、ほぼ同時にカシアスは牛頭巨人の斧により殺されるのは明白だ。

脳裏に道路に飛び出す弟《大和》の姿が過《よぎ》る。心臓が縮み上がるような、軋《きし》むような感覚に襲われた。

あの後、大和はどうなったかわからない。わかるのは今自分が身体強化で走っても間に合わないという事だけ。

「やめろぉぉぉぉぉぉぉぉ！」

パニック状態になりかけながら、俺は咄嗟《とっさ》に魔力を纏わせた剣を身体強化をかけた身体で投げた。

ほぼ同時にゴッという鈍い音と共に、割れた邪神の欠片から強風が吹きつける。思わず目を閉じたが、目を開けた時には俺の投げた剣が牛頭巨人の心臓を背中から貫いていた。

事切れた牛頭巨人は強風により、カシアスを潰す事なく大きな地響きと共に後方に倒れ込んだ。

足元を狙って飛びかかる小物を蹴《け》り飛ばし、剣を回収すべく牛頭巨人へと駆け寄る。だが剣先は見えているものの、柄側が牛頭巨人の背中に圧し潰されている状態で引き抜けない。

邪神の欠片が破壊されてこれ以上増えないとはいえ、まだ魔物は残っている状態なのに。

「団長！　さっきは助かったぜ……っ、と！」

仕方なく、仕込んであった短剣《ダガー》で角兎《ホーンラビット》などを相手にしていたら、カシアスが俺の援護に来た。

実際、あの時俺が剣を投げなければ死んでいたからな。

騎士としてさっきの行動は間違いではない。むしろ賞賛されるべき行動だ。しかし俺は素直によくやったとは口に出せなかった。

そしてすぐに残った魔物も討伐が完了し、礼拝堂跡には俺達の荒い呼吸音だけが響いている。

「ガスパールとユーグは外の様子を見てこい。恐らく魔物が減っているはずだ。かといって完全にいないわけじゃないだろうから、エリオット隊が手こずっているようなら手伝ってやれ」

「はいよ。確かに外の気配がさっきと違うもんな。行くぜ、ユーグ」

「ああ」

二人が遺跡の外に向かうと、俺は割れた邪神の欠片をハンカチに包んで魔法鞄《マジックバッグ》に入れた。

「団長、その石どうするんだ？」

割れた石を丁寧に扱う俺に対し、カシアスが首を傾げた。

「これが邪神の欠片なのは確実だが、神殿で高位神官に調べてもらわないと俺達の証言だけでは証明にはならないからな。それにしても捨て身がすぎるだろ。援護が間に合わずお前が死ぬかもと思って心臓が止まるかと……」

「捨て身じゃなくて団長の事信じてたから突っ込めたんだよ」

ニヒヒと命の危険がなかったかのように笑うカシアス。

「それなのに危険にさらして悪かったな。あと…………よくやった！」

「うわっ！　いたたたた！　撫《な》でるならもっと優しくしてくれよ！」

俺より低い位置にある頭をグリグリと乱暴に撫でると、どうやら戦闘中にぶつけたのか痛かったらしく、カシアスの頭が更に低くなった。

「団長～！　外の魔物が少なくなってる！　もう集まって来てねぇよ。エリオット隊もほとんど討伐完了してたし。なっ、ユーグ」

「ああ、呼吸がしやすくなった気すらしたぜ」

「という事は確定だな。スタンピードはこれで終息した」

戻って来たガスパールとユーグの報告で、憶測が確信に変わった。

部下達は素直にスタンピードを防げたと喜んでいるが、俺としては内心複雑だったりする。

考えてもみてくれ。スタンピードが起こるから準備しておけとか偉そうな事言って出発したというのに、もう起こりませんって報告に行くんだぞ⁉　いや、実際に発生はしたけど！

だから絶対高位神官にこの石が邪神の欠片だと証言してもらわないと、俺の立場がない。

絶対そうだとわかってはいるが、俺を嫌っている奴が調べた場合、邪神の欠片だったとしても違うと言い張るという事も考えられるのだ。

そうなったら自作自演した痛い奴になってしまう！

「団長、オレ腹減った～」

シモンの言葉にみんなが期待した目で俺を見た。俺が預かっているお弁当を食べたいのだろう。

「そういえばもう昼の時間が過ぎていたな。外でエリオット隊と合流して食べよう」

スタンピードが終わったとわかり、すっかりピクニック気分でいる部下達と牛頭巨人をひっくり返し、俺の剣を回収してから地上へ出た。

ちょうどエリオット隊も討伐が完了していた事もあり、全員に清浄魔法をかけてお弁当を広げた。

「美味いなぁ、香辛料代出した甲斐《かい》があるってもんだ。しかもその事言い出したのが団長ってんだから信じられねぇよなぁ」

お弁当に入っていたサーモンパイに噛《かじ》り付くシモンの言葉に、他の者も同意とばかりに頷いていた。

この辺境伯領に海はないが、川はあるので秋になると鮭が獲れるため、サーモンパイはこの辺りの名物料理なのだ。

これまでは素材を活かしたというか、ぼやけた味の料理だと思っていたが、今回のサーモンパイは塩気が効いていてパイ生地からも芳醇《ほうじゅん》なバターの香りが漂う絶品料理に変身していた。

これも香辛料に余裕ができたからと、その分の予算をバターやオリーブオイルなどに回せるようになったおかげだろう。

「ジュスタン団長の魔法鞄に入れてもらったおかげで、温かい状態で食べられるっていうのもありがたいですよね。太陽が当たってるから暖かいけど、風は冷たいから身体の中から温まるのは幸せですねぇ」

従騎士《スクワイア》のマリウスがひよこ豆のフリッターをサクサクと音を立てて頬張りながら、太陽に顔を向けた。

お前ら何しにここに来たか忘れたのかと言いたくなるくらい、部下達はのんびりと食事をしている。

この後の事を考えて胃が痛くなりそうなのは俺だけだ。

クソッ、記憶を取り戻す前の俺なら、こんなに気に病む事もなかっただろうに。

今だけは以前の俺《ジュスタン》に戻りたい。

「食べ終わったら領都へ戻るぞ。馬車も馬もないから戻るのに一時間はかかるだろう」

「そうだった……、ここから宿舎に連絡できるような魔導具とかあればいいのに～」

普段の交通手段が馬なせいで、アルノーが文句を言い始めた。

「確かに魔導具とまではいかなくても、ロケット花火……、いや、発煙筒の煙の色を変えて意味を持たせれば迎えが必要な時とか使えるな……。でも狼煙代わりになるものってあるか？　本物の狼の糞《フン》を使ったら臭そうだから持ち歩くのも使うのも嫌だろうし、魔導具で作ったら高くなるよな……」

ブツブツ言いながら通信手段を考えていたら、視線を感じたので顔を上げると、部下達が俺に注目していた。

「なんだ？」

「いや……、団長がなんか難しい事言い始めたなぁって思ってよ……。聞いた事ない言葉がいくつか出てきたけど、貴族って色々難しい事もいっぱい知ってるんだなぁって改めて感心してた」

シモンが食べ終わった弁当箱を俺に渡しながらそう言ったが、この中で一番脳筋なシモンと同レベルと思われたくないのか、他の部下達は弁当を食べたり視線を泳がせたりしている。

「ま、まぁ、平民だと立ち入れる図書館も限られているしな。シモン《お前》の頭では王立学院に入れんだろう」

十二歳から十六歳までの貴族の子女が通う王立学院は、一握りの優秀な平民も通う事ができる。

当然貴族の俺も副団長のオレールも過去に通ったが、他の団員は剣技が素晴らしくても素行で確実に落とされるはずだ。

「ひでぇ……、けど間違いねぇな」

「プハッ、あははは！　シモンのいいところは己をわかっているところだよねぇ！」

アルノーが笑い出すと、他の奴らも笑い出した。

ここに到着した時の緊張感はもう欠片も残っておらず、むしろみんな楽しそうだ。

何より誰も死なず、大きな怪我もせずに済んで本当によかった。

ただ、食事が済んで森を出る頃には、気が抜けすぎてグダグダになったので一喝したが。

そして領都の宿舎に戻ると、部下達を宿舎に置いてオレール達への報告をまかせ、俺は領主邸へと向かった。

ああ……、気が重い。

言いがかりをつけられないか心配だ。

玄関のドアノッカーを鳴らすと、家令が顔を出した。

辺境伯は執務室にいるというので、案内してもらう。

その間も家令は怪訝《けげん》な表情を隠そうともしないので、もしかしたら任務放棄して帰って来たと思われているのかもしれない。

「旦那《だんな》様、ヴァンディエール騎士団長がいらっしゃいました」

『何ッ⁉　……通せ』

辺境伯の返事でドアを開ける家令にバレないように、こっそりと深呼吸をする。

急に来たせいで今回は辺境伯騎士団の護衛はいなかった。

「スタンピード対策のために森に行ったんじゃなかったのか？」

冷ややかな視線と共に、そんな言葉を投げつけられた。

だがまぁ、気持ちはわかる。

「スタンピードはもう起こりません。一度起こりましたが、邪神の欠片を破壊する事に成功しました」

「は……⁉　スタンピードが起こったのか⁉」

驚きのあまり、辺境伯が勢いよく立ち上がった。

うんうん、そう思うよな。

「破壊した邪神の欠片を持参しましたので、神殿から高位神官を呼んで確認してもらえばよいかと。

これがそうであれば、今後このタレーラン辺境伯領がスタンピードに悩まされる事は二度とないわけですから」

腰についている魔法鞄にそっと手で触れると、辺境伯はゴクリと唾《つば》を飲んだ。

この結果いかんによっては、今後の領地の安全と繁栄が左右されるのだから当然だろう。

「ギレム、すぐに神殿に使いを送り、邪神の欠片の判定のために高位神官を呼べ」

「かしこまりました」

家令は少し上ずった声で返事をすると、俺を置いて執務室から出て行った。

もしかして高位神官が到着するまで、辺境伯と二人っきりで待つのか……？

気まずい空気の中、救済政策の話などをしながら三十分ほど経過した。

『旦那様、神官様がいらっしゃいました』

この時の家令の声が、俺にはどの声優よりもイケボに聞こえた。

家令が執務室を出て行ってからの空気が！

俺の事を嫌っているのはわかっているが、ちゃんと仕事をしてきたのだからチクチク言葉はやめてほしい。

魔物の急増でタレーラン辺境伯領に来た俺達は、今回邪神の欠片を破壊した事により魔物の発生が減るのならば王都に帰る事になる。

つまりはタレーラン辺境伯の娘がいる王都へ、しかも王太子の婚約者として教育を受けるために生活している王城へ戻るのだ。

これまで俺が言い寄っていた事を娘であるディアーヌ嬢から聞いていた父親としては、娘の元に害虫が向かうに等しいというわけで……。

遠回しに言われた事を意訳すると、「あれだけ娘に執着していたお前の言葉なんぞ信用できるか」「いっその事ここで命を落としてくれた方が娘は平和に暮らせるだろう」「一部にお前を評価するような事を言っている者もいるが、私は騙《だま》されん」等々……。

もうすぐここを去るからって、言いたい事を（遠回しにだが）たっぷりと吐き出してくれたわけだ。

必死に（遠回しに）これまでの行動は申し訳なく思っているし、若気のいたりだった、これからは別人と思ってくれていいと訴えてみたが、辺境伯の目を見る限り信用はしてくれてないだろう。

「通せ」

家令と共に執務室に入って来たのは、何度か見た事のある神官だった。

高位神官の証であるストラを着けたその神官は、辺境伯の執務机の上に置いておいたハンカチに包まれたままの邪神の欠片を見て顔色を変えて口元を押さえた。

「これは……！　残滓《ざんし》だけとはいえ、なんと禍々しい……！」

まるでカビの胞子が放出されているのが見えているような反応をしている。

「という事はこれは本物の邪神の欠片という事だな？」

「邪神の欠片の事は伝承でしか知りませんが、これがそうだと言われれば納得する邪気ですね。もう何の影響もないはずですが、早々に浄化する事をおすすめします」

「うぅむ、浄化か……」

辺境伯が唸《うな》った。そりゃそうだろう。邪気に変質した魔素を浄化するには聖女でもない限り、数人の高位神官が必要になる。つまりはその分浄財《じょうざい》も必要になるという事だ。

ただでさえここ数ヶ月魔物のせいで疲弊しているタレーラン辺境伯領の財政では、かなり厳しいだろう。

「辺境伯、これは大切な証拠品です。私が預かり、王城に提出した方がよいかと。神官殿には確認した旨を一筆したためていただきましょう。それも合わせて提出した場合、もしかすると神官殿は浄化する際に王都の大神殿から呼び出しがあるやもしれませんが……。そこは最初に判定した者の責任、という事でご足労願います」

「大神殿に……。ま、まぁそうですね、これまで邪神の欠片をこうして目にする事などほとんどなかったと文献にも書かれていますし、関わった者の責任として受け止めましょう」

今のを意訳すると、「辺境伯領で浄化しない分、高額の浄財は入らないが、一筆書く事により王家にも王都の大神殿にも存在をアピールできるぞ」というわけなのだが、やはり中央進出は魅力的なようですんなり受け入れてくれた。

辺境伯に対しても、高額の浄財を出す事もなく危険な物を俺が持ち去る事で恩が売れる。

しかも浄化する時は王城に提出しているため、浄財は国の予算から出されるから辺境伯領の予算には影響しない。

「では応接室に準備させよう。ギレム、案内と紙とペンの準備を頼む。それと判定するために足を運んでくれた神官殿に渡す浄財もな」

「かしこまりました。ではご案内いたします」

神官は家令に連れられて執務室から出て行った。

俺は立ち上がり、辺境伯の執務机に鎮座している邪神の欠片を魔法鞄《マジックバッグ》へと回収する。

「ではこの邪神の欠片は私が責任を持って王城へと届けましょう。陛下やご令嬢にお渡しする手紙があるなら、それも預かりますので。そうですね……、安静が必要な部下がいるので一週間ほどで出発します」

「わかった。………その、感謝する。色々とな」

辺境伯にしては小さな声だったが、初めてデレた。

いや、デレたわけじゃないだろうが、お礼なんて初めて言われたよ。

実際俺達第三騎士団を受け入れるだけでも、食費やら色々かかっていただろうから、高額の浄財分が浮いたのは大きいだろう。

「いえ、この領地を辺境伯に与えたのは王家ですから、浄化するための浄財くらいは負担してもらわないと割に合わないというものですよ」

「ゴホン。それもだが……スタンピードを防いでくれた事だ。ご苦労だった」

「ああ、それは本来の我々の仕事ですから当然の事です。では失礼します」

執務室を出てドアを閉め、俺は肺の中の空気を全て吐き出した。

よしっ、これで怪我をした部下達が動けるまで回復したら、王都へ帰還だ！

それまでに一度マルクとクロエの様子を見に行くか。

宿舎へと戻ると、本来見回り中のはずの部下達が戻ってきていて大騒ぎになっていた。

どうやら予定外に森から戻ってきた俺達の姿を見たせいで、何事かと確認のために集まったらしい。

本来安静にしているはずの奴も何人か玄関のホールまで下りて来ている。

「あっ、ジュスタン団長！　スタンピードがなくなったって本当ですかっ⁉」

「だーかーらー！　もう終わったってさっきオレが言っただろ⁉　オレが活躍したんだって！」

「カシアスがこんな事言ってますけど！」

どうやらカシアスが報告したのに信じてもらえていないようだ。

不憫《ふびん》な奴め。

「ふはっ、それは本当だ。さっき辺境伯にも報告してきたところだからな。カシアスが活躍したのも本当だぞ」

「笑った……」

「は？」

誰だ今言ったの。俺だって前から笑うくらいしてただろ。

あ、アメデオがみんなから叩《たた》かれてる。あいつが言ったのか。

「そんなに俺の笑顔が珍しいか？」

「いやぁ、笑顔というか、その笑顔がというか……」

ジトリとした目をアメデオに向けると、引き攣った笑みを浮かべてモゴモゴと言っている。

その時玄関ホールの吹き抜けの二階から、シモンが顔を出して大きな声で話しかけきた。

「それはさぁ、きっとこの笑顔じゃないって事だと思うぜ～！」

シモンは『この笑顔』と言いながら、香辛料の発注をしに行った時にもやっていた俺の顔マネをしてサッと姿を消した。

玄関ホールからシモンを見上げていた奴らの数人が、噴き出しながらも笑いをこらえて肩を震わせている。

俺は両手に拳《こぶし》を作ると無言で二階への階段を駆け上がり、ウメボシの刑を実行した。


シモンが犠牲になったウメボシの刑が部下達に認識された翌日、一部隊だけ森の状況確認に向かわせたが、残りは魔物の数が減った事を周知するために領都内の見回りに向かった。

ついでにマルクとクロエの家に様子を見に行こうと、昨日の夕食後に手土産代わりのハチミツパンケーキを作ったのだが……。

料理長に厨房《ちゆうぼう》の使用許可をもらうために話した時に、とある事が発覚した。

俺達が東の森へと出発する前に俺へと差し入れられた食事、あれを食べた辺境伯騎士団の奴らが腹を壊して寝込んでいるらしい。

嫌っているはずの俺に差し入れなんておかしいと思ったが、やはりそういう事だったか。

辺境伯騎士団の訓練場に持って行く時に、「本邸からもらったが出発の準備に間に合わなかったのでもったいないからこちらで食べてほしい」と言ってあるので、何かあっても文句は本邸へと向かうのだ。

この杜撰《ずさん》さからして、きっと辺境伯騎士団長のクレマン辺りが計画したんだろうな。

もしも料理人が誰かに頼まれて下剤か何かを入れたのなら、自分達のせいにされないように黒幕の名前を出すだろう。

こっちの宿舎にも料理人達がいるのに、本邸の料理人達が俺に差し入れなんてするわけないし、持って来たのが騎士団の人間だったからな。

あっちのゴタゴタはあっちに任せよう。俺は関わりたくない。

ちなみに昨夜パンケーキを作っている最中、匂いを嗅《か》ぎつけてきた数人に、口止め料として半分ほど持っていかれている。

最初は俺が作っている事に驚いていたくせに、焼き上がったパンケーキほしさに「ずるい」の合唱をしやがった。ガキか。

他の奴らまで来てはたまらないから、黙らせるために食べたら歯磨きをしろと言って一枚ずつ渡すはめになったが仕方ない。

その合唱したメンバーと共に町の見回りに出る。つまり俺の隊の全員がパンケーキを食べているのだ。

どうせこういう事に目ざといシモンが、他のメンバーに声をかけて俺の様子を見に来たのだろう。

とりあえず、マルクとクロエの分は確保できたからよしとするか。

大通りの見回りの途中、家財道具を馬車の荷台に乗せた一家を見かけて声をかける。

「引っ越しのようだな……。おい、そこの。食料を多めに積んでいるようだが、町を出るのか？」

「ひぇっ、ヴァ、ヴァンディエール騎士団長……！　そ、そうです。最近魔物が増えてきて物騒だから、親戚《しんせき》のいる町へ引っ越そうかと……」

元々一部ではスタンピードの前兆で魔物が増えているのではないか、という噂はあった。そのため何日か前から領都から出て行く者が増えていると報告を受けてはいた。

「理由が魔物だけなら中止した方がいいぞ。もう魔物は減少しているからな。ちょうどいい、これまでの魔物増加はスタンピードの前兆だったが、原因を取り除いたからもう安全だと周りにも伝えてくれ」

「えっ⁉　スタンピードが……なくなったりするんですか⁉」

過去にスタンピードを発生前に阻止できたのは、文献に載っているような昔の事なせいか、平民にはあまり知られていない。

信じられないとばかりに、先ほどの怯《おび》えた態度を忘れたかのように俺を凝視している。

「おい、団長が嘘ついてるって言いたいのか⁉　あぁん⁉」

「やめんか」

シモンが俺の前に出て一家に向かって威嚇したので、後頭部を叩《はた》いて止めた。

「イテッ」

後頭部をさすりながら、恨みがましい目で見るシモンを無視して一家に説明する。

「スタンピードの原因を取り除いたからな。高位神官からの言質《げんち》も取ったから安心しろ。このタレーラン辺境伯領で今後スタンピードが起こる事はないだろう」

「あなた……！」

「ああ！　……ありがとうございます。新しい土地で上手くやれるか不安だったので、ここでこのまま暮らせるならそれに越した事はありません」

荷台に乗っていた妻と手を取り合って喜んでいる。

二人して俺に感謝の目を向けてきたが、実際は俺じゃなくてカシアスの手柄なんだよな。

「手柄を立てたのは俺の部下達だ。そいつらに伝えておこう」

「はい、ぜひとも感謝をお伝えください！　では失礼します！」

御者台に座っていた男は、笑顔で馬車を反転させて来た道を戻って行った。

先ほどのやり取りを聞いていたらしい周りの住人達も、さわさわと囁《ささや》き合っている。

ここで一度周知しておいた方がよさそうだ。

「さっき言っていた事は本当だ！　スタンピードの心配はもうない！　そして森の魔物の発生も今後減るから安心するといい！」

しっかりと鍛えられた腹筋のおかげで、俺の声はよく通る。

大通りにいた者達はわぁっと歓声を上げて喜び、知人達に報せに行くのか、笑顔で足早に散って行った。

マルクとクロエにも早く教えてやろう。きっとパンケーキも喜んでくれるはず。

数日むさ苦しい顔しか見ていないせいで、余計に二人の笑顔が早く見たい。

二人の家の近くの薬屋に立ち寄り、昨日厨房で使った分のハチミツを買い足した。

殺菌効果のあるハチミツは薬屋でも取り扱っているのだ。

貧民街《スラム》へ入り、子供達の家のドアをノックをするとマルクが顔を出す。

それと同時に、中からふわりと小麦粉が焼ける香りがした。

「ヴァンディエール騎士団長！　こんにちは」

「あー！　おにいちゃんだぁ‼　みて！　いまおとうさんがパンケーキやいてくれてるんだよ！」

見ると俺が作った物とは比べ物にならないくらい下手な焼き加減と形、まったく甘い香りのしないそれを嬉《うれ》しそうに頬張っているクロエ。

どうやら父親はちゃんと更生しているようだ。

「これはヴァンディエール騎士団長！　昨日出された領主様からの御触書《おふれがき》で、俺みたいに領主様の命令で怪我をした場合、それでもやれる仕事を斡旋《あっせん》する施設を作ってくれるって事になったらしいんです。ヴァンディエール騎士団長が領主様にかけ合ってくれたんでしょう？　ありがとうございます！」

以前に比べて格段にまともな目をしている。

辺境伯から不興を買う覚悟で色々言った甲斐《かい》があったようだ。

しかし、この状況は俺が作ってきたハチミツパンケーキを出せる雰囲気じゃないな。

前回会った時に、今度はお土産を持ってくるという約束をしたから何か……あ。

「これは前にクロエと約束した土産だ。俺達第三騎士団は魔物騒動が終息したため、あと一週間もすれば王都に戻るから一応知らせに来た。これからも仲良く暮らせよ」

さっき買ったばかりのハチミツの瓶を父親に渡すと、それを見たマルクとクロエの目が輝いた。

「凄《すご》い！　ハチミツだ！　ありがとうヴァンディエール騎士団長！」

「ありがとうおにいちゃん！」

「ハチミツ‼　こんな高価な物を……！　ありがとうございます。さっそく子供達に食べさせますね。本当にお世話になりました。何度お礼を言っても足りないくらいです。王都に帰ってもお元気で」

「ああ、邪魔したな」

ドアを閉めた中から、子供達の嬉しそうな声が聞こえてきた。

家の近くに待機していた部下達は妙にニヤニヤとしている。

「お兄ちゃん、オレもパンケーキ食べた～い」

シモンが手を組み、しなを作っておねだりしてきた。

全然可愛くない。

だが俺が準備したハチミツパンケーキを渡していないのを窓から見られている。

「……………はぁ、わかった。休憩の時にな」

「やったね！」

俺の言葉にシモンだけじゃなく、他の三人も喜んでいる。

お前らも食べる気か。

まぁいい、今回はこいつらの笑顔で我慢しておいてやるか。可愛くないけどな。

翌日、スタンピードでやる気満々だった待機組の部下達の消化不良を解消すべく、タレーラン辺境伯騎士団と合同訓練をする事になった。

スタンピードがなくなったとはいえ、引き寄せられた魔物がまだ多少は残っているので、それらに対応するための強化訓練……という事になっている。

そして訓練場に響く怒声と悲鳴に、木剣同士が激しくぶつかり合う音に紛れて聞こえる痛そうな打撃音。

「オラオラ腰が引けてんぞ‼　そう止まってちゃ魔物のいい的になっちまうぜ⁉」

「ひぃぃ、これが第三騎士団の実力……⁉」

「剣を受けるだけで精一杯だぞ。こんなのどうやって反撃すれば……うわぁっ」

辺境伯騎士団の一人が持っている剣を弾き飛ばされ、丸腰になった。

「はい死んだ～」

ビュッと木剣が空を切る音に、両腕で頭を庇《かば》うように覆う騎士。

だがシモンが振るった木剣が騎士に届く事はなかった。なぜなら俺が持っていた木剣で止めたからな。

「やりすぎだ。シモン、これは訓練であってシゴキじゃないんだぞ。お前今本当に当てようとしただろう。丸腰になった相手に」

「だ、だってよ、痛い思いしねぇと覚えねぇし、危機感も薄れるってもんだろ⁉　ここは剣を手放したら終わりだって身体に教えねぇと。な⁉」

俺が怒っているのがわかっているせいか、同意を求めて辺りを見回すシモンに頷《うなず》く者はいなかった。

「お前には訓練とシゴキの違いをしっかり教えてやらないとな？　まぁ安心しろ、前半はちゃんと訓練だから」

ニッコリと笑いかけたが、シモンはまるで悪魔でも見たかのように真っ青になっている。

実力はあるがバトルジャンキーのきらいがあるからこそ、楽しくなってくると見境がなくなるのが困りものだ。

やっていい事と悪い事を言ってもわからないんだから、身体に教え込む《きょういくてきしどうをする》のは上司の俺の役目だよな。

「さぁ、構えろ。構えろと言っただろう？　なぜ後退《あとずさ》る？　訓練の場合はこういう風に相手が受け切れるギリギリの速度で攻撃をしてやらないとダメだろう？」

全力で踏み込み、シモンがギリギリ受けられる速度の攻撃を加えていく。少しずつ剣速を上げると、受ける剣がシモンの身体に近くなっていった。

ガツッ、ガツッ、ガッ、ガッ、カッカッ、カッカッカカカカ！

「うわっ、や、もうっ、ギリギリッ、これ以上はっ！　ひぃっ！」

「ククッ、そろそろ訓練からシゴキに変えてやろう」

「申し訳ありませんでしたぁっ」

俺が剣を構え直した瞬間、シモンが土下座した。

「皆さ〜ん！　昼食の準備ができましたよ〜」

そこへのんびりとした声かけをするマリウス。

「チッ」

「マリウス！　お前は命の恩人だ！　さっきは前の団長に戻ったのかと思ったぜ！」

シモンは大袈裟《おおげさ》に騒いでマリウスに抱き着き、顔を押し戻されている。

「お前達、昼食の準備ができたと言っているから食べてくるといい。第三騎士団《ウチ》の料理は美味いから食べすぎないようにな。厨房で料理人に唐揚げという新作料理も頼んであるから期待していいぞ」

さっきまでシモンと対戦していた二人に話しかけた。突然始まった俺とシモンの手合わせを呆然《ぼうぜん》と見ていたらしく、さっきの場所から動いていない。

「は、はいっ」

「ありがとうございます！」

幕間　辺境伯騎士団ＳＩＤＥ

ジュスタンに話しかけられ、素直に昼食が準備されている場所へと向かう二人。

今日は懇親会を兼ねているため、従騎士《スクワイア》達が辺境伯騎士団と合同で昼食の野営料理を外で作っていた。

「いやぁ、さっきの手合わせ凄かったな。俺達二人でまったく歯が立たなかったシモンが子供扱いだったぜ」

「ああ、それに噂じゃ鬼畜だって言われてたヴァンディエール騎士団長が優しかったのに驚いた。わざわざ剣を止めてくれたしさ、あれ止めてもらえなかったら絶対俺の頭は今頃血塗《ちまみ》れだぞ？」

「前に合同訓練した時はあんな風じゃなかったよな？　むしろ俺達が血塗れになってるのを愉悦の表情で見てたような……」

「最近性格が変わったっていう噂は本当だったのかもしれないな。……ん？　なんだかいつもと料理の匂いが違う気がする。あの積んである薄茶色の肉っぽいやつも見た事ないぞ」

騎士の一人がスンスンと鼻を鳴らした。

「ん？　確かに……いつもより美味そうな匂いがしているな。という事はあの噂も本当なんだな」

「噂？　何の噂だ？」

「お前知らないのか？　第三騎士団のいる宿舎の料理が変わったって。ヴァンディエール騎士団長が変わったレシピを料理長に教えて、それが凄く美味いんだと。そのために騎士全員で香辛料を買う金を出し合ってるとかなんとか。たかが飯の味を変えるために金を出すなんてなぁ」

「けど今回は第三騎士団が食材とか準備してたんだろ？　て事はその噂の美味い料理とやらが食べられるんじゃないか？　さっきヴァンディエール騎士団長も美味いって言ってたし」

二人は食事をすでに始めている周りの騎士達の様子がいつもと違う事に気付いた。何かに興奮したように話しているのだ。

期待に胸を膨らませ、辺境伯騎士団の従騎士から料理を受け取る。

「期待してください。すっごく美味しいですよ！」

そんな言葉と共に。

「すっごく美味しいらしいぞ。あっちで食べよう」

テーブルなどは準備されていないので、皆陽当たりのいい場所に座って食べている。

二人も嗅《か》ぎ慣れない香りのするスープと、ロック鳥の唐揚げにそれぞれスプーンとフォークを伸ばす。

「「…………んんっ‼」」

口に含んだ瞬間、二人は顔を見合わせて同じリアクションをしていた。

そしてその表情もまったく同じものだった。『これ凄く美味いぞ』と。

「これは……、確かに金を出し合ってでも食べたいかもしれない。んん、普通の鶏の肉じゃないな、なんだコレ、こんなの食べた事ないぞ。噛《か》むと肉汁が溢《あふ》れ出して……」

「ああ、毎日こんなに美味い物が食べられるなら士気も上がるってもんだ。第三騎士団の強さの秘《ひ》訣《けつ》は食事の美味さだったんじゃないか？　非番のクレマン騎士団長が可哀想な気がするな」

「確かにこれだけ美味しければ予算を割いてもいいな。ヴァンディエールが宿舎の料理人にレシピを広めてもいいと言っていたらしいから、早速本邸の料理人達にも覚えてもらって来年の予算を増やすか」

「そりゃあ嬉しい……って、領主様っ⁉」

自然に二人の会話に入っていたのは、このタレーラン辺境伯領の領主だった。

いつの間にか横に座って同じ料理を食べている。

「どうしてここに⁉」

「うむ、噂になっている料理を食べてみたいと思ってな。かと言って私が第三騎士団の滞在している宿舎に食べに行くのは体裁が悪かろう。今ならそなたら辺境伯騎士団との交流ついでと言えるのだ」

辺境伯はあっという間に完食し、ハンカチで口元を拭《ぬぐ》うと立ち上がった。

「それにしても……、どうやらヴァンディエールの評価を改める必要がありそうだ」

浮かべられた微笑みが料理に満足したものなのか、ジュスタンへの好感度が上がったものなのかは騎士の二人には判断がつかなかった。

第四話　王都への帰還

邪神の欠片を破壊した一週間後、俺達第三騎士団が王都へ帰還する日がやって来た。

「もう行ってしまわれるんですね……。せっかく他国の料理の話もできるくらい仲良くなれた……と言うのはおこがましいですが、もっと色々教えていただきたかったです」

「はは、だったら俺が一代限りじゃない爵位を叙爵《じょしゃく》されて、屋敷を買ったら引き抜きに来るかな」

「お待ちしてます！」

冗談半分だったが、返事をする料理長の目は完全に本気だった。

俺達がいた宿舎には本来辺境伯騎士団の独身者が住んでいたので、料理人達は今後は以前通り彼らの食事を作り続ける事になるだろう。

しかし、俺達がいなくなるという事は、同時に余分に使えていた調味料が元の量になるので、まとめて作っていた自分達の賄《まかな》いの味も以前に戻るのだ。

どちらかというと、俺達が帰る事より調味料《そっち》の方が名残惜しいのかもしれない。

帰還の手続きは全て終わっているので、最後に本邸前に騎馬で隊列を組んで勢揃《せいぞろ》いする。

この一週間で心に余裕が生まれたせいか、部下達も問題を起こす事なく、領民も辺境伯騎士団も第三騎士団に感謝を表してくれたおかげで辺境伯からの印象は悪くない。

第三騎士団を見送るために、タレーラン辺境伯と側近の他、辺境伯騎士団の大半や宿舎で働いていた者達が集まってくれている。

「ヴァンディエール騎士団長及び、第三騎士団の諸君、これまでご苦労だった。貴殿らのおかげでこの領地は平和を取り戻した。王都まで無事帰還する事を祈る」

平和になったからか、俺に対する辺境伯の態度もかなり柔らかくなった気がする。特に先日の合同訓練辺りから。

それにしても、今回の事でかなり悪役堕ち断罪ルートから逸れる事ができたんじゃないだろうか。

「いえ、我々はやるべき事をしたまでです。クレマン殿は部下の体調管理に気を付けて今後もタレーラン辺境伯領の守護を頑張ってください。では失礼します。全員乗馬せよ！　出立！」

最後に顔を真っ赤にしているクレマンを見て、俺達は出発した。

やはりあの差し入れに下剤を盛ったのはクレマンの仕業だったのだろう。

「ジュスタン団長、本当に王都まで七日かけて帰るんですか？　来た時は五日だったのに」

副団長のオレールが馬を近付けて話しかけてきた。

「来た時は魔物被害が増えていたから急いだだけだ。王城の連中からしたら、少しでも長くタレーラン辺境伯領にいてほしかっただろう。ゆっくり帰還する事に対して、誰も何も言うはずないから安心しろ。それに本調子じゃない奴らもいるから、無理をさせない方がいいだろう？　お前を含めてな」

「……本当に変わりましたね。以前の団長だったら『俺の部下ならついて来い』とか言って馬を走らせていたと思うんですけど。最近の団長はまるで面倒見のいい兄のようだと皆言ってますよ」

「そうそう、なんてったっておに」

「あっ、おにいちゃ〜〜ん‼」

シモンが余計な事を言い出したから殺気を込めて振り向いた瞬間、クロエの可愛らしい声が聞こえた。

隊列を止めて声がした方を見ると、一家揃《そろ》って第三騎士団の見送りに来てくれたらしい。

大通りを通って領都の門へ向かっていたのだが、今日帰還するという噂が広まっていたせいか、結構な数の住人が見送ってくれている。

最初に領都に来た時は歓迎どころか、逆に大通りから人影が消えていたくらいだったのに、それだけ魔物の被害を減らした事に感謝しているのだろう。

それと最後の一週間で、第三騎士団への認識が変わったのかもしれない。

「クロエ、見送りに来てくれたのか。元気でな」

「うんっ、おにいちゃんもげんきでね！」

父親に抱き上げられているクロエの頭を馬上から撫《な》でた。同時に騒つく周囲。

「あの悪魔のようなヴァンディエール騎士団長が子供に微笑みかけているっ⁉　……って思ってるんだろうなぁ。わかるぜ、その気持ち」

「余計な事言わないの」

「イテッ、叩《たた》かなくていいだろ」

俺がクロエ達と話しているのをいい事に、シモンが好き放題言っている。

アルノーに窘《たしな》められてはいるが、後で俺からも言い聞かせてやろう。

最終的にはお礼の言葉と歓声に見送られ、俺達は領都を出た。

こんな風に感謝されながら出発するなんて、初めての事じゃないだろうか。

今までは街中で酒を飲んで魔物被害と同レベルで暴れたり、横暴な態度で住民を脅したり、喧嘩《けんか》騒ぎを起こしたりしていたからな。

帰ってくれてホッとしているか、家の中からさっさと帰れと言わんばかりに睨《にら》みつけられながらの出発だったと思う。

そのせいか、部下達もどこかくすぐったそうな顔をしている。

その調子で王都までの道中も問題を起こしてくれるなよ。


大所帯という事もあり、基本的に夜は野営で過ごし、途中で物資調達で立ち寄った村や町には部下達の見張りを兼ねて俺もついて行った。

そのおかげか特に大きな問題もなく、……うん、ない、なかった。

半数近くが娼館へ行きたいと駄々をこねた以外は。

代わりに訓練で俺が相手になって発散させてやって、食事を作る時に皆に驚かれながら手伝ってやったら黙った。

娼館に行く気力がなくなるほど疲れさせて、美味い食事で腹を満たしてやれば解決というものだ。

食事作りに関しては本来従騎士《スクワイア》の役目ではあるが、最初に作らせた時に以前の食事の味付けだったので、結局口だけでなく手も出してしまった。

この身体では料理なんてほぼ初めて作ったはずなのに、元々器用だったせいか前世と同等に作れて驚いた。

おかげで少し俺とは距離のあった従騎士達とも仲良くなったというか、懐かれた。

こっそりあ〜んして味見させていたせいかもしれない。

前世ではいつもお手伝いした弟達へのご褒美として、味見させていたからつい……。

そんなこんなで王都に到着した俺達を待っていたのは、歓迎する王都民……ではなく、眉《まゆ》を顰《ひそ》めて囁《ささや》き合う住人達。

また王都の治安が悪くなる、とでも話しているのだろう。

それだけの事をしてきたとわかっているが、周囲の様子に今にも喧嘩を始めようとしている部下達の顔つきにそっとため息を吐《つ》いた。

王都の中心にある王城から馬で五分ほどの、第三騎士団の本拠地である宿舎に到着した俺が解散後真っ先にした事、それは香辛料やハーブの買い足しである。

到着したのは午後三時、店はまだ開いているからと予備費を使って買って来るよう第三宿舎の文官に命じた。

最初は渋っていた会計係も、騎士達の素行が大幅によくなると話したら二つ返事で了承した。

これまであいつら酷かったからな。気持ちはわかる。

今までは罰則で食事を抜いたとしても、どこかで買い食いも可能だったが、新しい味付けを知ってしまった今はこれまでと違う。

実際味の濃さという意味では高級レストランや貴族の屋敷で食べられるが、ハーブを使った料理は誰も作れないのだ。

後半ヒロインである聖女と、俺が使い方を教えた奴ら以外はな！

「第一、第二の宿舎へ手伝いに行っていた料理人達も戻って来るだろう？　料理が各段に美味くなるレシピを教えておくから、今日から食事の時間が楽しみになるぞ。部下達がおりこうさんになった理由がわかるくらいにな」

ニヤリと笑って執務室を出た。

文官達が固まっていたようだが、考えてみればこれまでの俺が口にするはずのない単語をいくつか言った気がする。

ま、まぁ、その内俺の性格が変わった事にも気付くだろうから、気にしたら負けだ。

疲れているから大浴場の広い風呂《ふろ》に入って足を伸ばしたいところだが、今はきっと芋洗い状態だろう。

清浄魔法をかけてから自室に戻り、私服に着替えた。

「はぁ……、久々に寝る時以外に鎖帷子《チェーンメイル》を脱いだな。身体が軽い！」

グッと伸びをして解放感を味わう。装備一式を清浄魔法ひとつで済ませられる事に関しては、魔力を持つ貴族でよかったと心底思う。

このままベッドにダイブしたいところだが、もうすぐ届くであろうハーブの使い方を料理人達に教えておかないと。

魔法鞄《マジックバッグ》から辺境伯領の料理長が書き出したレシピの写しを取り出した。

「あ〜……、このまま渡すと手元にレシピが残らないな。仕方ない、書き写すか」

早くしないとハーブ類が届いてしまう。

急いでレシピを書き写し、厨房《ちゅうぼう》へと向かった。

「こ、これはヴァンディエール騎士団長、夕食にはまだ時間がありますが、何かありましたか？」

最初に辺境伯領の厨房へ行った時の事を思い出すような料理長の対応に、思わず苦笑いしてしまう。

「料理長、これを受け取ってくれ。今日から香辛料とハーブを余分に仕入れてもらう事にしたから、このレシピを元に調理してほしい。味付けや少し使うものを足すだけだから、メニューは変更しなくても大丈夫なはずだ。これまでにない調理法もあるから、それは後日試してくれ」

「は、はぁ……」

恐る恐るといった風にレシピの書かれた紙を受け取ると、メモに目を通した料理長は怪訝《けげん》な顔をしている。

この反応も二度目だな。

「失礼ですが、こんな物を使うなんて聞いた事がありません。これでもし他の騎士の方々からお叱りを受けたら……」

「問題ない。すでにそのレシピの料理を辺境伯領でみんな食べているからな。むしろこれまでと同じ味付けだと文句が出るだろう。確か料理長は貴族の屋敷で働いた事があると言っていたな。今後は貴族の屋敷より美味い料理を作れるようになるぞ。……違うな、これを覚えたら王族が食べている物より美味い料理が作れるようになる、だな」

「王族が食べている物より……？」

俺とレシピを交互に見て、料理長はごくりと唾《つば》を飲み込んだ。

普段健康なら薬草扱いのハーブなんて見ないだろうし、警戒はしているが美味しい料理には興味がある……といったところか。

「心配なら少しだけ試しに作ってみればいい。そうすれば違いがわかるだろう？　少なくとも今日使う分はもうすぐ届くはずだから頼んだぞ」

「わかりました……」

不安そうにしているけど、試したら辺境伯領の料理長みたいにどハマりするだろう。

小説《『滅救』》だと聖女が教えてすぐに、王都中に広まったくらいだもんな。

聖女か……。えーと、確かスタンピードからひと月後に、住んでた山の村から王都に連れてこられたんだよな。

俺が明日登城して陛下に謁見するだろ。その時小説だとボロクソに言われて、自暴自棄になってすぐディアーヌ嬢を襲ったはず。

小説の内容とは変わったから、スタンピードの事で責められないだろうし、俺もディアーヌ嬢を襲わない。

けど、聖女自体はもう見つかっているはず。そろそろ神殿の関係者が山に迎えに行く頃だろう。

明日会ったらディアーヌ嬢にはこれまでの事を謝って、ついでに聖女が来た時の対処を考えておくようにアドバイスするか。

そんな事を考えながら二階の自室に戻ろうとしていたら、廊下を挟んで食堂の向かいにある大浴場から騎士団員がゾロゾロと出てきた。

「あっ、ジュスタン団長！　さっきみんなと話してたんですけど、またお金を出し合って食事を美味しくしてもらえるんですか⁉」

聞いてきたのは従騎士のマリウス。シモン達も一緒になって俺の返事を待っている。

「安心しろ、すでに必要な物は手配するように文官に言っておいた。それにここは辺境伯領と違って、俺の采配《さいはい》である程度自由に動かせる予算がある。そこから費用は出すように言っておいたからお前達の負担はないぞ」

「おおぉ！　団長がいつもより男前に見えるぜ！　平民服を着ていても、溢れ出る気品で貴族ってすぐわかっちまうくらいだしな！」

「シモンは調子がよすぎモガモガ」

真っ先に反応したシモンに、マリウスが呆《あき》れた目を向けて文句を言おうとしたが、口を塞《ふさ》がれている。

まぁ、このくらいならジャレてるだけだから、放っておいても大丈夫だろう。

「とりあえずこの後、今日と明日はお前達は休みだ。俺とオレールは明日謁見してくるけどな。俺達がいない間に騒ぎを起こしたらどうなるか……わかってるな？」

殺気を込めて部下達を睨むと、声を揃えていい返事をした。

「いや〜、こういう時は団長や副団長って大変だなぁって思うよね。僕達はそんな団長達に迷惑かけないように気を付けないと、ね？　シモン」

「オレか⁉」

アルノーが一番やらかしそうなシモンを名指しで注意し、シモンは不満そうな声を上げたが、周りの団員達が一斉に頷《うなず》いたせいでシモンはその口を閉じた。


「うおぉぉ、やっぱ正装するとめちゃくちゃ似合うな！　二人共お貴族様なんだなぁって思うぜ」

「団長！　いっぱいご褒美もらってきてね！」

「オレール副団長緊張しすぎですよ〜！　お城に行く前からそんなに緊張してどうするんですか」

「カシアスだけじゃなく、俺らの活躍もしっかり伝えてきてくれよ」

次の日、俺とオレールに対してこれだけ好き勝手に言うのは、もちろん俺の隊の部下達だ。

「もらえる物はしっかりもらってくるから安心しろ。どうせ俺の報告を疑って高位神官も呼んでる事だろうから、疑った分も上乗せしてもらうつもりだ」

「ヒュ〜、さっすが団長！　よっ、悪い男‼」

「それは褒めてないだろう」

口笛を吹いて囃《はや》し立てるシモンにジト目を向けると、目を逸らされた。

「団長、そろそろ行きましょう」

「そうだな。行ってくる」

激励のつもりなのか、ただの冷やかしなのかわからないが、見送りに来てくれただけいいのかもしれない。

大多数の団員は休みと聞いて、街へと繰り出したみたいだからな。

俺とオレールは賑《にぎ》やかな声を聞きながら愛馬で王城へと向かった。

昨日の内に連絡はしてあるが、城内に通されてから控室で待たされる。

到着時にタレーラン辺境伯から預かった手紙を三通、陛下の侍従に渡したので、呼ばれるのはその中身を確認してからになるだろう。

陛下と辺境伯の娘のディアーヌ嬢とその婚約者である王太子への手紙。何を書いてあるかはわからないが、俺にとって悪い事は書いていないと信じたい。

緊張して出されたお茶をお代わりしているオレールを横目に、俺は何を言われるか脳内でシミュレーションをする。

二十分ほど待っただろうか。謁見の間へ案内されると、先ほど控室まで案内した侍従がやって来た。

陛下は全て把握しているが、一応俺から報告するという形にするため、宰相やら大臣やら勢揃《せいぞろ》いしているだろう。

「第三騎士団長ジュスタン・ド・ヴァンディエール様、並びに副団長オレール・ド・ラルミナ様が参られました」

謁見の間の大きな扉の前で侍従が告げると、左右に扉が開いた。

玉座には陛下と王妃が並んで座り、その横に小説の主人公であり王太子のエルネスト、そしてディアーヌ嬢が並んで立っている。

扉から真っ直ぐに絨毯《じゅうたん》が敷かれており、その左右には家臣一同が並んで俺とオレールに蔑《さげす》みの目を向けてきた。

王城でも色々やらかしてきたからなぁ。ここから信用を得るのは難しそうだが、地道に頑張るしかない。

玉座の前に進み、十メートルほど手前で跪《ひざまず》いて頭を下げる。

「第三騎士団長ジュスタン・ド・ヴァンディエールと副団長オレール・ド・ラルミナがご報告申し上げます。遠征で向かったタレーラン辺境伯領にてスタンピードの前兆があり、今回はそれを未然に防ぐ事に成功しました」

「バカな！　スタンピードを未然に防ぐなど、いったいどうやって！」

「信じられん！　証拠はあるのか！」

大臣達が口々に難癖をつけてきたが、こんなのは想定内だ。

陛下が片手を上げると、大臣達の野次がピタリとやむ。

「続けよ」

「ハッ！　こちらにスタンピードの元凶である邪神の欠片を持参しております。すでにタレーラン辺境伯の立ち合いの下《もと》、高位神官による判定を受けて邪神の欠片と確認済みです。どうぞお納めください」

魔法鞄から取り出した邪神の欠片を掲げるように差し出すと、大臣達が一歩下がった。

この場にいるのは貴族であり、当然教養として邪神の欠片の事は知っているのだ。

「陛下、本当にこれが邪神の欠片か今一度確認した方がよいと思います。ちょうどここに神官長が来ていますから、判定してもらいましょう」

そう言い出したのはエルネスト。俺の事を憎々し気に睨《にら》みつけている。

これまで婚約者《ディアーヌ嬢》にしつこく言い寄った上に嫌がらせをしてきたもんな。俺を嫌う気持ちはわかるが、それとこれは別に考えてほしい。

「よかろう」

「神官長、頼む」

陛下が許可を出すと、大臣達に紛れていた神官長をエルネストが呼んだ。

神官長も俺を嫌っている一人だから、当然俺を貶《おとし》める事を言うと信じているのだろう。

しかし、神官長は邪神の欠片を見た途端、辺境伯領の神官と同じく、顔色を変えて口元を袖《そで》で覆った。

その様子を見てエルネストは慌て出す。

「どうした⁉　まさか本当に邪神の欠片だと言うのか⁉」

「は、はい……。神聖力を使うまでもなく感じ取れるこの禍々しさは……間違いなく邪神の欠片でしょう。辺境伯領の神官の目は確かかと……」

神官長は頑丈そうな箱に邪神の欠片を入れて蓋《ふた》をすると、やっと安心したように息を吐いた。

「バカな……！　では本当にスタンピードを未然に防いだというのか！　ヴァンディエールが！」

「エルネスト様……」

不安そうにエルネストの腕に触れるディアーヌ嬢。

あ、もしかしてこれの褒美にディアーヌ嬢を嫁にしたい、とか俺が言い出すんじゃないかと心配しているのだろうか。

しょうがないなぁ。

「ひとつ訂正させていただきたい。今回手柄を立てたのは私ではなく、部下達であり、その中でもカシアスという者です。褒美には食事改善のための香辛料分の予算を増額していただければ、その者達は喜ぶかと」

「食事のための予算だと……!?」

そんな事信じられるか、と言わんばかりに俺を睨むエルネスト。

エルネストとは対照的に、陛下はいきなり笑い出した。

「わはははは！　まるで子供のような褒美だな！　多くの命を救ったというのに！」

「いえいえ、食事を美味しくするために必要なのは塩と胡椒《こしょう》が主ですから、一般の騎士からすれば大金というものです」

「ふっ、そなたが変わったと報告があったが、どうやら本当のようだな」

歴代の中でも名君だと言われている陛下の目は、まるで心の奥まで見透かされている気になる。

さすがに前世の記憶を思い出したなんて事は思わないだろうが、これまでの俺とは違うと確信しているようだ。

「タレーラン辺境伯領では色々ありまして……。正に人生が変わったような気がしております」

実際は小説通りの人生を変えるために頑張っているところなんだけどな。

こう言っておけば、これまでの俺と違う行動をしても納得してもらえるかもしれない。

「よし、ならば此度の褒美は第三騎士団の予算増額と、追って更なる褒美を与えよう。とりあえず今日の晩餐《ばんさん》に参加するがよい」

「光栄です」

恭《うやうや》しく頭を下げる俺とオレール。

さすがに宿舎で新しい味付けの夕食が食べたい、とは言えなかった。

謁見の間を退出した俺とオレールは、王城内にあるサロンに向かった。

城内にサロン自体はいくつかあるが、俺達が向かっているのは王城で働く貴族のための休憩室扱いになっているサロンだ。

晩餐に呼ばれたという事は、そこで褒美について話を煮詰めるつもりだろう。

王族と晩餐という事で、謁見の間よりもガチガチになって胃を押さえているオレールの背中を叩《たた》いた。

「今から緊張してどうするんだ。そりゃあ王族と食事なんて初めてだろうから胃が痛いだろうけどな。きっと味もわからないかも……あ、だが今回に限ってはその方がいいかもしれん。これまでの宿舎の味よりはいいだろうが、もっと上を知ってしまった今となってはな」

ニヤリと笑ってみせると、苦笑いだがやっとオレールが笑顔を見せた。

「確かにあいつらが今夜食べる食事の方が美味しいでしょうね。もうハーブを使った料理の虜ですよ。それにしても、知識もそうですが団長が料理を作れるなんて知りませんでした。野営の時の手際のよさ、料理人と比べても遜色《そんしょく》ないくらいでしたけど、いつ練習したんですか？」

「練習なんてしてないぞ。やったらできただけだ」

実際今世ではほぼ初めての調理だったしな。

作っていて、俺って結構料理好きなんだって気付かされた。

前世では仕方なくやっていたつもりでも、みんなが食べて喜んでる姿を見ると嬉《うれ》しくなる。

話しながら歩いていると、サロンに到着した。

サロンにはいくつかのテーブル席があり、サロン専属のメイドが来客にお茶や軽食を振舞う仕様だ。

まだ謁見の間が解散してないせいか、利用者は誰もいなかった。

窓際の陽射しの暖かそうな席に座り、お茶を頼む。

悪名高い第三騎士団のツートップが揃《そろ》ってるとあって、お茶を持って来たメイドの手が震えていた。

カチャカチャカチャカチャ。

見ている方がドキドキするくらいお茶も波打っている。

「あっ」

そしてメイドの小さな悲鳴と共に、お約束のようにソーサーからカップが離れていくのがスローモーションのように見えた。

「おっと」

身体能力と動体視力の賜物《たまもの》で、とっさにカップを受け取りテーブルに置く。

カップは熱かったが、正装の手袋もしているおかげで我慢できなくもない。

メイドは可哀想なくらい真っ青な顔で、ソーサー片手に震えていた。

「火傷はしてないか？」

「あ、あ、も、申し訳ありません……！」

恐怖で俺の言葉が聞こえていないようだ。これまでの俺ならお詫《わ》びに一晩付き合えとか言ってたもんな。

よく見るとソーサーの上には少しお茶が零れており、メイドの親指が赤くなっていた。

どうやら零したお茶の熱さでびっくりしてミスしたらしい。

「『水球《ウォーターボール》』。ほら、手を貸せ」

立ち上がるとソーサーを奪い取り、魔法で出した掌サイズの水球にメイドの手を突っ込む。

今は大丈夫だと思っても、火傷って後になってから酷くなったりするからすぐに冷やさないと。

「あ……、ありがとうございます……」

「水膨れになったら困るだろう？　治癒魔法は使えるか？」

王城で働いている者は下働き以外基本的に貴族だ。高確率で何かしらの魔法が使える。

「いえ……、魔法は不得手でして……」

俺を怖がっているのか、魔法が使えない事を恥じているのか、俯《うつむ》いてしまった。

この程度なら俺の治癒魔法でもなんとか治るかもしれない。お詫びにかけておこう。

「完治できるかわからないが……『治癒《ヒール》』。まだ痛むようなら、ちゃんと救護室へ行くんだぞ」

「は、はいっ、ありがとうございます！」

「何をしている‼」

メイドがお礼を言い終わるかどうかという時に、静かなサロンに怒鳴り込んで来た人物がいた。

謁見の間での会議が終わったのか抜け出したのか、エルネストが俺を睨みつけている。

ズカズカと近付いて来たと思ったら、俺が掴《つか》んでいたメイドの手を奪い取るように引き離す。

ああそうか、俺が無理やりメイドを口説いていると思ったのかもしれない。

「あ、あの、王太子様……」

「心配しなくていい。私が来たからにはもう大丈夫だ」

説明しようとしたメイドの言葉を遮って、思い切り正義の味方面《づら》をするエルネスト。

あまりにもわかりやすい空回りっぷりに、思わず笑ってしまいそうになるのをグッとこらえる。

「何がおかしいっ⁉」

おっと、どうやらこらえ切れていなかったようだ。

「いえ、人の話をきちんと聞かない為政者に未来はない……と思ったまでです。思い込み、独りよがり、都合の悪い話を聞かない、これらの条件を満たす王は独裁者と呼ばれるのですよ？　いくらこれまでの私の行動が褒められたものではなかったとしても、状況判断は確認が大切です。思い込みで行動すると取り返しのつかない事になりますからね」

「なんだと⁉」

そういえば俺ってこの小説《『滅救』》の主人公があんまり好きじゃなかったな。

小説自体は面白かったけど、主人公が自信満々すぎて時々鼻につくところがあったせいか、ちょっと意地悪を言ってしまった。

もしかしたらこれまでの俺がエルネストを嫌いだったから、そのせいもあるかもしれない。

「私が何をしたというのです？」

「この者に乱暴を働こうとしていたのであろう！」

「…………それは王太子の方では？」

明らかに強く握られている手首は痛そうだ。

実際メイドは涙目になっている。

「あ……っ、すまない、強く握りすぎた。しかし、この男に言い寄られていたのだろう？」

慌てて手を離し謝罪するエルネストは眉尻《まゆじり》を下げながら優しく問いかけた。

たのやら」

「その聞き方だとそう言えと命令しているも同然です。そうやって何人に自分の意見を強要してきたのやら」

「そんな事はしていない！」

なぜだろう、これまでの俺がエルネストを嫌いだったのはわかるが、嫌味が止まらない。

オレールも俺とエルネストのやり取りを聞いて、エルネストから見えないようにこっそり笑っている。

「状況を正しく判断したいのならば、何があったのか、と聞くのが正しいかと。違いますか？」

正論でエルネストをやり込められる日が来るなんて、そう言ってこれまでの俺が腹を抱えて笑っている気がした。

俺の発言に、遅れてサロンに入って来たエルネストの取り巻き……、いや、側近《ジュスタン》の三人が目を丸くして驚いている。

エルネストは正論に対して言い返せないせいか、ギリギリと音が聞こえそうなくらい奥歯を噛《か》み締《し》めて悔しそうだ。

それでも正論に対して悪態をついたり、権力にモノをいわせて従わせようとしないのはさすが主人公といったところか。

普段は結構冷静なエルネストだが、俺に対してはあからさまに感情をむき出しにして対応する。

これは顔を合わせるたびに喧嘩《けんか》を売ってきたせいだろう。俺に対して王族として取り繕う事をしなくなったのだ。

「ならば……聞こう、何をしていた？」

エルネストは俺を睨《にら》みつけているが、俺はメイドの赤くなった手首を見ていた。

その痛々しい手をそっと取り、チラリとエルネストを見る。

どうやらエルネストは俺を睨む事に忙しく、メイドの手首が赤くなっていた事に今気付いたようだ。

「先ほど熱いお茶で火傷をしたようだったので治療していただけですよ。このように……『治癒《ヒール》』。今日は二度も治癒魔法を受けたから疲れただろう。上の者に言って休ませてもらうといい。下がらせていいですよね？　王太子」

「……ああ」

「あ、ありがとうございます。では失礼いたします」

メイドは戸惑いながらも俺にお礼を言って下がった。

さぁて、この状況にエルネストはどんなリアクションをしてくれるのか、楽しみで仕方ない。

「という事ですが、何か私に用件がおありで？」

「どういうつもりだ」

にっこりと微笑みかけてやったのに、俺に対する態度悪すぎない？

「どういうつもり……とは？　まるで私が善行をするのをよしとしない、と言わんばかりですね。こう見えてこれまでの己の行動が褒められたものじゃないというのは自覚したのです。だからといって濡《ぬ》れ衣《ぎぬ》は勘弁してください」

「く……っ」

執拗《しつよう》に俺を悪者だと決めつける態度にイラついてきたのでキッパリと言うと、わかりやすく拳《こぶし》をきつく握って怒りをこらえている。

これまでは俺が余計な事をして、それを咎《とが》めたエルネストが賞賛を浴びるというお約束の展開が多かったもんな。

これまでの行動を反省していると言葉に……しっかりとはしてないかもしれないが、それらしい事は伝えたのに。

あっ、コレはアレだ！

敵キャラクターのいない特撮ヒーロー！

悪役がいてこそ輝くから、悪役がいないとただの……な？

王立学院に通ってた頃なら、成績でいいところを見せられたかもしれないが、大人になって公務をし出したら仕事するのは当たり前だし、賞賛されるような大きな手柄なんてそうそう立てられない。

しかし俺がいた事で婚約者を悪役である俺から守るという、わかりやすい正義があった、と。

もしかして、このまま行くとエルネストは婚約者がいながら聖女と二股《ふたまた》かける浮気野郎になるんじゃないか？　そんなの面白すぎるだろ。

いや、ディアーヌ嬢からしたらたまらないだろうけど。小説通りならエルネストは聖女に惚《ほ》れるわけだし。

「まだ何か？」

「貴様が何を企んでいるのか知らないが、見ているからな！」

いつもと違う展開に戸惑う側近を連れてエルネストが立ち去ると、すぐにサロン担当のメイド長が現れた。

「ヴァンディエール騎士団長、先ほどはありがとうございました。お茶が冷めてしまったようなので交換いたしますね」

「ああ、頼む」

メイド長は手際よくカップとソーサーを片付け、新しいお茶をテーブルに置いて下がった。

二人きりになった途端に、オレールがニヤニヤしながらテーブルに身を乗り出す。行儀が悪いぞ。

「やりましたね、団長。あの王太子を返り討ちにするなんて。いつも第三騎士団の事を見下しているのが言葉の端々から伝わってきてたから、スッとしましたよ！　これは宿舎に戻ったらみんなに教えてやらないと、ふふふ」

「確かに第一や第二に比べたら、あからさまに俺達を差別しているからな。第三騎士団がこれから品行方正になったとしたら、泥を被せる相手がいなくなって自滅してくれるかもしれんぞ。そうなったらそうなったで面白いな」

最初はエルネストにもひと言謝ろうとは思っていたんだ。だけど辺境伯にはすんなり謝れたのに、エルネストのあの態度もあってどうしても口に出せなかった。

「最近の団長は変わったと思っていましたが、そういうところは変わってないですね。嫌いじゃやないですよ」

あれ？　もしかして俺って前世から悪役な性格だったのか？

いやいや、弟達にお兄ちゃんお兄ちゃんって慕われていたんだから、そんなはずない……ないよな？


暇だから身体を動かしたいところだったが、晩餐《ばんさん》の時に汗臭い状態で参加するわけにもいかないからと、今後の計画を話しながら時間を潰《つぶ》した。

二時間ほど待っただろうか。迎えの若い侍従が来て王族の食堂へと案内される。

陽が落ちてひんやりとした廊下を歩き、食堂の近くまで来ると前方に侍女に先導されてディアーヌ嬢が歩いているのが見えた。

いつもならエルネストにエスコートされているはずなのに、珍しく一人だ。

歩幅的に俺達が追いついた時、ディアーヌ嬢が小さくクシャミをした。

「クシュッ」

「ディアーヌ様、やはりもう少し暖かいドレスに着替えてきましょう」

「今から部屋まで戻っていたら、王妃様より遅くなってしまうわ」

お付きの侍女が勧めているのに、ディアーヌ嬢はこのまま行こうとしている。

「晩餐が終わる頃にはもっと冷える。その侍女の言う通り着替えてきた方がいいと思うぞ」

「……！　ヴァンディエール騎士団長」

声をかけるとあからさまに二人が俺を警戒しているのがわかった。

これまでの所業を考えると仕方ないんだが。

二人の前まで行くと、俺は上着を脱ぐ。

「何をなさいます⁉」

お付きの侍女がディアーヌ嬢を庇《かば》うように、俺との間に手を広げて立《た》ち塞《ふさ》がった。

「女性に冷えは大敵だと聞いた事がある。王太子妃になるのなら、自分の身体を大事にするべきだろう。王妃様達の前でクシャミをしないように着替えてくるといい」

脱いだ上着をディアーヌ嬢の肩にかけると、一瞬ビクッと身体を揺らしたが、やはりだいぶ寒かったのか少しホッとした表情になった。

一瞬の間を置いて状況を理解した侍女は、俺に向かって頭を下げる。

「お気遣いありがとうございます。さ、ディアーヌ様、お部屋に戻りましょう」

戸惑いながらもディアーヌ嬢は俺に会釈をして侍女に連れられて行った。

「女性を脱がしはしても、上着を貸すところなんて初めて見ましたよ」

オレールが心底驚いた顔をしている。実際上着を貸したのは初めてだからな。

「彼女が風邪を引いたら公務にも支障が出るだろう」

貸したはいいが、上着がない事を何と言い訳しようと考えながら食堂へと向かう。

食堂に到着したものの、俺達以外はまだ誰も来ていなかった。

ディアーヌ嬢はともかく、俺達の身分の方が低いから待つのは当然だけどな。

晩餐の席ではやはり俺と話をするつもりなのか、陛下の隣の席に案内された。

いわゆるお誕生日席が陛下で、俺達の向かいにはきっと王妃が座るのだろう。正式なマナーを忘れていないか頭の中で反芻《はんすう》する。

まだ誰も来ないので給仕として控えていた一人に声をかけ、食後にディアーヌ嬢の部屋へハニージンジャーティーを持って行くように頼んだ。

しかし、どうやらハニージンジャーティーというものはこの世界にないらしく、理由と分量まで聞かれたので大体で答えて味見で確認するように伝えた。

どうやら生姜《しょうが》は薬として扱われているようで、身体が温まって風邪の引き始めにいいと言ったら驚かれてこっちが驚いたくらいだ。

しばらくすると王妃と第二王子、第三王女の親子が来て、すぐに側室と第一王女と第二王女、そして第三王子が来た。

つまりは王妃と側室には三人ずつ子供がいる。しかも王妃が末っ子を産んでいるので夫婦仲は安泰のようだ。

挨拶《あいさつ》が済むとオレールの隣に王子や王女が座り、向かいに王妃と側室が座った。

なごやかそうに見えてピリついている気がするのは、気のせいだろうか。

「ところで……、ヴァンディエール騎士団長の上着はどうなされたの？」

世間話をしている合間に、王妃が聞いてきた。

これは正装で来るはずの家臣が、着崩して晩餐に現れた事への嫌味だろう。

「申し訳ありません。途中で寒そうにしていた令嬢に上着をお貸ししたのです。騎士として己の体裁より優先すべきと判断したので、ご容赦いただけると幸いです」

「あらまぁ、ヴァンディエール騎士団長がそのような事を？　随分性格が変わったと報告があったと聞きましたが、本当だったのかしら？」

王妃はそう言ってチラリとオレールを見た。

「確かに……、タレーラン辺境伯領にいる間に団長は変わりましたね。第三王女よりもうんと小さな淑女に慕われるほどに」

「ほほほ、ヴァンディエール騎士団長が子供好きだなんて初耳ね。謁見の間でディアーヌ嬢に視線も送っていなかったようでしたし、宗旨替えした……なんて事はなくて？」

「んぐふぅ……っ、し、失礼しました……」

王妃の言葉に噴き出しそうになったのは、俺ではなくオレール。

俺がロリコン扱いされたのがそんなに面白かったのか。

「気まぐれに善行をしたら、その家の子供に懐かれただけですよ。タレーラン辺境伯令嬢に関しては、こんな言い方は失礼かもしれませんが、興味をなくした、といったところです」

俺の返事に、その場にいた王族全員が興味深そうに凝視してきた。

これまでずっと執着する姿を見ていたから、当然の反応かもしれないが。

『それはあいつの上着だろう！　なぜ君の侍女が持っているんだ⁉』

唐突に廊下から聞こえた声は、エルネストのものだった。

何やらしばらく話し声がして、すぐに陛下とエルネスト、そしてディアーヌ嬢が入って来た。

「待たせたな」

陛下が入って来た事により、全員が立ち上がる。

するとすぐにディアーヌ嬢とその侍女が俺の元へ来た。

「先ほどはありがとうございました」

ディアーヌ嬢の言葉に続いて、侍女が手にしていた上着を着せてくれた。

「助かりました。感謝いたします」

侍女もお礼を言うと、そっと壁際に下がる。

「どういたしまして。これまで色々迷惑をかけてきたのだから、少しでもお詫《わ》びになったのなら嬉《うれ》しいが」

「そなたは本当にヴァンディエール騎士団長か？　まるで別人だな」

俺とディアーヌ嬢達とのやり取りを見ていて、陛下が目を瞬かせた。

そんな陛下の反応に、王妃が笑う。

「ほほほ、先ほどわたくし達もそのお話をしていたのです。まるで誰かと中身が入れ替わったかのような変わりぶりですわ。令嬢というのはディアーヌ嬢の事でしたのね」

「本当に興味深い。食事をしながら色々聞かせてもらおうか」

陛下が席に着き、俺達も座ると次々に料理が運ばれてきた。

そして予想通り、味付けはしっかりしているものの、どうしても今ひとつ物足りない。

オレールは緊張で味がわかってなさそうだが。

食事の間、タレーラン辺境伯領での話を求められ、魔物が増えてきた事からスタンピードを予測してから解決までの事を話した。

食堂内にいたエルネスト以外の人達は、全員目を輝かせて俺達の話を聞いている。

特に王子や王女達は、王城から普段出られないせいか、もっと他にもと話をせがまれた。

オレールがさっきクロエの事を言ったせいで、マルクと出会ったところから話をさせられる始末だ。

食堂内で俺の株がグングン上がっているのに反比例して、エルネストの機嫌が急下降しているのがわかった。

これは晩餐が終わったら早々に引き上げた方がよさそうだ。

会話の途中でなんとか褒美の話題を練り込み、休養期間と予算増額の他に、老朽化した宿舎の改築費用も約束してくれた。

叙爵の話も出たが、今回の大手柄はカシアスだった事もあり、見送らせてもらった。

王妃と側室が自分と縁づいている令嬢を押し付け……紹介しようと狙っている気がしたからというのも理由のひとつだが。

今は自分の結婚より、部下達の教育をしっかりしたいしな。

目標は王都民の憧《あこが》れの職業が、第三騎士団と言われるくらい周りからの好感度を上げる事！

そうなればもし俺が処刑されるなんて事になっても、王都民が、世論が阻止してくれるだろう。

今後の事を考えたら多少粗野でも、礼儀正しい行動をとれるようにしてやらないと。

そのためには飴《あめ》と鞭《むち》……。何かあいつらが喜ぶ物があれば、それを餌に躾《しつ》けられるんだが。

そう思っていたら、答えは晩餐の最後にあった。

「あいつらが見たら羨《うらや》ましがるでしょうね。砂糖をふんだんに使ったお菓子なんて高級品ですから、簡単に手が出ませんし」

ヒソヒソと俺にだけ聞こえるようにそう囁《ささや》いたオレール。

改築の時に、お菓子作り専用のミニキッチンを増築するか。

もらえる物をたっぷりもらう約束をした俺達は、晩餐後エルネストに絡まれる前にサッサと退城した。


カポカポと耳に心地よい音と共に、王城から宿舎へと続く石畳を愛馬で移動する。

晩餐が終わった時にはすでに空は暗く、雪が降ってもおかしくないくらい寒くなっていた。

「疲れましたね……」

白い息と共に、オレールが力なく呟《つぶや》く。

「そうだな。だがまぁ、その分収穫があったと思えば……な？」

「そうですね……。しばらく遠征もなさそうですし、予算もたっぷりいただきましたから、耐えた甲斐《かい》があるというものですよ。それにしても、王太子の態度は酷かったですね、以前からあんな感じでしたっけ？　もう少し落ち着いた人物だと思っていましたが」

「これまで騒ぎを起こしていた俺の代わりに騒いでくれたのかもな。無駄に正義感の強い奴って、自分の正義を振りかざせる相手がいないと、ただの暑苦しい奴なんだって周りに知らしめたかったんじゃないか？」

「ははは、確かに暑苦しいと言えますね」

宿舎に到着すると、厩《うまや》番に馬達を預けて魔導具で暖かな屋内へと入る。

さっきまで寒さで肩に入っていた力が抜けてホッとする。今夜は部屋で祝杯でもあげるか。

玄関の正面にある階段から自室に戻ろうとすると、ちょうどカシアスが下りて来た。

「あっ、団長、副団長おかえり！　褒美はたっぷりもらえたか⁉」

「ああ、俺達のおかげでスタンピードがあった時に支払うはずの莫大《ばくだい》な支援金が浮いたわけだからな。予算を増やしてもらったから、これからもずっと食事は美味いままだし、老朽化した宿舎の改築費用ももらえたから大浴場をもっと広くしたり、シャワー室を別に作ったりも可能だぞ。特別にお前の意見を取り入れてやろう」

「だったらシャワー室！　夏なんて風呂に浸からなくていいから、汗だけ流したい時もあるのに入れねぇ時もあるし。従騎士《スクワイア》の奴らが大抵遅くになったりするのも可哀想だからな。俺も従騎士の時、正騎士の後だったから疲れてる時は辛かったぜ」

「はは、優しいじゃないか。わかった、シャワー室だな。それじゃあ俺は休む。みんなには明日報告しよう」

すれ違いざまにぐりぐりとカシアスの頭を撫《な》でて自室へ戻った。

清浄魔法をかけて夜着に着替えると、今夜飲む酒を選ぶ。

俺は外《ジュスタン》に飲みに行く事も多かったが、部屋にもしっかり酒瓶がコレクションされているのだ。

その中でも高級な蒸留酒を手に取り、グラスに魔法で氷を創り出した。

キュポンとコルクを抜き、酒を注ぐとパキパキッと音を立てて氷にヒビが入る。

「あ……、そういえばツマミ……はこれでいいか」

スタンピード対策で東の森の遺跡に行く時に作ってもらった弁当が、ほとんど残ってたんだよな。

弁当箱はあの時専用に発注した物だから、今後厨房《ちゅうぼう》で使ってもらうのもいいかもしれない。

次の遠征の時に一食でもストックがあれば雨の日の野営で調理しなくて済むから、その分従騎士達も楽になるだろう。

あとは宿舎の改築する箇所を考えておかないとな。要望のあったシャワー室を大浴場の横に増設するか、サロンを潰《つぶ》してそこに作るか。

グラスを傾けると、冷たくて熱い液体が胃に落ちる。

これまで醜態をさらすほど酔っ払った記憶がないから、かなりの酒豪に生まれたようだ。

「とりあえず使っていないこの部屋の物置をミニキッチンにしてもらうか。お菓子作りするたびに厨房を借りるわけにはいかないからな。けど……、あいつらが甘い物好きだなんて意外だな、ククッ」

食べているところを見た事がなかったが、それは単純に高価だから食べられなかっただけとは。

確かに塩や胡椒《こしょう》の次に高価な調味料は砂糖かもしれない。

それでも胡椒に比べたらうんと安いが。

そんな事を考えていたらドアがノックされた。正確にはドンドンと叩《たた》かれている。

オレールなら普通にノックをするから、きっとシモンかガスパール辺りだろう。

「鍵《かぎ》は開いているぞ」

そう言った途端に、勢いよくドアが開いた。

「団長！　シャワー室作るって本当……って、いい物食ってる‼　オレも食いたい‼」

予想通り、部屋に来たのはシモンだった。

おそらくカシアスに話を聞いて確認しに来たのだろう。

「わかったわかった、だから大きな声を出すな。もう寝ている奴もいる時間だろう」

「おっと……へへ。だって団長が美味しそうなの食べてるからさぁ。それにその酒、高いやつじゃねぇ？」

「ああ、数日分の俸禄《ほうろく》が飛ぶくらいにはな。今日は色々大変だったから、自分へのご褒美というやつだ。王族の相手というのは気を遣って仕方ない、はぁ……」

見えやすいようにグラスを掲げると、カランと氷がグラスを鳴らした。

「ひぇ〜、オレ平民でよかったぁ！　団長と副団長以外の貴族だけでも嫌な思いさせられてるのに、王族なんてもっと酷そうだもんな」

「酷いかどうかは人によるが、気が抜けないのは確かだな」

特に女性は直接攻撃でなく、外堀を埋めるように気付いた時には逃げ場がなくなる攻撃の仕方をするから怖い。

王妃や側室はその典型だ。

陛下は逃げ道があると思わせておいて、逃げた先が最悪の選択、という何通りもの手札を準備しておくタイプだから、逆らう方がバカというやつだな。

「とりあえず大変だったたっていうのはわかったぜ。じゃあお疲れ様って事で乾杯しないとな！」

ニカッと笑うシモン。

お前この高い酒を飲みたいだけだろう。

この夜、シモンは弁当ひとつと三杯のグラスを空けて自室に戻った。

俺は空になった酒瓶を眺めながら、これは祝杯だからと自分に言い聞かせるしかなかった。


翌朝、食事の恒久的な質の向上と、宿舎の改築を部下達に報告すると、歓声が上がるほど喜んだ。

そして数日後には職人が入り、工事が始まる。

結局シャワー室はサロンを潰すのではなく、今ある脱衣所の奥の壁にドアを作り、脱衣所と大浴場の外に増設する事になった。

ミニキッチンに関しては、俺の部屋に出入りする職人を訝《いぶか》し気に見る奴もいたが、「お前達も喜ぶ物になる」と言ったらすんなりと受け入れていた。

シャワー室は増設なせいか一週間経っても完成しなかったが、ミニキッチンは先に完成した。

魔導オーブンや魔導冷蔵庫を運び込むところを目撃した部下から、もの凄《すご》く期待した目で見られたので、オーブンの試運転として何か作ってやるか。

休養日として十日間もらったが、腕が鈍らないように各自で鍛錬はしているから顔を合わすしな。

八日目の朝、鍛錬が終わってから材料を買いに、貴族街の商店が並ぶ大通りへ向かった。

愛馬のエレノアで行ってもいいが、たまには長距離を歩いて体力低下を防がないと。

休養日に入ってから、訓練服かラフな格好しかしてなかったせいで貴族服が窮屈に感じる。

しかも帯剣してないせいで落ち着かないな。王都の住人を少しでも怖がらせないようにと思って剣を置いてきたが、次からはやっぱり帯剣しておこう。

しかし剣がないせいか、俺がヴァンディエール騎士団長だとまだ気付かれていないようだ。

これまでだと「俺は騎士だ」というのを全面に出して、かなりオラついていたからな。

えーと、買う物は砂糖とバターと小麦粉と卵……、あとはココアパウダーと油もあれば買うか。

あ、クッキーやケーキの型ってもしかして職人街に行かないとないのか？

ぶっちゃけ服や装備品以外、自分で買い物なんてこれまでしてなかったから、どこに何が売っているのかさっぱりわからない。

馬車で通った時に、この辺に食料品を扱ってる店が密集してた気がしたんだが。

まるでおのぼりさんのようにキョロキョロしながら進み、看板に香辛料の文字が小さく書いてある店を見つけた。

外から見たら何の店かわからないが、恐らく高価な香辛料や調味料を扱っているから、強盗防止に文字の読めない平民にわかりにくくしているのだろう。

ドアを開けると、カランとカウベルが軽快な音を立てた。

音に反応して店主らしき恰幅《かっぷく》のいい男が振り向き、奥から出てきた幼さの残る二人の店員が棚の前に立つ。

恐らくドアのカウベルも店員も、盗難防止策だろう。

「店主、砂糖五キロと、ココアパウダーもあるなら五百グラム、あと……」

「しょ、少々お待ちください！　すぐに準備するんだ！」

つらつらと買う物を告げると、店主は慌てて店員に言いつけた。

「あ～……、ツマミも作るかもしれないから塩と胡椒もあった方がいいか。店主、ミルに入っているものはあるか？」

「それでしたらこちらに別売りのミルがございます！　ここにある小袋がぴったり入る設計ですので、こちらと一緒にどうですか？　ちなみにこちらの小袋はただの塩ではなく岩塩でして、こちらもミルを使う仕様になっております。中身の名前を彫る事もできますし、あえてデザインが違う物を買って区別する方もいらっしゃいます。いかがでしょう？」

見事な揉《も》み手《で》で商品を紹介する店主。岩塩は前世のヒマラヤの岩塩のようにピンク色をしていた。

確かヒマラヤ岩塩はミネラルが多く含まれていて、抗酸化作用や血行促進とか色々効能があったはず。

「ではそれをもらおう。ミルはこれとこっちの二種類を。今日はこんなところでいいか……、会計を頼む」

「はい！　すぐに計算しますので！」

満面の笑みで代金を提示する店主に支払いをしながら、材料の他にも調理器具やエプロンなどの必要な物を扱っている店の場所を聞くと、店員の一人を案内につけてくれた。

リピーターになってもらう狙いと、自分の店の従業員に案内させる事で行った先の店に恩も売れるというような事を遠回しに言っていたので、かなりのやり手と見える。

帰り際にコソコソと俺がヴァンディエール騎士団長そっくりだが親戚《しんせき》かと聞かれたので、本人だと言うと凄く驚かれた。雰囲気が以前と別人のようで本人と思わなかったらしい。

案内をしてくれたのは、先に店の外で待っていた十四歳のステラという少女……女性？

他の商会の娘だが、親の知り合いの店で勉強のために働いているらしい。

商会の娘というだけあって、店にも詳しく値段の交渉までしてくれた。

これでお菓子を作る材料と道具が一通り揃《そろ》った。この子に何かお礼をしてやりたいな。

「案内をしてくれた礼にチップを渡したいのだが、受け取ってくれるか？」

「いっ、いいえ！　そんな事をしては旦那《だんな》様に叱られますので！」

ステラは慌ててブンブンと手と首を振った。

酒場や飲食店であれば受け取っただろうが、貴族相手の店だと店が十分な給金を払ってないと思われるのを避けるために、チップを受け取るのを禁止している場合が多い。

結構歩き回らせたし、このままだと俺の気が済まないんだが……。

あ、そうだ！

「歩いて喉《のど》が渇いたな。この近くに甘い物も食べられるカフェはあるか？」

「はい、それなら一本隣の通りにおすすめのお店があります。当店のお客様からもよく話題に出るんです」

「ほう、それなら期待できそうだ」

案内してもらった店に到着すると、ステラは店の前で待つと言った。

「それは困るな。こんな店に男一人で入るには少し勇気がいると思わないか？　これも接客だと思って付き合ってくれ」

「……わかり……ました」

ためらいつつ返事しているが、にやける顔を抑え切ていないぞ。

「好きな物を注文してくれ。そしてどんな味か教えてくれると助かる。買い物の内容で気付いただろうが、お菓子を作ってみようと思っているんだ」

「わぁ！　お客様がお作りになるんですか⁉」

「ああ、弟みたいな奴らがたくさんいてな、言う事を聞かせるためにご褒美をチラつかせてやろうと思っているんだ」

「ふ、ふふふっ、その方達は幸せ者ですね」

結局ステラは生クリームたっぷりのフルーツケーキ、俺はチーズタルトのセットを注文した。

結論から言うと、美味しかった。日本の高級店の味には届かないが、お菓子作りが趣味の人が作ったくらいのレベルでホッとする味だ。

しばらくスイーツの話や雑談をしてカフェを出ると、ステラを店まで送り届ける。

ちなみに値段はそれなりにいい食事と同等だった。そりゃあステラも食べ終わった時にホクホク顔してるはずだよ。

「今日は案内してくれてありがとう。店主にまた買いに来ると言っておいてくれ」

「はい！　こちらこそありがとうございました！　……あ、お客様のお名前をお聞きしても？」

「ジュスタン・ド・ヴァンディエールだ。第三騎士団長の方がわかりやすいかもしれんな。それじゃあ」

荷物は全て魔法鞄《マジックバッグ》の中なので、身軽に宿舎へと足を向ける。

後方で俺の名前を呟《つぶや》いてから聞こえたステラの驚きの声は、聞かなかった事にしておいた。


宿舎の自室に戻り、ミニキッチンの台の上に買った材料を並べてエプロンをかける。

部下達に見られたら何か言われそうだが、粉物の材料を使う時にエプロンは必需品だからな。

「作るなら無難にクッキーか……。数も多く作れるし」

バター、卵、砂糖、小麦粉、ココアパウダーを残して、他の材料を片付けた。久々のお菓子作りで自分でもちょっと楽しみだ。

型抜きクッキーは時間も手間もかかるので型は買ってない。つまり作るのはアイスボックスクッキーだ。

プレーン生地とココア生地を作り……作……、こんなに大変だったっけ？

柔らかくしたバターと砂糖を練っているだけで、泡立て器を持つ腕が悲鳴を上げているだと⁉

前世よりも筋肉質な腕をしているというのに、いつもと違う筋肉を使っているせいか、めちゃくちゃ疲れる。

溶き卵を数回に分けて混ぜ込み、振るっておいた小麦粉とココア入り小麦粉を各ボウルで粉気がなくなるまで練って……と。

四角いプレーンとココアの二種類と渦巻バージョンも作るか。

生地を寝かせる時に冷蔵庫だとしっとり、冷凍庫だとサクサクな食感に焼き上がるって何かで読んだ。

正直その違いはあんまりわからなかったから、急ぐ時は冷凍庫で寝かせていたんだよな。

今回も急ぐから冷凍庫で寝かせればいいか。

調理器具屋の店員に薦められて買ったスライムラップ。スライムの表面の膜らしいが、これがなかったら大変な事になっていただろう。

なんとか生地を正方形に……、正方形……とは……。

ま、まぁ腹に入れば同じだよな！

あいつら形にまでこだわるような奴らじゃないだろ。気にしない気にしない。

渦巻用は麺棒《めんぼう》で伸ばして、プレーンを外側にするから両端をココアより少し長くして……と。

角がどうしても丸くなるな。

切り落として四角にしてもいいけど、結局切り落とした部分を持て余すのは目に見えている。

角が丸くてもいいや。変な形になった部分は俺が食べれば問題ない。

なんとか冷凍庫で生地を寝かせるところまで終わった。

「うぉぉ……、これだけでかなり腕がダルいぞ。ちょっと腕のストレッチでもしておくか」

使った道具に清浄魔法をかけてから、部屋のソファに座って腕のストレッチをする。

疲れたせいか、いつの間にかウトウトと微睡《まどろ》み、気付くと一時間が経っていた。

「ハッ！　うわっ、ヤバい！」

慌てて冷凍庫から生地を取り出したが、板状に伸ばした生地はガッチガチ。これで渦巻を作ろうものなら確実に割れるだろう。

「仕方ない、先に四角い方を切ればいいか」

こっちは固いが切れなくはない。

見た目の悪い端っこはまとめて置いておいて味見用にするか。

そして両端を切り落とした時にふと気付く。

「あ、これ半分だけ市松模様にすればいいか。そうすれば四種類になるから見た目も華やかになるな！」

我ながら名案だ。

正方形（？）の生地を四分割にすると、小麦粉は振るいにかけたが、砂糖を振るうのを忘れた事実に気付く。

チラホラと白い塊が生地の中に見えるのだ。

「砂糖だから焼いてる内に熱で溶けるよな……？」

それにしても、前世ぶりに作ったせいか、料理に比べてめちゃくちゃ下手になってる気がする。

手が慣れていないせいか？

細長くなった生地を互い違いになるように組み合わせ、市松模様を作った。

多少歪《ゆが》んでいるが、それなりに形になっているんじゃなかろうか。

もう一度スライムラップに包んで冷凍庫へ。

作業している間に、板状の生地がいい感じに柔らかくなってくれたようだ。

スライムラップを引っ張りながら丸めていく。

あ、ちょっとひび割れたけど、焼ける時に塞《ふさ》がるよな。

丸め終わったら、こちらも再びスライムラップに包んで冷凍庫へ。

「ふぅ、これで冷えるのを待てば、あとは切って焼くだけだな。今の内にお昼を食べてくるか」

前世では弟達のおやつを大量生産していたから、もっと手際よくやってたのに、びっくりするぐらい時間がかかっている。

食堂に行き、生地が冷える時間に余裕があるため、ゆっくりと食事を摂って部屋へ戻った。

「うん、ちょうどよさげだ」

アイスボックスクッキーのカットは時間との勝負だ。

魔導オーブンの予熱をセットしたら、溶けて生地が緩む前にサクサクと切って、バターを薄く塗ったオーブンの天板に並べていく。

クッキングシートがあればバターを余分に消費せずに済むのに、などと思いつつ二段分を並べ終わった。

予熱が終わり、十五分焼けばできあがりだが、まだ切り終わってない生地が残っている。

焼き始めて十分、クッキーの焼ける匂いが部屋に充満した頃、ドアがノックされた。

ドアを開けると、そこには勢揃《せいぞろ》いした俺の隊の部下四人。

「……なんだ？」

「やだなぁ、わかってるでしょう？　こんなにいい匂いさせておいて」

にこやかに言ったのはアルノー。どうやらクッキーの焼ける匂いにつられて来たらしい。

「待て。まだ焼けてすらいないぞ。焼けたら味見させてやるから待て」

「やった～！　じゃあできるまでここで待っていようぜ」

「お、おじゃましますっ！　わぁぁ、団長の部屋に入るのは初めてです。センスいいですね～」

図々しく部屋に入り込むシモンに続いて、従騎士《スクワイア》のマリウスまで入ってきて目を輝かせながらインテリアを見ている。

俺としてもこの部屋はシンプルだが質のいい物が厳選されていて、かなり居心地がいい。

横になってダラダラする事も可能な三人掛けのソファと一人掛けのソファが三脚置いてあるせいで、部下達は全員ここに居座る気満々だ。

いつか俺の隊と副団長だけで人に聞かれたくない会議をするかもしれないと、悪だくみ用に揃えていたのが仇《あだ》となった。

「タレーラン辺境伯領からの帰りで団長が料理できるって知ってたけど、職人が出入りしてたのがまさか台所のためだったとは思わなかったな。今宿舎に残ってるヤツら全員驚いてるぜ。あっ、団長！　光が消えた！　できたんじゃねぇ⁉」

ガスパールがミニキッチンの方をチラチラ見ながら話していたが、焼けたと気付いて興奮し出した。

ミトンを装着し、天板を取り出してから冷ます用の網……いわゆるケーキクーラーの上にザラザラと載せる。

「おおっ、できてる！　いっただき～！　あちちっ、ムグムグ……柔らかくて甘ぇ～！　もう一枚……」

シモンが一枚掻《か》っ攫《さら》うように奪い、口へと放り込んだ。

俺は先にもう一枚の天板に載っているクッキーを取り出し、二枚目のクッキーが取られる前にオーブンの蓋《ふた》を閉めてからミトンをつけたままの手でシモンの頭を叩《たた》いた。

「クッキーが美味しくなるのは冷めて固くなってからだっ！　大体熱い状態で食べても味が落ち着いてないんだから、冷めてから食べろ！　お茶を淹れてやる。それを飲み終わる頃には食べられるはずだから座っていろ！」

「へ～ぃ……。別に今のままでも美味かったのによ……」

叩かれた頭をさすりながらソファへと戻って行った。

お茶を淹れるためのお湯を沸かしている間に、渦巻のクッキーを切って天板に並べる。

切るたびに転がしているが、段々生地が溶けて柔らかくなるため、少しずつ形が歪んでくるので最後の二枚は楕円《だえん》形だ。

魔導オーブンを再び十五分にセットして、自分の分も含めてお茶を淹れ、部屋のテーブルに並べてやると大人しく飲んでいる。

さっきシモンが叱られるところを見ていたせいかもしれない。

ミニキッチンに戻り、クッキーの温度を確かめるとまだ温《ぬる》いが固くはなっていた。

先に端っこで形の悪い物と砂糖の塊がバレバレな物だけ取り分ける。

ひとつ齧《かじ》ると、素朴な手作りの味。

「ん～………、卵使わない方が俺好みの味だったか。次はそっちを作ろう」

「えっ⁉　団長また作ってくれんの⁉　やったね！　これめっちゃくちゃ美味いぜ！　冷めるとこんなに味が違って感じるもんなんだな！」

いつの間にか背後から手を伸ばしてもしゃもしゃと食べているシモン。

勝手に食べた事により、シモンはもうこれ以上食べるの禁止令とウメボシの刑に処した。


「うめぇぇぇ！」

「すげぇ、お菓子って作れるんだな！」

「団長ありがとうございます！」

直属の部下達のお墨付きをもらい、夕食後に他の部下達に試食させたら大騒ぎになった。

やはりクッキーが焼ける匂いは宿舎内に充満していて、みんな騒ついていたらしい。

一人二枚程度しか食べられないが、好みかどうかさえわかればいいからな。

ソワソワしながらこちらを見ていた料理人達にも味見をさせたが、もっと食べたいと言っている団員達が睨《にら》みをきかせているせいで、かなり食べづらそうだった。

「こらこら、もしかしたら将来的に作ってもらえるかもしれないだろ？　その時俺がレシピを教えても、味を知っておかないとまずいじゃないか。料理もそうだが、お菓子作りは大変なんだから、それができる者を大切に扱え！」

そう告げると全員が揃《そろ》っていい返事をした。

あれ？　一歩間違うと俺を大切に扱えって言ったみたいになったな。

ま、まあ、俺に対しては前から敬意を払ってくれているから、今更勘違いはしないだろう。

翌日、朝の鍛錬をしていたら妙にみんなやる気に満ちている。

まるで頑張っているところを俺にアピールするみたいに……って、まさか。

「お前達、言っておくが……しばらくお菓子は作らないぞ」

そう言った瞬間崩れ落ちる奴がいるくらいガックリしている。

「そうだなぁ、第三騎士団の猛犬みたいなイメージをなくすような善行をしたら、ご褒美として作ってもいいぞ。クッキーより美味い物をな」

喜びの声を上げる部下達の声を聞きながら、訓練場を後にした。

あれだけ喜ぶなら、ちゃんとした物が作れるようにレシピ本でも買っておいた方がいいかもしれない。

身支度を整えて部屋を出ようとした時、昨日の帯剣していない時の心もとなさが思い出された。

「確かアレがあったな……。短剣《ダガー》でもないよりマシだろう」

タンスの中からソックスガーターに短剣を仕込めるタイプの物を取り出す。

片足だけだと歩く時にバランスが悪いからと両足に装着したが、慣れるまでちょっとかかりそうだ。

スムーズにズボンの裾《すそ》から出せるように、何度か練習してみた。

身体が覚えているのか、問題はなさそうだ。

予備にもう一本服の内ポケットに入れておくか。

「よし、これなら周りを怖がらせる事もないし、万が一ゴロツキに絡まれても余裕で対処できるな」

歩きながら短剣の重さが意外にウエイトトレーニング状態でいいかもしれないと思ったが、考えてみればこの世界で重りで負荷をかけてのトレーニングをした事がないな。

副団長《オレール》と相談して、訓練に追加するのもありかもしれない。


本屋は昨日行った店の三軒隣にある。

ちなみに来るのは初めてだ。

ちょっとした一軒家ほどの店の中に入ると、図書館と同じく紙とインクの香りがした。

吹き抜けの二階建てで、壁の四方が本棚になっており、二階部分は足場がぐるりとついている。

一階のフロアには背中合わせの本棚がいくつも並んでいて、側面にジャンルが書いてあるので、それをひとつひとつ確認しながら店内を歩く。

すると本棚の途中で、一生懸命背伸びをして本を取ろうとしている女性がいた。

近付いて代わりにその本を取って差し出す。

「ありがとうございま……す……、ヴァンディエール騎士団長」

「どういたしまして。そんな恰好《かっこう》をしているから誰かわからなかったぞ」

お礼と共にこちらを見た女性は、前半ヒロインことディアーヌ嬢だった。

お金持ちの商家の娘のような恰好をしていたので、てっきり平民かと思った。口には出さないけど。

「それはこちらのセリフですわ。帯剣していない事もそうですが、まるで別人のように見えます。ところで……なぜここに？　まさか……」

「？　本屋に来るのはほしい本があるからに決まってるだろう」

「え……!?　あ、そ、そうですわね！　それでは失礼いたします！」

ディアーヌ嬢は本を抱き締めて略式のカーテシーをすると店の奥へと姿を消した。

俺は再びレシピ本を探し始め、『お菓子作りを始めたいあなたに』というタイトルの本を手に取った。

イラスト付きで、それなりの生活をしている平民であれば負担の少ない材料少なめなレシピと、予算に余裕のある人向けのレシピまで色々載っていてかなり使えそうだ。

お菓子は商売する時にそのレシピの使用料を別途商業ギルドに支払う必要があり、そのレシピ自体にも価値があるので本もかなりお高めの値段だ。

「ふむ、これにするか」

「どうしてそんな本を？　まさか……、お菓子作りをするのですか⁉」

支払いを済ませて帰ろうとしていたと思われるディアーヌ嬢が、先日の侍女と二人で俺の手にある本を凝視していた。

ヘタに俺がお菓子作りをする事を広めたくない。色々言う奴も出てきそうだしな。

「何だ、俺に興味があるのか？」

わざと意地悪くニヤリと笑う。

「な……っ！」

顔を赤くしてハクハクと言葉をなくすディアーヌ嬢。

「冗談だ。貴族街とはいえ、気を付けて帰れ」

目的の本を見つけたのだから長居は無用だ。

俺は本を購入するために、ディアーヌ嬢達を置いて店の奥へと向かった。

支払いを済ませて店を出ると、どうやらディアーヌ嬢達は帰った後のようだ。

面倒な事が何も起きなくてよかった。さぁ帰ろう。

そう思った時、路地の向こうからディ、ディ、ディアーヌ嬢達の悲鳴が聞こえた。

「おいおい、俺が襲ってないからって物語の強制力が働いてるとかじゃないよな⁉」

声がした方へ全速力で向かうと、ディアーヌ嬢と侍女が下働き風の男二人に拉致《らち》されようとしていた。

大きい店が並ぶ通りから路地に入ると、馬車を待って乗りやすくするために店の入り口がない通りがある。

そのせいで人通りが少なく、そこから裏路地へと引き込まれたら厄介だ。

俺は上着ごと内ポケットに入れた短剣の鞘《さや》を掴《つか》むと、柄を持って引き抜いた。

男達は俵担ぎでディアーヌ嬢達を連れ去ろうとしていたので、足を狙って短剣を投げる。

「がぁっ！」

「きゃぁっ」

「何だ⁉　どうした⁉」

「お嬢様っ！」

俺が投げた短剣は見事にディアーヌ嬢を担いでいた男の脹脛《ふくらはぎ》に刺さり、男は倒れ込んだ。

同時にディアーヌ嬢が放り出される形で石畳の上に転がる。すまん。

「くっ、こうなったら……」

「痛っ！　あっ、お嬢様を放せっ」

侍女を担いでいた男は、侍女を石畳に落とすと、ディアーヌ嬢を担いだ。

どうやら侍女を置いて、ディアーヌ嬢だけを連れ去るつもりらしかったが、侍女がその男の足にしがみついた。

「くそっ、放せっ！」

男は乱暴に足を動かし、侍女に蹴《け》りを入れている。

「放すものかっ、お前こそお嬢様を放せっ」

蹴られているにもかかわらず、侍女は必死にしがみついたままだった。

おかげで逃げられずに追いつき、侍女に声をかける。

「よくやった。ディアーヌ嬢を返してもらおうか」

「ぐぁっ！」

俺は男の脇腹に膝《ひざ》を叩き込《こ》み、腕の力が弛《ゆる》んだ隙にディアーヌ嬢を奪い返した。

「怪我はないか？」

「はい、わたくしは……。ハッ、アナベラ‼」

振り回されて眩暈《めまい》がしているのか、片手で頭を押さえていたが、すぐに我に返って侍女の名前を呼んだ。

アナベラと呼ばれた侍女は蹴られた顔が数か所赤くなっており、ぐったりとしている。

恐らく俺がディアーヌ嬢を助けた事で、気が抜けて失神したのだろう。

「チィッ、ずらかるぞ！」

男は足に短剣が刺さったままの男を担いで逃げ出した。

捕まえたいところだが、さすがにこの状態の二人を放置して追いかけるわけにはいかない。

「帰りの馬車はどうなっている？」

「もうここに到着していてもおかしくないのですが……」

ディアーヌ嬢はキョロキョロと辺りを見回しているが、馬車が来る気配はない。

恐らく御者も襲われたか、この拉致に関与しているかのどちらかだろう。

「仕方ない、辻《つじ》馬車を拾って王城へ戻るといい。侍女は俺が抱えていこう。……なかなかの忠義者だな」

「ええ、わたくしにはもったいないくらいですわ。王立学院時代からの大切な友人ですの」

「ああ、どうりで見た事があると思った」

俺とディアーヌ嬢は一年だけ王立学院で被っている。

だからこそ当時エルネストの目を盗んでディアーヌ嬢に声をかけていたのだ。

意識のない人間をお姫様抱っこするのはかなり重いが、鍛え上げられたこの身体であれば余裕だ。

侍女を抱き上げて立ち上がると、腫《は》れた顔を見られないように俺の方へと寄りかからせて歩き出す。

「とりあえず今日一緒に来た御者が無傷であれば、そいつは解雇した方がいい。今回の拉致に関わっているだろうからな。怪我をしていたなら巻き込まれたわけだから、十分な見舞金を出してやれ」

「え……!? は、はい、そういたします」

大通りであれば辻馬車乗り場が点在しているため、大抵すぐに乗る事ができる。

御者に声をかけてドアを開けてもらい、先に侍女を座席に寝かせた。

ディアーヌ嬢が乗り込む時に、手を差し出しエスコートする。

「今日はありがとうございました。ヴァンディエール騎士団長がいらっしゃらなければどうなっていた事か……」

馬車に乗り込んでから、改めてお礼を言われた。

「気にするな、これも騎士の仕事の一環だ。ここに俺がいた事は言わないでもらえると助かる。色々勘繰る奴がいるだろうからな。ああ、そうだ。父君から連絡があったと思うが、正妃になりたければ早めに結婚した方がいいぞ。そろそろ神殿が聖女を迎えに行っていてもおかしくない頃だ」

「そっ、それは余計なお世話というものですわ！　ドアを閉めてくださいます⁉」

「はいはい」

なぜかディアーヌ嬢がいきなり怒り出した。普通に親切心で言ったつもりだったのにな。

言われた通りにドアを閉め、御者に代金を多めに渡した。

「王城へ向かってくれ。中に怪我をした女性がいるから、到着したら人を呼ぶように門番に言づけを頼む」

「わかりました。お任せください！」

手の中の銀貨の枚数を見ていい笑顔で答える御者。これなら任せて大丈夫だろう。

走り出した馬車を見送り、ふと気付く。

同じ方向なんだから途中まで一緒に乗って行けばよかっただろうか、と。

でもまぁ、そんなところを誰かに見られたら、それこそ騒ぎになりそうだからやめておいて正解だろう。

今からさっきの奴らを探しても無駄だろうし、もう宿舎に戻るか。

上着の内ポケットから相方をなくした鞘を取り出し、魔法鞄《マジックバッグ》へ放り込む。

なぜかこのまま全て終わらないという嫌な予感を気のせいだと振り払い、徒歩で宿舎へ帰った。

自室に戻り上着だけ脱ぐと、自室のソファにドカッと座って天井を仰ぐ。

「はぁ……、疲れた」

身体的には魔物討伐に比べて楽なものだったが、精神的に疲れた。

ディアーヌ嬢には俺の事を話さないでほしいと頼んだが、ちゃんと上手く言い訳してくれただろうか。

襲われた事を周りに話すかどうかもわからないけどな。

侍女が気を失った状態で戻って来たんだから、事情聞かれたりするか……。

ディアーヌ嬢自身も結構転がったり担がれたりで、服も汚れていたわけだし。

そんな事をぼんやり考えながらダラダラしていたら、部屋のドアがノックされた。

『ヴァンディエール騎士団長、ご実家からお手紙が届いております』

声の主は第三騎士団の文官。

どうやら俺がいない間に手紙が届いていたらしい。

ドアを開けると、顔色の悪い文官の姿があった。

恐らく俺達がタレーラン辺境伯領に行っている間は平和だっただろうが、戻って来てから色々発注したり予算が増えた分の管理や、団員に色々要望を言われたりと疲れているのだろう。

ないな。


「ご苦労。顔色が悪いな。急ぎでない業務は後回しにしていいから、ちゃんと休めよ」

「えっ⁉　あ、は、はいっ！」

俺の対応に驚いたようだが、休めという言葉に戸惑いながらも笑顔を見せた。

ドアを閉めてソファで手紙を開く。内容は一度帰って来いというものだった。

ヴァンディエール侯爵領までは馬車で三日、俺の愛馬《エレノア》であれば急げば一日で到着する距離だ。

陛下から許可された休養日はあと一日、最短でも往復三日はかかるから休みを申請しないとならないな。

我が子に出す手紙だというのに、愛情の欠片も見えない事務的な手紙。

だらりとソファに身体を預けたまま、顔の上に手紙を置いてため息を吐《つ》いた。

一枚しかないその手紙は、俺の息でひらりと床に落ちる。

「こういうのの積み重ねで俺が荒れただなんて、考えもしてないんだろうな……。貴族はそういう家が多いけど、嫡子《ジュスタン》ばっかり優遇しすぎだろ。それでもスペアとして家に繋《つな》ぎ止められてる次兄《シリル》よりはマシか」

のそりと身体を起こし、床に落ちた手紙をそのままに部屋を出て執務室へと向かった。

休暇申請とその旨の報告をしなければならない。

本当は行きたくないが、侯爵家の人間として家長である父親の命令は絶対だ。

「あれ？　ヴァンディエール騎士団長、どうなさったのですか？　明日まで休養期間ですよね？」

執務室に入ると、遠征に行っていないがゆえに休みをもらえていない文官達が不思議そうに俺を見た。

その全員がなかなか酷い顔色をしている。

「実家から帰って来いと手紙が来た。最長五日休みをもらうつもりだ。早く戻れるなら戻って来るが……。それよりお前達、さっきガリーにも言ったが、顔色が悪いから交代でちゃんと休暇を取れ。倒れるまで無理をするんじゃないぞ」

執務室の奥にある団長室へと向かいながら告げ、団長室で休暇申請の書類を作成する。

『今の聞いたか⁉　辺境伯領に行く前の団長ならどれだけ私達の顔色が悪くても、命がけで闘っている自分達と違って安全な仕事をしているんだから甘えるな、とか言ってたよな』

『それより人の顔色の悪さに気付いた事の方が驚きですよ！　あの人自分の部下が使えるかどうかにしか興味なかったじゃないですか！　私達の事なんて部下どころか道具としか思ってなかったですよ！』

『天変地異の前触れでしょうか……。それとも辺境伯領で人生観が変わる何かがあったとか⁉』

…………聞こえてるぞ。

隣の執務室から興奮した文官達の会話が聞こえてきた。声の大きさに気を配る事をすっかり忘れているようだ。

しかし下手な事を言って深く聞かれても困るので、聞かなかった事にして書類の続きを書き込む。

ついでに机の上に置かれていた書類に目を通し、一週間以内に必要そうな物だけ処理を済ませた。

三十分ほど作業をして団長室を出ると、事務長をしている文官に休暇申請と一緒に書類の束を渡す。

書類の束を見て事務長が目を輝かせた。俺のサイン待ちの書類が片付いたからだろう。

「俺が戻るまでに必要そうな物は処理しておいた。あとはその休暇申請を頼む」

「ありがとうございます！　承知しました！」

こうして休養最終日の朝、俺は実家であるヴァンディエール侯爵領に向けて愛馬と共に宿舎を出た。

俺の隊の部下達は休暇の延長なんてずるいと騒いでいたが、両手に拳《こぶし》を作ってみせたら口を噤《つぐ》んだ。

第五話　濡《ぬ》れ衣《ぎぬ》

ヴァンディエール侯爵領は、タレーラン伯爵領とは逆の南側にある。

そんなに距離は離れていないとはいえ、王都よりは暖かいはずだ。

王都の南門へと向かっていたら、第二騎士団の二個小隊がこちらへ馬で向かって来るのが見えた。

何かあったのだろうか。もしや昨日のディアーヌ嬢拉致《らち》の黒幕でも見つけたのかもしれない。

それなら俺も安心して王都を出られるというものだ。

第二騎士団は急いでいるようなので、端に寄って道を空けてやった……が。

なぜか第二騎士団の奴らは俺の横を駆け抜けず、俺の周りを取り囲んだ。

「第三騎士団長ヴァンディエール、貴殿をタレーラン辺境伯令嬢拉致未遂の容疑者として拘束する！　自領に逃亡しようとしても無駄だ！」

俺にそう告げたのはコンスタン・ド・ロルジュ。第二騎士団の副団長であり、王立学院の同級生だった男だ。

「…………ハァ？　コンスタン、お前本気で言っているのか？　彼女を拉致して俺に何の得がある？　証拠は？　あ、ついでに言っておくが、自領に戻るのはヴァンディエール侯爵の命令だ」

しかし、俺の言葉をコンスタンは鼻で笑った。

「フン、貴殿がタレーラン辺境伯令嬢に懸想しているのは周知の事実！　それに証拠もあるんだ！　無駄なあがきはやめるんだな！」

この状況でわかる通り、このコンスタンも漏れなく俺の事を嫌っている一人だ。

しかも同い年で先に団長職に就《つ》いた俺を目の敵にしている。

「証拠ねぇ……。情報ってのは常に更新しておかないとダメだぞ。とりあえずその被害者本人に聞いてみろよ。俺が全部話していいって言っていると伝えてな」

「…………いいだろう。しかし貴殿は我々についてきてもらうぞ。証拠を見ても言い逃れできるものならしてみるがいい」

コンスタンの奴……、俺が団長になってから色々と突っかかってきてたから、これを機にちょっと反省してもらおうか。

これからのシミュレーションをしながら、第二騎士団の奴らに囲まれてコンスタンの後をついていく。

俺が連行されたのは、第三騎士団と同じ通りにある第二騎士団の拠点。

第三騎士団と違って宿舎や訓練場だけでなく、王都の罪人を収容する施設がある。

そのせいで第三騎士団の方が王城に近い位置にあるのだが、第二騎士団からしたらそれも気に入らないらしい。

貴族の屋敷も王城に近い方が価値が高いからな。

その拠点の入り口に到着した時、俺からひとつ提案をした。

「なぁ、俺の馬を第三騎士団に置いてきていいか？　それかアルマン、お前が連れて行ってくれ。お前なら下手な扱いをしないと信じられるからな」

「え……っ⁉」

いきなり俺に指名されて驚く第二騎士団の従騎士《スクワイア》。合同演習をしている時に馬の扱いが丁寧だった事を俺《ジュスタン》は覚えていた。

「チッ、まぁいい。アルマン、第三騎士団に馬を連れて行け。ついでにヴァンディエールが捕らえられた事も第三の奴らに教えてやれ」

「は、はい……」

俺は愛馬《エレノア》から降りると、鼻面を撫《な》でた。

「すぐに帰るからおりこうさんで待っているんだぞ。厩舎《きゅうしゃ》まではアルマンの言う事を聞いてやれ。それじゃあ、頼んだぞアルマン」

わかったと言わんばかりにブルルと返事をするエレノアの手綱を、アルマンに渡した。

「わかりました。お預かりします」

アルマンはペコリと頭を下げると、自分の愛馬に騎乗したままエレノアの手綱を持ち、第三騎士団へと向かった。

俺はというと、いわゆる取調室へと連行され、尋問を受ける。

「昨日王太子の婚約者とその侍女が明らかにおかしい状態で王城へ帰還した。そして貴殿とその二人が一緒にいるところを目撃した者がいる。そして……、これだ！」

ガン、と机に叩《たた》きつけるように出されたのは、あの時暴漢に投げた短剣《ダガー》だった。

「確かに俺の物だが、どうして俺が犯人扱いされる事になるんだ？」

とりあえずこの短剣がここにあるという事は、持ち込んだ奴が黒幕、または黒幕と繋がっているという事だ。

「しらばっくれるな！　貴殿がこれを使って助けに入った者に怪我をさせたのだろう！　それともどこかでなくした物だとでも言い張るつもりか⁉」

この態度、どうやらコンスタンは本当の事を知らされていないようだ。

「助けに入った者ねぇ……。その手柄泥棒はどこのどいつだ？」

「何？　手柄泥棒だと⁉」

俺は腕を組んでふんぞり返り、椅子の背もたれに寄りかかった。

「調査不足だな。この短剣を準備した奴は俺の事が大嫌いだというのはよくわかった。しかし頭はよくないようだな、詰めが甘すぎる」

「な……っ、不敬だぞ！」

真っ直ぐすぎるこのコンスタンの性格は、以前の俺《ジュスタン》はバカにして嫌っていた。

しかし、今の俺はこの熱血っぷり、嫌いじゃない。

だが少々横暴な態度はいただけないな。俺は思いっ切り残念なモノを見る目を向けてやった。

「ふん、不敬……という事は、大方王太子が持って来たんじゃないのか？　いや……、王太子も誰かから受け取ったはず、恐らく……神殿関係者だな。あの時ディアーヌ嬢を拉致しようとしたのが神殿関係者だったか、それとも実行犯が治癒魔法を求めて神殿に行った時に手に入れたかはわからないが」

「どういう事だ？」

「俺の言っている事が理解できないという事は、ディアーヌ嬢と侍女から話を聞いてないという証拠だ。違うか？」

「それは……。しかしっ、王太子は証拠は揃《そろ》っているから明日にでも裁判を開くとおっしゃっていたぞ！」

「あ〜あ〜、そんなに恥をかきたいのかねぇ。いいぞ、裁判に付き合ってやっても。その代わりディアーヌ嬢か侍女のアナベラ嬢のどちらか、または二人を証人として呼んでくれよ。当事者なんだから」

「わかった……、伝えておこう」

俺としても裁判だろうが何だろうが、早々に決着がつくのなら大歓迎だ。

しかも今回もエルネストに一泡吹かせられるというなら余計にな。

小説で読んでいた時は好きではないが普通にいい奴《キャラ》だと思っていたのに、実際は自分が正義だと思い込んでる迷惑熱血野郎だ。

そして一晩牢屋《ろうや》で過ごせと言われたが、連れて行かれた地下牢《ちかろう》で危うく悲鳴を上げそうになった。

………めちゃくちゃ汚くて臭《くさ》いのだ。

トイレは魔導具だから臭わないはずだろ⁉

て事はもしかしてコレ囚人達の臭いなのか⁉

「なぁ、俺犯人じゃないし、後でお前達が謝る事が減るように客室に泊める気ないか？」

「何を言っているんだ」

「デスヨネー」

コンスタンにめちゃくちゃ呆《あき》れた目を向けられてしまった。

「おいおい、第三騎士団の団長様じゃねぇか！　あんたはいつかこっち側へ来ると思ってたぜ！」

「ひゃははは！　本当に本人だぞ！　何やったんだ～？　とうとう王太子の女をヤっちまったのか～？」

地下牢に来た俺を見つけて、囚人達がゲラゲラと下品な笑い声を上げている。

「静かにしろ！」

牢番《ろうばん》の騎士が怒鳴るが、舐《な》められているのか一向に静かにならない。

「甘いな。とりあえず……『清浄《クリーン》』」

俺が足を踏み入れられるように、魔力の半分を使って地下牢全体を綺麗《きれい》にしてやった。

当然地下牢にいた囚人も綺麗になっている。

「………ふぅ、人間って驚くと言葉を失って静かになるよな。ははっ」

そう話しかけたコンスタンも、囚人と同じく言葉を失っているようだ。

深呼吸をしてみたが、先ほどまでとは雲泥の差の清々しい空気が肺に入る。

「よしよし、臭いは消えたな」

満足してムフーと鼻息が出てしまった。

「な、何を考えているんだ？」

「は？　汚いし臭いから、少しでも居心地をよくしただけじゃないか。客室はダメなんだろう？　それに身体が汚れていると気分も荒《すさ》んでくるからな。囚人達も少しは気分がよくなって大人しくなるんじゃないか？」

ニヤリと笑いかけたが、コンスタンはまるで化け物を見るような目を向けてきた。

「お前……、本当にジュスタンか……？」

「ははっ、呼び方が昔に戻っているぞ？　ジュスタン・ド・ヴァンディエール以外の誰に見えるというんだ？」

内心ヒヤリとしたが、俺がジュスタンである事には変わりないと開き直るしかない。

囚人達はさっきまで服も本人も薄汚れていたのに、スッキリと汚れも臭いも消えている自分達に驚いて少年のようにはしゃいでいる。

ここにいる奴らはまともな手段では生計が立てられないような貧民街《スラム》の住人がほとんどだろう。当然貴族が使う魔法を目にする事も、ましてや体験するなんて事もなかったはずだ。

「……まぁいい。これ以上余計なマネはしない事だ」

「裁判後にはお前に頭を下げられるわけだからな、今は大人しくしてやるさ。あ、だが食事だけは自分の物を食べたいから、魔法鞄《マジックバッグ》を持って来てくれ。それくらいならいいだろう？　第二の予算も浮くわけだし、今回は正規の手順を踏んでいない……違うか？」

「……貴殿の魔法鞄は持ち主にしか使えない仕様だったはずだ。……取り出す時には立ち会うからな。さぁ、ここに入れ」

この地下牢は八室中、六室が八人入れるもの。二室が二人用になっており、俺が入ったのは入り口からすぐの誰もいない二人用だった。

しかしお互い監視させるためか、横の壁の三分の一は格子になっているせいで、隣の牢《ろう》の囚人達が鈴なりになってこちらを覗《のぞ》いている。

やめろ、俺は動物園のパンダでもなければコアラでもないぞ。

でもまぁ、牢屋にずっといては暇で仕方ないのだろう。暇つぶしにちょっと相手してやるか。

そう思っていたら、ちょうど囚人の一人が話しかけてきた。

「団長さんよぅ、本当にあんた一体何したんだ？　お貴族様だってのにこんな平民用の牢に入れられるなんてよ」

「ん？　平民用の牢？　牢屋というのは全てこんな物じゃないのか？」

俺の記憶《ジユスタン》に王都の牢屋の記憶はない。俺が相手してきたのは魔物か道中現れる盗賊だったから、出会えば全て殺してきたせいだ。

あとは実家の侯爵領の牢屋もこんな感じだったし。

「ぎゃははは！　普通お貴族様は専用の魔力封じ付きの綺麗な部屋だっていうじゃねぇか！　それなのによぉ！」

「魔力封じか。そういえば牢内《ここ》に入った瞬間に違和感を覚えたんだった……『灯り《ライト》』。ふむ、やはり魔法が使えない……」

試しに薄暗い牢内を明るくしようとしたが、魔法が使えなくなっていた。

「当たり前だ。その牢には魔力封じが施されている。平民でも魔力を持つ者が稀《まれ》にいるからな」

コンスタンがフンと鼻を鳴らした。どうせ無罪なんだから少しの辛抱だしな。俺は話しかけてきた囚人に向き直る。

「う～ん……、やはり俺がここに入れられたのはただの嫌がらせだろう。濡《ぬ》れ衣《ぎぬ》を着せて人を貶《おとし》めようとする、器の小さい男が考えそうな事だ」

「ヒュ～、言うねぇ。あんた色々恨まれてそうだもんなぁ」

「まぁ、お前達からしたら、俺が来て牢内も自身も綺麗になって嬉《うれ》しいだろう。身体が綺麗になって、少しは気持ちもサッパリしたんじゃないか？　数分前なら自分の頭も触りたくなかっただろう？」

鉄格子に近付き、ワシャワシャと頭を撫でてやる。

言葉遣いからもっと年齢が上だと思っていた奴が、近くで見たら俺より若そうだ。

きっと周りの言葉遣いが移ったんだろう。

「なっ、や、やめろ‼」

「ははは、何だ、照れているのか？」

地下牢に姿を見せた瞬間は悪意しか向けられていなかったが、清浄魔法のおかげか物言いはともかく、随分囚人達の当たりが柔らかくなった。

コンスタンは渋い顔をして立ち去ったが、見張り番の騎士達は明らかに表情が明るくなっている。

さっきまで臭かったもんな。

昼食の時間になると、パン粥《がゆ》のような物が運ばれてきて囚人達に配られた。

どうやら朝と昼はこれが普通らしい。最初に食事は自分の物にするって言っておいて本当によかった‼

そして本人が宣言した通り、コンスタンが俺の魔法鞄を持って現れた。

「ほら、持って来てやったぞ。食事以外は取り出すな、妙な動きをしたら斬る」

そう言ってコンスタンは抜身の剣を俺の首筋に構えた。そんなに信用がないのか。

「はいはい」

格子の隙間から手を伸ばし、魔法鞄を開けると中からタレーラン辺境伯領で作ってもらった弁当を二つ取り出す。

ひとつは温かいおかずが入った物、もうひとつはサンドイッチが入った物だ。

弁当を取り出して鞄を閉める。これで誰も勝手に物を取り出せない。

「もういいな。魔法鞄《これ》は回収する」

「ああ、夕食の時も頼むぞ」

魔法鞄を回収すると同時に向けられた剣も俺から離れた。

「…………一体何食分入っているんだ」

「どうだったかな？　三日分作ってもらって、一日で戻る事になったからその分余ってるだけだ」

「ふん、明日には裁判が開かれるらしいぞ。それで有罪が確定したら他の囚人達と同じ物を食べる事になる。精々それまでしっかり味わっておくんだな」

「そりゃどうも。残念だが裁判が終われば俺は自由の身になってるぞ？　そうだなぁ、今回はこうやって融通きかせてくれたから、お前も職務だった事だし、復讐《ふくしゅう》はしないでおいてやるさ。黒幕はどうなるか知らないがな、ククク」

「フン。なんだ、私の知っているヴァンディエールに戻ったじゃないか」

「………」

そんな悪い顔をしたつもりはなかったが、例の極悪笑顔になっていたらしい。

ここは早急に美味しい弁当を食べて顔を戻さねば。

弁当箱を開けた瞬間、香ばしいチキンと爽《さわ》やかなタイムの香りが、綺麗になった地下牢に充満した。

俺が来る前の臭い地下牢であれば、決してこの香りも堪能できなかっただろう。

当然囚人達の鈴なり再び。

分けてほしい、ひと口だけでも、そんな声に弁当の中身が見えないよう、囚人達に背を向けて二箱分を一人で完食した。

「ヴァンディエール、出ろ。再びここに戻る事になるだろうがな」

牢屋に入れられた翌日、コンスタンが姿を見せたので、朝食のために魔法鞄を持ってきてくれたのかと思ったら呼び出しだった。

「先に朝食を済ませていいか？　あ、急ぐなら馬車の中でもかまわないが」

貴族である俺が裁判にかけられるとしたら、貴族街にある裁判所だろう。

第二騎士団の詰め所も併設されていて、貴族の住宅街から一本隣の通りにある。

「裁判は王太子も傍聴《ぼうちょう》されるらしい。お待たせするわけにはいかないから馬車の中で食べるといい」

「わかった。裁判が終わった時にすぐ返してもらえるように、預けてある剣と魔法鞄も持っていってくれ」

「…………わかった」

昨日までは完全に俺を犯人だと思っていたみたいだが、一貫して変わらない主張をしている俺に自信が揺らいでいる、といったところか。

「団長さんよぅ、また戻って来たらあんたの飯を分けてくれよ。ちょっとした賭《か》けだと思ってくれていいぜ？」

昨日から絡んできていた奴がニヤニヤ笑いながら鉄格子越しにこちらを見ている。

「フッ、もし俺がここに戻って来たら一食分食わせてやろう」

「絶対だからな!?　約束だぞ!?」

それじゃあ俺も、と次々に言う囚人達に手を上げて応え、コンスタンと共に地下牢を出た。

髭《ひげ》は元々薄いから一日くらい剃《そ》らなくても大丈夫だが、剛毛だったら裁判所での印象が最悪なんじゃないか？

馬車に乗って裁判所へ向かう。商会の事務所が立ち並ぶ、いわゆるオフィス街みたいな通りだ。

四方を第二騎士団の騎士達が囲み、馬車内では左右に騎士、正面にコンスタンが同乗している。

完全に凶悪犯の護送じゃないか。

裁判所に到着すると、入り口で魔力を封じる手枷《てかせ》を装着させられた。

自暴自棄になって暴れたバカが過去にいたせいだ。

今日の裁判は急遽《きゅうきょ》開かれる事になったせいか、法廷内の見物人は耳の早い貴族と商人が傍聴席に半数ほど。

正面にいる裁判長と同じ高さの席に、勝ち誇った顔のエルネストがいた。

ちょっと待て、俺の弁護人が見当たらないのだが。

コンスタンに連れられて中央に二つ並ぶ証言台の片方に立つと、裁判長がガベルと呼ばれる木槌《きづち》をカンカンと鳴らして宣言する。

「ただ今より、ディアーヌ・ド・タレーラン辺境伯令嬢拉致《らち》未遂事件の裁判を行います！　被告人ジュスタン・ド・ヴァンディエール侯爵令息。あなたはタレーラン辺境伯令嬢を拉致しようとし、その時令嬢とお付きの侍女を助けた者に怪我を負わせて逃走した。間違いないですね？」

「間違い……だらけです。正確には事件名以外は全て間違いですね」

口を開いてすぐに、傍聴者達は俺が認めると思ったのか前のめりになったが、否定した途端に騒つき出した。

同時にエルネストが立ち上がる。

「嘘をつくな！　お前とディアーヌが一緒にいるところを見た者がいるのだ！　そしてディアーヌはボロボロになって気絶した侍女と戻って来た！　証拠と証人もいるんだ！」

俺はエルネストを無視して裁判長だけを見ていた。

ディアーヌ嬢からの証言については何ひとつ言っていない。証拠はあの時投げた短剣《ダガー》の可能性が高いが、証人っていったい誰だよ。あの時の犯人か？

「何とか言ったらどうだ！」

「…………裁判長、発言しても？」

「どうぞ」

直感だが、この裁判長、騒がしいエルネストより俺の方が好感度は高そうだ。

「裁判の邪魔をする者に対して、法廷侮辱罪などは適用されないのでしょうか？」

「ほう、法廷侮辱罪ですか……。初めて聞く言葉だが、確かにそのような法律があってしかるべきですな。今度の議題に上げたいと思います」

「ぜひそうしてください。こちらとしてはタレーラン辺境伯令嬢か、その侍女であるアナベラ嬢の証言ひとつで無実が証明されるのです。その二人を差し置いて証人と言われても捏造《ねつぞう》しているとしか思えません」

「恐ろしい目にあわせた本人に会わせられるはずがないだろう！　話すのも辛そうなのだぞ！　裁判長、証人を早く呼べ！」

早急に法廷侮辱罪の実施をと、俺と裁判長の心はひとつになったと思う。

裁判長と同じ方を向いているエルネストからは見えないだろうが、正面にいる俺からはハッキリ見えた。

裁判長の眉間《みけん》のシワが。

「……では原告側、被告人が否定している事について何かありますか？」

原告と言われて立ち上がったのは、何度か王城で見かけた事のある顔だった。

随分前に機嫌が悪かったせいで腰を抜かすほど脅かした事があるような、ないような。

「物証としてこちらの短剣を提出いたします。これは以前よりヴァンディエール被告が使っている物なのは騎士団で確認済みです。そしてこの短剣で怪我をしたのは聖騎士団の従騎士《スクワイア》であるこの者です」

そう言って原告の男は抜き身の俺の短剣をかかげ、俺が入って来た扉から妙に怯《おび》えた十代半ばの少年が連れてこられた。

少年は怯えながら俺の方をチラチラ見つつ、隣にあるもうひとつの証言台に立つ。

「証人は証言を」

「は、はいっ！　偶然ご令嬢の悲鳴を聞いて駆けつけたところ、賊に短剣を投げつけられ負傷しましたが、何とかご令嬢達の拉致を阻止できましたっ」

「負傷したのはどこだ？」

横から質問を投げかけた。

「えっ、あっ、えっと……、左の脹脛《ふくらはぎ》です」

こいつ、あの時の黒幕と繋《つな》がっているのはこれで確定したな。

俺の短剣がここにある時点でわかっていた事だが。

「ならばもう聖騎士にはなれんな」

「えっ⁉ な、なぜ……」

俺の言葉に動揺する従騎士。傍聴人達の騒めきも大きくなった。

「第一に裁判所で虚偽《きょぎ》の証言をした事。第二に仮にその証言が本当だったとしたら、賑脛を怪我した時点で敵に背を向けていた事になる。令嬢を拉致しようとした者を捕えようとしたなら、後ろ傷ではなく向こう傷がつくはずだろう？ そんな者に聖騎士になる資格などない。まぁ、悪だくみをしている神殿でなら、実力より疑問を持たず言いなりになる都合のいい駒の方が重用されるのかもしれんがな」

キッパリと言ってやると、自称証人の従騎士の顔色は真っ青になった。

幼い頃から頑張ってきて、あと数年すれば聖騎士になれるというのに、神殿が悪だくみをしている事を認めるか、それとも自分が勝手に嘘をついた事にして聖騎士の座を諦《あきら》めるかの二択を迫られているのだから当然か。

立ち姿からして大した実力もなさそうだから、捨て駒としか思われていないのだろう。

動揺しているせいか、焦点の合っていない目で何やらブツブツ言い始めた。

「そ、そんな……、これは正しい行為だと神官ちょ」

「何を不敬な事を‼」

従騎士の声をかき消すような大声を出しながら、傍聴席から神官服を着た男が前列に出てきた。

そんな事より、今この従騎士、神官長って言おうとしてなかったか？

この時点で俺の予想はかなり当たっていると考えていいだろう。

突然の神官の登場に傍聴席が騒つく。これまで俺から隠れるように傍聴人に紛れていたくせに、証人に仕立て上げた従騎士が余計な事を言いそうだったから、慌てて出てきたと見た。

「静粛に」

裁判長がカンカンとガベルを鳴らすと、法廷内がシンと静まり返った。

「裁判長！　先ほどのヴァンディエール騎士団長の言葉は神殿を侮辱する言葉です！　私は神官として抗議します！」

真っ先に静寂を破ったのは先ほどの神官だった。

お前さては勇者だな？　裁判長の眉《まゆ》がピクッと片方上がったぞ。

「発言をしていいのは証言台に立った者だけです。傍聴人は静かにするように」

神官は反論しようと口を開いたが、裁判長に睨《にら》まれて悔しそうに口を閉じた。

とりあえず追い打ちをかけてやるか。

「裁判長、証人に対して反論したいのですが」

「どうぞ」

「拉致未遂当事者のお二人がいらっしゃればすぐにわかる事ですが、拉致を阻止したのはそちらの従騎士ではなく、私です」

キッパリと言うと、面白いくらいに傍聴人達が騒ぎ出した。

裁判長が再びガベルを鳴らす。

「静粛に！　傍聴人達は静粛に！」

俺の発言のせいで、完全には静かにならずにヒソヒソとそこかしこから声が聞こえている。

しかし裁判の邪魔にならない程度の声量になったからか、裁判長は視線で続きを促してきた。

「どうやら私を陥《おとし》れたい者達が協力しているようですが、連携が甘いですね。確かに証拠品の短剣は私の物です。しかしタレーラン辺境伯令嬢を担ぎ上げて立ち去ろうとした下男風の男の脹脛に刺さったのであって、そちらの証言台にいる者は現場にいませんでした」

「では証人は証人でないと？」

大きくなりかけた騒めきに被せるように、裁判長が俺に質問する。

「はい、仕立て上げられた証人でしょうね。ここからはあくまで状況からの私の憶測になりますが……拉致を企《くわだ》てたのは神殿でしょう。最近の魔物の増え具合からして間もなく聖女の存在が発表されると思います。そうなれば神殿としては聖女を王太子の婚約者にしたい。しかしすでに王太子に婚約者がいる。もしも婚約者に不名誉な事が起これば婚約は取り消しになるでしょう」

途中でさっきの神官が騒ぎそうになっていたので、殺気を飛ばして黙らせてやった。

傍聴人達はというと、俺の言葉を聞き逃さないと言わんばかりに静かに聞き入っている。

「そして私と被害者のお二人が一緒にいたという証言を得た王太子が、私を犯人と信じたいあまりに当事者の話も碌《ろく》に聞かずに裁判を開くと言い出し、神殿はその思い込みを利用して自分達の罪を隠蔽《いんぺい》しようとした……というところでしょうか。私が助けたとは思わずにね。その短剣は特注品ではなく、普通に売られているものなので、私が持っている物を買い足した物だと店の者に証言でもさせるつもりだったのかもしれません」

「お前がディアーヌを助けたなんて信じられるか！」

「王太子、静粛に」

立ち上がって抗議するエルネストを、裁判長が静かに窘《たしな》めた。

「今の王太子の言葉は私の推測が真実に近いと物語っていると思いませんか？　もしかしたら真実を話されると都合が悪いからとお二人を監禁しているのでは、とすら思ってしまいますね。普通は当事者が証言するものでは？　あの日お二人を馬車に乗せた御者すらいないではありませんか」

傍聴席からは「確かに」「おかしい」「まさか本当に」と、明らかに俺の意見を信じているような囁《ささや》き声が聞こえている。

もう一息だな。

「第二騎士団は上から言われた事を信じて己の職務を全《まっと》うしただけですが、その指示を出した者は真実を知っていながら嘘の情報で王国の騎士団を騙《だま》したのです。その指示を出した者を裁判にかける事をおすすめしますよ」

その時、俺と偽証人が入って来た扉が勢いよく開いた。

「お待ちください！　ヴァンディエール騎士団長はわたくし達を助けてくださったのです！　決して拉致犯などではありません！」

入るなりそう叫んだのは侍女服を着たディアーヌ嬢。

もしかして侍女になりすまして王城を抜け出してきたのだろうか。

当然ながら法廷内は騒めきというより、どよめいている。

エルネストの奴、口を金魚みたいにパクパク動かして滑稽《こっけい》だな。

俺は感謝の意を込めてディアーヌ嬢に向かって騎士の敬礼をし、裁判長に向き直る。

「お聞きになりましたか裁判長。姿を見る限り、タレーラン辺境伯令嬢は王城に閉じ込められていたからこそ、この侍女服で参られたのでしょう。これは私が犯人でないと知っていて、犯人にしたい者の仕業です。ぜひともその者をここに立たせていただきたい」

「うむ、被告人ジュスタン・ド・ヴァンディエール侯爵令息を無罪とする！　衛兵は嘘の証言をした証人を捕えろ！　これにて閉廷！」

この日最後のガベルの音が、法廷内に響きわたった。

従騎士の抵抗する叫びと共に。


「じゃあ返してもらおうか」

「…………」

裁判所から俺を第三騎士団まで送る馬車の中、コンスタンに手を出すと無言で俺の剣と魔法鞄《マジックバッグ》を手渡された。

「ところでお前達に指示したのは王太子だったのか？　それとも第二騎士団長か？」

受け取った剣がセットされた剣帯を装着しながら聞くと、コンスタンはいきなり頭を下げた。

「………すまなかった！　私達は濡《ぬ》れ衣《ぎぬ》で貴殿を捕えて投獄したというのに、貴殿は我々の名誉を守ってくれた……、ありがとう。今回の指示は団長から出たものだったが、法廷での王太子を見る限り王太子が指示したのだと思う」

「まぁ、そうだろうな。恐らく俺の予測のほとんどは当たってると思うぞ」

「という事は、聖女の話も本当なのか？」

近衛騎士である第一騎士団ならば、もしかしたら情報共有されているのかもしれないが、第二騎士団には何も知らされていないようだ。

あくまで騎士爵は貴族相当の扱いなだけで、貴族ではないと線引きされているのだろう。

「確証はない。だが確信はある。考えてもみろ、法廷にいた神官といい証人といい、明らかに神殿が関わっていただろう。普通に考えて神殿が王太子の婚約者を排除する必要はあるか？」

「……ないな」

「だろう？　婚約者を排除する理由としては、ディアーヌ嬢自身を消したいか、婚約者という立場から引きずり下ろしたい時だけだ。だがこれまでディアーヌ嬢は貴族として神殿に貢献はしても、不利益を与えた事はないはず」

「確かに……、王太子の婚約者としての公務で神殿にいるのを見たが、二か月前のその時は関係が良好に見えたたな」

コンスタンは記憶を辿《たど》っているのか、顎《あご》に手を当てて外を眺めながら言った。

「ではその後に聖女が見つかったと報告が入ったのかもしれないぞ。お前もここ最近の魔物の増え具合はおかしいと思っていたんじゃないか？　未遂に終わったとはいえ、タレーラン辺境伯領でもスタンピードがあったわけだしな。邪神の復活……いや、その前にドラゴンか」

俺の言葉に、コンスタンはヒュッと息を飲んだ。

「邪神の復活だなんて……神官にでも聞かれたら大事《おおごと》だぞ⁉」

『滅救』小説通りなら先に登場するドラゴンの事をついうっかり口にしたが、コンスタンは邪神という言葉に気を取られて聞いていなかったようだ。

「だが聖女が現れるのは、邪神に対抗するために神が遣わすからだと王立学院でも習っただろう？　貴族であれば子供の時から家庭教師に習っている常識だぞ」

「だがまだ聖女が現れたなんて聞いてないぞ」

「そりゃ王太子の婚約者がいる状態で聖女が現れて、ディアーヌ嬢を押しのけて婚約者の座についたら印象がよくないからだろう？　婚約者に不幸な出来事があって、空席になった婚約者の座につく方が民衆からも受け入れられるというものだ」

「だからといって神殿が本当に……？　聖職者だぞ？」

「お前……、純粋だな」

「なっ⁉　バ、バカにしているのか⁉」

つい生温かい笑みを浮かべてしまったせいか、コンスタンが顔を真っ赤にして怒り出した。

実際はバカにしたんじゃなくて、サンタさんを信じている頃の弟達みたいな純粋さを微笑ましく思っただけなんだが。

「おいおい、また濡れ衣を着せる気か？　貴族をやってると、どれだけ上っ面がお綺麗《きれい》だろうと、汚いところを隠している奴らがわんさかいる事を知ってしまうだけだ。聖職者だろうと……な」

「上の貴族の事はお前の方が詳しいからな、私が知らない事もよく知っているだろう」

「おや、貴殿と呼ばなくなったな？」

長く話したせいで気が抜けたのか、物言いが砕けてきた事をニヤニヤと笑いながら揶揄《からか》ってやると、途端に眉間《みけん》にシワを寄せた。

「ククッ、冗談だ。昔のようにジュスタンと呼んでもかまわないぞ。邪神が現れるのなら第一だろうと第二だろうと垣根を越えて協力し合わなきゃいけないからな。俺の方も第三の奴らを躾《しつ》け直すのは大変だが、今よりは礼儀正しく周りに接するように叩《たた》き込《こ》むつもりだ……おっと、着いたようだな」

話している内に第三騎士団の宿舎前に到着したので、サッサと馬車から降りた。

部下達に事の顛末《てんまつ》を話して、再び実家に向かわないと。

「すまなかったな、ヴァンディエール侯爵領へ帰るところだったんだろう？　その……、気を付けて帰れよ……ジュスタン」

すっかり口調が学院生だった頃に戻っている。

本当に真っ直ぐな奴だ。

「ああ、もう気にするな、お前も職務だったんだから。ああそうだ、後日地下牢《ちかろう》の奴らに食事に一品差し入れしていいか？　ついでに真面目に罪を償《つぐな》ったら、また食わせてやらなくもないって伝言付きで」

「まぁそれくらいなら……。一晩であいつらに情でも湧《わ》いたのか？」

「飯テロ……いや、食事の時にちょっとした嫌がらせみたいになったからな。その詫《わ》びと激励みたいなもんだ。それじゃあ、またなコンスタン」

それだけ告げると、俺は宿舎へと駆け出した。

きっと部下達は俺が捕まってヤキモキしている事だろう。無罪放免になった事を早く知らせてやらないと。

宿舎の玄関に入ると、俺の隊の部下達が怖い顔をしてこちらに向かって来るところだった。

「戻ったぞ」

「「「団長‼」」」

俺に気付くと、驚いた顔で駆け寄って来た。

「今日から通常訓練のはずだが、どうしてお前達はここにいるんだ？」

「そんなの団長が心配で、裁判所に殴り込みに行くところだったに決まってるでしょ」

「やめろ、決めるな。そんな事をしたら余計に俺の印象が悪くなるだけだぞ」

アルノーの言葉を即座に注意する。

最近少し大人しくなったと思っていたが、根本が全然変わってない。

「それより捕まって今日裁判って聞いたけどよ、団長こそどうしてここにいるんだ？」

「元々理由が濡れ衣だったんだから、無罪放免に決まっているだろう。でもまぁ……、心配してくれてありがとうな！」

部下達の頭を順番にワシワシと乱暴に撫《な》でた。

乱暴だとか、痛いとか言っているくせに逃げないところがちょっとだけ可愛いとは思う。ちょっとだけな。

その後執務室に顔を出した俺は、休暇の延長の可能性を伝えて今度こそ王都を出た。

急げば最初に申請した五日間の休暇中に戻って来られるはずだ。

きっと今頃はエルネストやら神殿にも司法の調査が入っているだろう。この国は王制ではあるが法治国家でもあるからな。

王族とはいえ法を破れば罰を受ける。しかも弟達がいるから廃嫡されても問題……はあっても何とかなる。

そうなると聖女を未来の王妃にしたい神殿としては、今回の騒ぎは起こし損だよなぁ。

まぁ、王都に戻って来る頃には多少動きがあるだろう。

エルネストが廃嫡されるとディアーヌ嬢が可哀想か？　いや、そうなれば婚約破棄になるだろうから、むしろ幸せかもしれないな。

「犯罪に関しては専門外だもんな。餅《もち》は餅屋《もちや》って事で任せればいいか。久々にお前と一緒に遠出するんだ。嫌な事は忘れて楽しく行こうか！」

愛馬《エレノア》に話しかけながら首筋を撫でる。だが、そう思えたのは実家の領地に到着するまでだった。

第六話　ヴァンディエール侯爵家

順調に一日で領地まで来たのはいいが、俺が屋敷に到着すると、それはもう物々しい雰囲気で完全にアウェイだ。

どうやら俺が到着する直前に、出入りの商人経由で俺がディアーヌ嬢拉致《らち》未遂犯として捕まったという報せを受け取ったらしい。

父親からしたら「とうとう馬鹿息子がやらかした」といったところか。

昼時に到着しそうだったから、先にお弁当を食べてから来て正解だったな。

こんな雰囲気で家族と食事なんてできそうにない。

今俺は家令に案内されて食堂に来たのだが、全員食欲が失せたと言わんばかりにカトラリーを置いた。

「父上、ただいま戻りました」

「……お前には色々と聞きたい事がある」

「なんなりと。食事は必要ないからお茶を頼む」

家を出るまで俺が使っていた席は、誰も座っていないままだったので、メイドにお茶を頼んで席に着いた。

以前の俺なら「お茶を持ってこい」と言っていたせいか、メイドは驚いた顔をしていた。俺の家族も。

食事の席には両親、長男夫婦、次男が。

長男夫婦には四歳と二歳の子供がいるが、カトラリーが上手に使えるまでは食堂では食べない。

若干緊張した面持ちのメイドがお茶を持って来てから、お茶に口を付けると父親が口を開いた。

「お前が王太子の婚約者を拉致しようとしたというのは本当か」

「いいえ、拉致を阻止したのが俺です。濡れ衣で裁判にかけられましたが、被害者本人であるタレーラン辺境伯令嬢が証言してくれたからこそ、無罪放免されてここにいるのです」

普通久々に息子が帰ってきたら、まずはおかえりのひと言くらいあってもいいんじゃないか？

子供好きだった前世の父さんとは大違いだな。

父さんだったら疲れただろう、喉《のど》は乾いてないかって笑いながら頭を撫でてくれたはず。

「そうか、ならいい」

「それで、用件も書かずに手紙で俺を呼びつけた理由はなんですか？」

ここまでの移動中に悶々《もんもん》とさせられた上、前世の父親と比べたせいで拗《す》ねたような言い方になってしまった。

「父上に向かって何だその口のきき方は！」

長男のアルベールがドンとテーブルを叩く。

義姉上《あねうえ》がビクッとしたじゃないか。ヴァンディエール家って結構血の気が多いよな。

「俺はともかく、兄上は食事中でしょう？　お行儀が悪いですよ」

「なんだと⁉」

「いちいち大きな声を出さないと話せないんですか？　次期当主なんですから、もっと落ち着きを持ってください。簡単に感情的になっては周りから侮《あなど》られますよ」

シレッと返すと、次男のシリルが笑いをこらえているのが視界に入る。

アルベール兄上の息子が七歳になれば、スペアとして無用となるがゆえに、シリル兄上的に色々含むところもあるのだろう。

「随分……変わったのね、ジュスタン。以前とはまるで別人のようだわ」

母親が戸惑いながら声をかけてきたが、俺の中ではやはり前世の母親が親であって、俺《ジュスタン》にさして興味を持たなかったこの女性を母親とは思えない。

それでも愛情を求めていた以前の俺《ジュスタン》は、やさぐれてあんな悪評まみれの人物になったわけだ。

その事をぶちまけてやってもよかったが、もうこの血の繋《つな》がりだけの人達を家族として扱いたくない気持ちが勝った。

俺は母親に向かって愛想笑いを向ける。

「おや、俺の性格を知っていたんですか。てっきり興味がなくて何も知らないのかと。お久しぶりですね」

ちょっとした嫌味をお見舞いしたら、まるでショックを受けたかのような表情をした。

実際今まで興味もなかったくせに、そんな顔をする資格はないだろう。

長男が第一、ついでに次男、三男はどうでもいいと如実に行動が物語っていた。

実際、実家を離れてから一度も母親からの手紙は届いてないし、当然会いに来た事もない。何かの用事で王都に来た時でも。

今は無性に前世の家族に会いたいという気持ちが強くなってしまう。

「……本当に変わったな。そういえば叙爵の話を断ったというのは本当か？」

「「叙爵⁉」」

父上の言葉にアルベール兄上とシリル兄上が同時に声を上げた。

爵位を継げるアルベール兄上はともかく、シリル兄上は騎士爵は持っているものの、あくまで貴族の子という立場なせいで、俺が名実共に貴族と認められる男爵以上に叙爵されたら俺の方が身分が高くなるからな。

「最も手柄を立てたのは部下であって俺ではありません。部下の手柄を横取りするような浅ましいマネはいたしかねますので。それに……、その内自分の手柄で叙爵されてみせますよ」

実際小説だとこの先、ドラゴンやら邪神やらで手柄を立てられるチャンスは多いはずだからな。

自信満々に言い切る俺に、父上は目を瞬かせていたが、最後は満足そうに笑みを浮かべた。

昼食の席での話が終わり、俺は食堂から離れの自室へと向かった。

長男のアルベール兄上が結婚したと同時に、俺と次男のシリル兄上は屋敷の離れへと部屋を移されたのだ。

十九歳でこのヴァンディエール侯爵領の騎士団から王都の第三騎士団に引き抜かれ、一年後に団長になった時も戻って来なかったからなぁ。

一応建物内の掃除はされているみたいだが、俺の部屋はどうだろうか。

そっとドアを開けると、意外にも綺麗に保たれている。

もしかしたら、呼び出しの手紙を送ったから掃除をさせたのかもしれない。

ちなみにシリル兄上が嫁をもらったら、この離れが新居になるはずだ。

まだ結婚していないところを見ると、嫁に来てくれる人がいないのか、どこぞの婿養子になる事を諦《あきら》めていないのか。

もしここが新居となった場合は、この部屋も使えなくなるだろうから本館の客間に泊まる事になるんだろうな。

そうなったら王都に家を買うか借りるかしないと……いや、部下が酒盛りするためのたまり場になりかねない。

最悪私物を全て魔法鞄《マジックバッグ》に放り込んで、宿舎でそのまま生活した方が楽だろう。

せっかくミニキッチンも作った事だしな。

「あ、どうせ食事は本館で作っているんだから、ここのキッチンは使われてないよな。甥《おい》と姪《めい》のお土産を何にしていいか迷って結局買ってなかったし、何か作ってやるか」

キッチンを覗《のぞ》くと、さすがに使っていないせいか、少々埃《ほこり》っぽかった。

使う場所だけを清浄魔法で綺麗《きれい》にして、魔法鞄から必要な道具と材料を出す。

「とりあえず卵なしクッキーでも作るか」

調理器具は揃《そろ》っているし、材料さえあれば作れるのだ。

宿舎《向こう》と違って、ここでなら俺の分もしっかり確保できるしな。

部下の人数的に、大量に作っても少しずつしか食べられないから、もっとほしいってうるさいし。この世界では売られている小麦粉って薄力粉じゃなくて強力粉がほとんどだから、いっそパンを作ってクリームパンとか作れば喜ばれるんじゃないだろうか。

子供って甘いパン好きだし、弟達にはよく動物パンとか作らされたよなぁ。

「えーっと、カスタードって確か卵黄と砂糖と牛乳と薄力粉で作れたよな。分量を絵面でしか覚えてない……あのレシピ本に書いてないかな……。まぁいい、今日のところはクッキーだけにしておくか」

前回作ってからそんなに日にちが経ってないせいか、結構手際よくできていると思う。

生地を冷やしている間にレシピ本を調べたが、カスタードクリームは載っていなかった。

魔導オーブンで焼き始めて数分後、もうすぐ焼き上がるという頃にパタパタと軽い足音が聞こえてきた。

『ここだね！』

可愛らしい幼い子供の声が聞こえたと思ったら、キッチンのドアが勢いよく開く。

入って来たのは俺と同じ銀髪に、瞳《ひとみ》の色はジュリア義姉上と同じ緑の目をした幼児だ。

「お待ちくださいアレクセイ坊ちゃま！　ここは今ジュスタン様もいらっしゃっているので……」

アレクセイと呼ばれた幼児を追いかけていたメイドが、俺の姿を見て固まった。

「アレクセイ……という事はアルベール兄上の息子か。随分ヤンチャなようだな」

「も、申し訳ありません‼」

顔色を変えたメイドが頭を下げているが、手を上げて制する。

アレクセイは俺のところまで来ると、不思議そうに見上げた。

「シリルおじうえじゃないおじうえ？　ぼく、いいにおいしてるからきたの」

キョロキョロと周りを見回しているが、クッキーは魔導オーブンに入っているからアレクセイからは見えない。

俺はアレクセイを抱き上げた。軽いなぁ。赤ん坊の時は会わせてもらえなかったから、これが初対面だ。

「そうだぞ。俺はジュスタンという。アレクセイが探しているものはこの中にあるぞ。お前達に土産を買ってこられなかったから作っているんだ」

「なにつくってるの？」

「それは焼けてからのお楽しみだ。いい匂いがしているだろう？　妹のアンジェルと仲良く食べるといい。もう少ししたら食べられるからな。お茶の準備をして待っててくれるか？」

「うん！　ぼくのおへやでジュスタンおじうえまってるね！　いこう、アンヌ！」

「は、はい。では失礼いたします」

アンヌと呼ばれたメイドは安堵《あんど》の表情を浮かべ、アレクセイと共にキッチンから出て行った。

クッキーが焼き上がると、少し冷まして綺麗な形の物だけ木の器に盛る。

伸ばした時に端だった部分は形が変だから、これは俺が食べるか……騎士団に戻ったら部下にでもやるか。

味見として形の悪いひと欠片を口に放り込む。

「うん、やっぱりこっちの方が好きだな。時間があればココアのも作ったんだが……」

子供二人分なら、この量でも足りないという事はないだろう。

使った物に清浄魔法をかけ、クッキーを持って本館へと向かった。

本館でメイドの一人にアレクセイの部屋まで案内させたが、明らかに俺の手元をチラチラと気にしている。

料理人のいない離れから来たのに、あからさまに作りたてのクッキーを持っているから不思議なのだろう。

「アレクセイ坊ちゃま、ジュスタン様がいらっしゃいました」

アレクセイの部屋の前に到着すると、メイドがドア越しに俺の来訪を告げた。

『わぁ！　おじうえがきた！　はやくはやく‼』

メイドは俺を知らないはずのアレクセイがこんなに歓迎している事に、不思議そうに首を傾げながらもドアを開ける。

部屋の中には小さな子供用テーブルの椅子に座っているアレクセイとアンジェル、その脇にはソファに座って戸惑っているジュリア義姉上が乳母と共にいた。

「あの、ジュスタン様、アレクセイにお茶の準備を申し付けたのですか……？」

「お邪魔して申し訳ない、義姉上。子供達にお菓子を作ったから食べてもらおうと思ってな。お土産代わりというやつだ。子供達にクッキーを食べさせてもいいだろうか？」

「え、ええ……。それより今つく」

「はやく、おじうえ、はやく！」

ワクワクが止まらないアレクセイが義姉上の言葉を遮って催促する。

義姉上が言いたい事はわかっている。俺が作ったという事に耳を疑ったのだろう。

「ははは、わかったわかった。夕ご飯が食べられなくなるほど食べてはいけないぞ？　お菓子だけでは大きくなれないからな」

「はい！」

「…………」

「アンジェルは人見知りなんだな。はじめまして、ジュスタン叔父さんがお菓子を持って来たぞ」

低いテーブルの真ん中にクッキーを置くと、真っ先にアレクセイが手を伸ばした。

カリコリと可愛らしい音を立てて食べ、大きい目を更に大きく見開いた。

「おいしいです、おじうえっ！　おじうえすごいっ！　こんなおいしいものをつくるなんて！」

素朴で家庭的な味のするクッキーは子供にとってちょうどいいのだろう。弟達もいつも喜んでいたもんな。

次々にクッキーを口へと運ぶ兄を見て、アンジェルもそっと手を伸ばした……が、届かない。

俺はアンジェルの隣に直座りして、クッキーをアンジェルの口元に運ぶ。

「ほら、アンジェル、あーん」

「あー……？」

俺が口を開いたままでいると、不思議そうにしながらも口を開けるアンジェル。

口の中にクッキーを入れると、まだ赤ちゃんみたいな丸さを残す頬を動かしながら咀嚼《そしやく》した。可愛いなぁ。

「おいちぃ！　もっと！」

「ははっ、はいはい」

もう一枚差し出すと、アンジェルは俺の手ごと掴《つか》んでクッキーに食らいついた。

二歳児の手ってこんなに小さかったっけ。前世よりも俺の手が大きい事もあって、余計に小さく見える。

そんなほのぼのした風景を、義姉上と乳母が目玉が飛び出んばかりに驚きながら見ている事に気付いたのは、数分後の事である。

アレクセイとアンジェルは向かいに座っていたが、最終的にアレクセイの隣に俺が胡坐《あぐら》をかいて、そこにアンジェルが座って並んで食べている。

こうすればクッキーの入った器を近くに寄せて、アンジェルも自分で取れるからな。

「ほら、お茶も飲まないと。お、アンジェルのは水か、なら熱くないな。アンジェル、ごっくんしような」

「ん～……」

「上手に飲めたな、偉いぞ～。……ん？」

視線を感じて顔を上げると、義姉上と子供達の乳母が固まっていた。

確かにこれまでの俺《ジュスタン》では想像できない行動か……。

「義姉上、子供というのは可愛いものですね」

「ハッ！　そ、そうですね、二人共とても可愛いでしょう？　それにしても……その……ねぇ？」

俺が話しかけると、我に返ったようで慌てて頷《うなず》き、乳母に目配せしている。

「え、ええ、その、ジュスタン様は随分お子様達の扱いに慣れていらっしゃいますね」

「本当よね、まるで子供のお世話をいつもしているみたいに。……隠し子なんていませんよね？」

「はぁ!?　いるわけありませんよ！　ずっと遠征しているか、騎士団の宿舎に住んでいるんですから」

義姉上の言葉に思わず声が上ずってしまった。

確かにこの世界だと、二十二歳なら結婚して子供がいてもおかしくない年齢だが。

「おじうえ、とってもおいしかった！　ありがとうございます！」

「そうか、よかった。ここの料理人に作り方を教えておくから、今度作ってもらうといい」

「ほんとう!?　わぁい！」

「わぁい」

喜ぶアレクセイをマネして、アンジェルも同じように喜んでいる。

そんなアンジェルをチラチラ見て、アレクセイはそっと立ち上がると俺の袖《そで》を引っ張った。

「おじうえ……ぼくも……おひざにすわりたい……」

くっ、俺の甥っ子が可愛すぎる……！

誘拐されないように護衛付けておかなくていいのか⁉

「おじうえ？」

「ああ、もちろんいいぞ。アンジェル、おにいちゃんと仲良く座ろうな」

アンジェルを左足の太腿《ふともも》に乗せ、アレクセイを右手で抱えて右足の太腿に座らせた。

向かい合わせに座った二人は、顔を見合わせて嬉《うれ》しそうに笑っている。可愛いなぁ。

そうやってなごんでいたら、突然部屋のドアが乱暴に開いた。

「あっ、ちちうえ……」

アレクセイがあからさまに身体をこわばらせた。

俺は安心させるように肩を優しく撫《な》でる。

「ジュスタン、なぜお前がここにいる？」

アルベール兄上はズカズカと部屋に入って来ると、俺の背後に立って見下ろした。

「初めて会う可愛い甥と姪に、手土産としてクッキーをプレゼントしただけですよ。顔は義姉上に似てよかったですね。俺達に似ずこんなに可愛らしいのですから」

「何が目的だ」

どうやら何か勘違いをしているようだ。

足が痺《しび》れてきたので二人を抱き上げ、立ち上がった。

身長が同じくらいなため、真正面から視線を受け止める。

「こんなに可愛い子達を可愛がる以外にどんな目的があるというのです？　あまり懐かれていないようですが、最後に抱っこしたのはいつですか？　父親なんだからちゃんと愛してると伝わるようにしないとダメですよ。はい」

俺はヒョイとアレクセイを兄上に渡した。

慌てて抱きとめ、俺を睨《にら》む。

「一体何を考えて……！」

「ひゃっ」

兄上が大きな声を出した瞬間、アレクセイが再び身体をこわばらせた。

「あ……っ、アレクセイ、お、お前に言ったわけではない」

これは普段からあまり子供達を構ってないな？　俺達の父親がアレだから仕方ないかもしれないが。

成績や成長を確認するだけで、遊んでくれたり世話をしてもらったりした記憶がない。

これはひとつくらい子供とのふれあい方を教えてやった方がいいかもしれないな。アレクセイのためにも。

「兄上、最近身体を鍛えていますか？　まぁ……、騎士の俺と比べるのは可哀想ですけどね」

「な……っ！」

「酒ばかり飲んでいると腹が出ますよ？　毎日子供達に手伝ってもらって鍛えるといいのでは？こうするといいですよ」

俺は足を伸ばして座り、膝《ひざ》を曲げると足の甲にアンジェルを座らせて足に抱き着かせた。

「アンジェル、ちゃんと掴まっててくれよ」

まだ二歳だからちゃんと言っている事を理解していないだろうけど、にこにこしながら掴まっている。

そのまま後ろに倒れて腹筋を開始した。起き上がるたびに顔が近付き、アンジェルが俺の顔を捕まえようと片方の手を伸ばすが、すぐに離れるので興奮し始めた。

「アンジェル～」

「きゃはははは！」

「ばぁ～」

「きゃははっ」

「さぁ、兄上もアレクセイを乗せてやるといいですよ。あ、それとも腹筋が弱くてできませんか？」

呆然《ぼうぜん》として見ていた兄上に向かって意地悪くニヤリと笑うと、兄上は眉《まゆ》を吊《つ》り上《あ》げた。

「そんな事はない！　見ていろ！」

思惑通りムキになった兄上は、アレクセイを足の甲に座らせて腹筋を始めた。

そして最初に身体を起こした時、反動をつけたせいで二人はかなりの至近距離で見つめ合う形になっている。

「ど、どうだアレクセイ。私もちゃんとできるのだぞ」

「はい！　ちちうえすごい！」

子供に褒められ、俺に向かってわかりやすいドヤ顔をした。

ほら、義姉上もクスクス笑っているじゃないか。

でもまぁ、アレクセイも嬉しそうだし、思惑通り親子の距離は縮まったかな。

「困った父親だよなぁ、アンジェル？」

おだてられて腹筋を続ける兄上を横目に、俺はこっそりとアンジェルにだけ聞こえるように囁《ささや》いた。

アルベール兄上親子の距離が少し近付いたように見えたおやつタイムの後、俺は本館のキッチンへ向かった。

目的は当然ながら味付けの改良のためだ。

俺がキッチンを覗《のぞ》いた瞬間、料理人達に緊張が走ったのがわかった。

「楽にしてくれ。タレーラン辺境伯領や王都で評判のよかった味付けの覚書を持って来たんだが、見るか？」

ヴァンディエール侯爵家の使用人は大体三十人くらい。その食事を三人の料理人でまかなっている。

料理長は俺が子供の時からこの屋敷で働いているせいか、ここに顔を出した事のない俺を警戒しながら近付いてきた。

「拝見します」

料理長はメモに目を走らせると、何度か目を瞬かせて俺を見た。

「これはいったいどこで書かれたものですか？　薬草のこんな使い方なんて聞いた事ありません」

「書いたのはタレーラン辺境伯領の料理人だが、発案者は……俺だ」

「は？」

「味の保証はするから、せめて俺の分だけでもこれを活用してくれ。もちろん味見をして全員に出してもいい。それは料理長に任せる。あと、アルベール兄上の子供達に後日これを作ってやってくれ。気に入って食べていたからな」

「は、はぁ……」

もう一枚のメモを渡し、料理長が目を通すと、ポカンとした顔で俺を見ながら生返事をした。

わかってるよ。俺が子供にそんな気遣いをする奴じゃなかったって事は。

「それじゃあ、頼んだぞ」

メモを全て渡すと、夕食の仕込みに忙しいだろうし早々に退散した。

次に向かうのは父上の執務室。俺をわざわざ呼び戻した理由をはっきり聞いていないためだ。

叙爵を断った話だけだとしたら、別に手紙でもいいよな。

それに、昼食の時に話した内容ならわざわざ呼び戻す必要ないだろうし。

二階の執務室の前に立ち、ドアをノックすると家令がドアを開けて出てきた。

「やはりいらっしゃいましたか。旦那《だん な》様がお待ちですよ」

待っているのなら俺を呼び出せばいいのに、一体どういうつもりなんだろう。

中に入ると、家令がお茶を淹れて執務机の前にあるテーブルの上に置いた。ソファに座ると父上も俺の向かいに腰を下ろす。

「用件はわかっている。手紙で呼び出した理由を聞きに来たのだろう？」

「ええ、ご存じの通り第三騎士団は暇ではありません。明日には王都に向かいたいので話があるなら、早めに済ませておこうかと」

本当は今話を終わらせてそのまま王都へ戻りたいくらいだ。

アレクセイ達とはもう少し遊んでやりたかったけどな。

「フッ、随分と変わったな。手紙で知った時は信じられなかったが」

「手紙？　誰からです？」

「タレーラン辺境伯だ。あとは陛下からもな。……意外か？　私が辺境伯と連絡を取り合っている事が」

「正直に言うとそうですね」

もしかして、お前の所の息子に娘が迷惑かけられている、とか苦情が入っていたんだろうか。

「お前が王命で救援に行った先の領主からは、基本的に報告が入るのだ。タレーラン辺境伯領の問題点を指摘して、改善させたらしいな。辺境伯領に到着したばかりの頃は落ち着きがなかったようだが、ひと月ほどしてから人が変わったようになったとか。呼び戻した理由のひとつは、お前が変わった事が本当なのか確かめるためだったんだ。それなのに裁判にかけられたと聞いて失望していたんだがな……」

もう侯爵家に迷惑をかけなくなったか確認したかっただけか？

あ、でも理由のひとつって言ったよな。

妙な事に巻き込まれないように釘《くぎ》を刺しておくか。

「まぁ、これまでがこれまでだったので色々疑われても仕方ないとは思っていますけどね。これからはそんな事もなくなると思うので、これまで通り放置しておいてください。アルベール兄上やシリル兄上だけでなく、アレクセイもいますから、俺がいなくても問題ないでしょう？　俺の事はいない人間だと思っていただいて結構ですよ」

シレッと言い放ってお茶に口を付けた。

「そうはいかん。お前はこのヴァンディエール侯爵家の人間なのだから。…………何件か婚約の打診も来ている」

「ごふぅっ！　ゲホゲホッ、ゴホッ、ゴホッゴホッ、コホッ」

あ、危ない。あと少し聞いたのが早かったら父上の顔にお茶を噴き出していたところだぞ⁉

さてはこれが本題だったな？

「何をそんなに驚く事がある。多少素行に問題があったとしても、タレーラン辺境伯領での功績を耳にした者達がお前に着目するのは不思議ではない。最初に聞いた時は信じられなかったが、今のお前を見ていると本当だと確信できた」

「コホッ、……俺のこれまでの素行を知っていて、婚約を了承する令嬢がいるとは思えませんね。親が無理やり押し付けて、嫌々婚約させるような事はしたくありません」

俺の言葉に眉間《みけん》にシワを寄せるかと思ったが、父上は不思議そうに首を傾げた。

「何を言っている。お前は兄弟の中でも、一番恵まれた容姿をしているではないか。表立ってお前を慕っていると口にする令嬢はいないが、陰ではかなり人気があると言っていたぞ」

「言っていたって……、誰がですか？」

「キャロリーヌだ。アレはきちんと社交をこなしているからな」

「母上が⁉」

てっきり俺の事などまったく興味がないと思っていたのに、そんな情報を仕入れていたなんて意外だ。

もしかしたら、偶然耳にしただけかもしれないが。

「ああ、自分に似て生まれたからだと誇らしげにしていた。それで打診をしてきた家門だが……」

「いえ！　俺はまだ結婚する気はありません。第一、シリル兄上だってまだ結婚していないではありませんか。まずはシリル兄上が結婚してから考えるという事で。今俺は第三騎士団の奴らを躾《しつ》け直している最中で忙しくて、結婚なんて考えられません」

貴族社会では確かに結婚適齢期ではあるが、前世の記憶を思い出した今となっては、三十歳くらいまで結婚しなくていいと思っている。

俺の妻となる人は、きっとあいつらとも顔を合わす機会が多いはず。

その時に怖がらせないように、先にあいつらを躾け直す必要がある。

今のままだと、絶対興味本位でつつき回すように揶揄《からか》ったり、試すように意地悪したりしそうだもんな。

「そうか……、ならばそう断っておこう」

「はい、お願いします。明日は朝食後に王都へ戻りますので」

「わかった」

話が終わったようなので、内心安堵《あんど》しながら執務室を出た。

それにしてもシリル兄上が独身でよかった。本人には絶対言えないけどな。


翌朝、予定を繰り上げて朝食前に出発する事にした。

原因は夕食の時に色々……、色々大変だったからだ。

最初に味付けの変化で皆が驚き、料理長が呼び出され、俺が発案して他領にも広まっていると大《おお》袈裟《げさ》に言ってしまい、結局一から説明させられた。

ジュリア義姉上からは、ドヤ顔がおさまらないアルベール兄上とまとめて微笑ましいモノを見る目を向けられるハメに。

シリル兄上は父上からの話を聞いたのか、それとも料理の味付けに関して点数を稼いだと思われたのか、妙に鋭い視線を向けてくる始末。

両親は貴族特有のポーカーフェイスだが、いつもと違う状況にソワソワしているようで、俺も落ち着いて食事ができなかった。

支度を済ませて愛馬のエレノアを厩《うまや》番から受け取り、途中で窓から俺を見ていたアレクセイとアンジェルに手を振る。

きっと出かけるだけと思っているんだろうなぁ。懐いてくれて別れるのが名残惜しいが仕方ない。

朝食の前に侯爵家の騎士達と朝の鍛錬をする父上と兄上達に声をかけるために訓練場へと向かうと、懐かしい顔ぶれが揃《そろ》っていた。

普通にしていても息が白い中、鍛錬している騎士達からはモワモワと湯気が出ている。

タレーラン辺境伯領ほどではないが、ヴァンディエール侯爵領も大きな森があるため、鍛錬は欠かさない。

第三騎士団と変わらないほどの規模の騎士団だったりする。

以前の俺はそこで鬱憤《うっぷん》を晴らすように暴れていた。

いや、ちゃんと騎士として仕事はしていたが、魔物に対してオーバーキルだったり、周囲に対する態度が悪かったのだ。

主君である侯爵の息子という立場もあって、周りが遠慮していたから増長したというのもある。

つまりはほとんどの者は俺を歓迎していない。

命を助けたり、妙にウマが合った一部だけが嬉《うれ》しそうな顔をしていた。

「父上、鍛錬中失礼します。俺はこのまま王都へ帰りますので、ご挨拶《あいさつ》に来ました」

「問題ない。今終わったところだ。解散！」

本当にちょうど終わったところらしく、父上はすぐに騎士団を訓練場から解散させた。

「それにしても……フッ、帰る……か。第三騎士団はすっかりお前の居場所になったようだな。今のお前なら大丈夫だろうが、気を付けて行くように」

「はい」

愛馬に跨《また》がり、屋敷の門へ向かおうとしたら、途中で行く手を阻《はば》むように人影が現れた。

「俺に挨拶もなしで行くなんて、薄情じゃないか？」

「リュカ……。時間に余裕があれば話したかったんだけどな。王都を出る前にゴタゴタがあって二日近く無駄にしたんだ。…………まだ王都に来る気はないか？　お前が来てくれたら心強いんだが」

現れたのは俺の乳母だったマエルの息子、つまりは俺の乳兄弟だ。

俺のひと月前に生まれ、七歳の時には俺が乳母に甘やかされている間も、騎士を目指すために色々仕込まれていた。

本来なら騎士爵の親族に預けられるところを、母親である乳母が領主に仕えているからと特別に一緒に暮らしていた幼馴染《おさなじ》み。

当時は実の母親に愛されているリュカを妬《ねた》ましく思い、リュカも自分が大変な思いをしている間に母親を独り占めしていた俺を妬ましく思っていたのだが、ある日お互い感情を爆発させてしまう。

十歳の時に本気の殴り合いをし、お互いを妬ましく思っていた事をぶちまけ合った。

その日は二人ともボロボロになって乳母から大目玉を喰らい、乳母は息子が罰を受ける覚悟で父上に申告しようとしたが、俺が止めた。

これは二人の問題だからと。

実際は乳母を巡ってお互いヤキモチを焼いたせいだと知られるのが恥ずかしかったからだが。

その日から俺とリュカは親友になった。殴り合って友情が芽生えるなんて、まるで昭和のヤンキー漫画のような展開だと自分でも思う。

俺が王都に行く事が決まった日、一緒に行かないかとリュカを誘った。

しかし母親である乳母を置いていけないと断られた。すでに乳母として役目を終えたリュカの母親に楽をさせるためでもあったから、無理強いはできず俺も諦《あきら》めたのだ。

今ならマエルを連れて王都に来れば、家くらい用意してやれる。

そのつもりで言ったのだが、リュカは首を横に振った。

「いや、母さんがヴァンディエール領を出たくないって言うからな」

「マエルならそう言うか……」

「それにさ、今年に入って中隊長になったんだぜ？　出世しただろ？」

「お前の実力なら当然の結果だな。まぁいい、気が向いたらいつでも第三騎士団を訪ねて来い。お前ならすぐあいつらに馴染《なじ》むだろう。第二でも歓迎されるだろうが、来るなら第三《ウチ》に来いよ？」

「ああ、王都に行くとしたら、真っ先にお前の所に行くよ、……ジュスタン」

コツンと拳《こぶし》をぶつけ合い、別れの言葉を言わずに出発した。

子供の頃から打ち合っていたため、魔力を持っている分俺の方が有利だったが、純粋な剣技だけならほぼ同等だと言える。

今空いているもうひとつの副団長の座は、リュカのために空けていると言っても過言ではない。

オレールはもう三十八歳だったか……、そろそろ駆け回るのは控えて戦略や管理側に集中してもらってもいい頃だしな。

見込みがあるのはアルノーとガスパールだが、まだまだ上に立つほどの器量はない。

どちらにしても、もうしばらくはオレールに踏ん張ってもらうしかないな。

それはともかく、王都に到着する頃には神殿やエルネストの関係者への調べは進んでいるだろうか。

それより気になるのは、部下達《あいつら》が問題を起こしてないかどうかだけどな。

初雪がチラつき始めた中、愛馬と共に王都へと急いだ。


「エレノア、よく頑張ってくれたな。ゆっくり休むんだぞ」

王都の第三騎士団に到着し、厩舎《きゆうしや》で愛馬を労《ねぎら》いながら手入れをしてやる。

寒い中頑張って走ってくれたおかげで、最初に出した休暇申請の間に戻って来る事ができた。

「団長、代わりますよ。夕食がまだなんじゃないですか？」

時間を忘れて毛づくろいをしていると、厩番が声をかけてきた。

到着した時は夕暮れだったが、すっかり外は真っ暗になって、厩舎の中は魔導具の灯りが点いている。

「もう終わるから大丈夫だ、ありがとう。道具の片付けだけ頼む」

「はい！」

「おやすみ、エレノア」

鼻面を撫《な》でて宿舎へと向かった。そして食堂へ向かうと絶賛食事中の部下達。

「あっ、団長おかえりなさい！」

「団長が実家に戻ってる間に色々あったんだぜ～」

「実家の呼び出しの理由はなんだったの？」

マリウス、シモン、アルノーが俺に気付くと口々に話しかけてきた。

「ちょっと待て、食事をしながら聞かせてもらおうか。俺の話も聞かせてやるから」

厨房《ちゅうぼう》側へ夕食を取りに行くと、料理長が寄ってきた。

「ヴァンディエール団長おかえりなさい！　団長がいらっしゃらない間も皆さん問題も起こさず大人しくしてましたよ！　これも団長がしっかり言い聞かせてくれていたおかげです。関係者一同とても感謝しているとお伝えしたくて。それに裁判ではご活躍されたとか……」

「料理長！　ヴァンディエール団長は今戻ったばかりなんですから、先に食事をしてもらわないと！　どうぞ、こちらに準備してありますので！」

以前の怯《おび》えた姿からは想像ができないほど饒舌《じょうぜつ》に話しかけてくる料理長。見かねた見習いが一人前を準備して持って来てくれた。

以前に比べて随分俺への態度も柔らかくなっている。なかなかいい傾向じゃないか？

「フッ、ありがとう、助かる」

嬉しくて思わず笑みが漏れた。

トレイを受け取り、部下達の待つテーブルへと移動する。

「待ってたぜ団長！　いやぁ、なかなか面白い事になっててさぁ！　団長が戻ったら聞かせようと思って、ちゃぁんと情報仕入れといたんだぜ？」

「シモン、情報を主に仕入れたのは僕とマリウスなんだけど？」

シモンにジト目を向けるアルノー。

まぁそうだろうな、シモンだと大雑把な情報しか覚えてないだろう。

「とりあえず神殿側と王太子がどうなったか教えてくれるか？」

「王太子は今軟禁生活をしてるんだって。婚約者が酷い目にあって気が動転したんだって言い張ってるらしいよ。第二騎士団長は王太子の命令に従っただけだという一点張り。辺境伯令嬢は裁判の日軟禁されてて、数人の侍女に協力してもらって裁判所に行ったとか。侍女達の噂では、今回の件で辺境伯令嬢が王太子に愛想尽かしたとか、王様が王太子を廃嫡して第二王子を王太子にしようとしてるとか、色々情報が錯綜してるらしいよ。神殿に関してはマリウスから聞いた方がいいかな」

「はい。神殿は裁判所にいた神官が全て勝手にやった事だと主張していて、本人もそれを認めているからと神官の資格を剥奪《はくだつ》、今は投獄されているそうです。動機は神殿を軽んじる団長の名誉を傷つけるためで、辺境伯令嬢の事を傷付けるつもりはなかったとか。証人として裁判に来ていた従騎士《スクワイア》は皆のためになるからと言われて偽証したと言っているらしいですが、誰から命令されたかは言わないそうです。だから第二騎士団で更に調べを進めていると言ってました」

「ちょっと待てよ。団長を誤認で捕まえた第二騎士団が引き続き調査しているのか？」

マリウスの言葉にガスパールが待ったをかけた。

「一応、第二騎士団長は謹慎しているので、上からの命令だからと素直に従っていただけの副団長以下の人達は何のお咎《とが》めもないみたいですよ」

「甘いよなぁ。第二のヤツら全員減給でもされりゃいいんだよ。その分オレらがもらってやるからさ」

「バカな事を言うんじゃない。上司の命令が絶対なのはお前達も同じだろう？　責任を上の者が取るのは当たり前だ。それで……神殿に聖女が来たという情報はなかったか？」

「あっ、それならオレが知ってるぜ！　昨日飲みに行ったら、家具職人が急ぎで作らされた女性用の寝台の納期が昨日で、懐が温かいんだって自慢してたからな。彫刻とか入ってる高級品だから、貴族でも神殿に入るのかもって言ってたし、きっと明日にでも到着するんじゃねぇ？」

「シモンの夜遊びもたまには役に立ったな。いくら建て前を並べても、聖女という存在が明るみに出たら怪しまれると思わないのか聞いてみたいところだ」

神殿側のお粗末さに嘲笑《ちょうしょう》を浮かべる。

「あ〜、やっぱ団長の笑顔はそっちの方が見慣れてて落ち着くわ」

「は？　何なんだ急に」

「このところ時々悪だくみしてるような笑い方じゃない笑顔してるだろ？　さっきだって料理長達が固まってたぜ？　まるで団長が爽《さわ》やかな好青年みたぃたいッ」

無意識にゲンコツをシモンの頭に落としていた。これは身体が覚えていたというやつだな。

しかも第二関節で削るように、という地味に痛いやり方だった。

まぁ、これぐらいしないとこいつらはまともに聞かないから仕方ない。

ブツブツ文句を言っているシモンを無視して、食事しながら今後の対応を考えた。

幕間　ディアーヌSIDE

「王太子の妃なんて、将来何人も側室を迎えるだろうから苦労するぞ？　俺にしておけよ」

「余計なお世話です。エルネスト様はそのような不誠実な方ではありません。それに……、国を治めるために必要な婚姻であればわたくしは受け入れる覚悟がございますので」

わたくし、ディアーヌ・ド・タレーラン辺境伯令嬢が王太子であるエルネスト様の婚約者と知りながら、いいえ、婚約者だからこそこうして声をかけてくる無礼な王立学院の先輩、それがジュスタン・ド・ヴァンディエール侯爵令息の印象でした。

しかし、わたくしの事を好きだと言うヴァンディエール様の目は、恋を知らないわたくしから見ても恋する者の目ではなかったのです。

そんな彼が王立学院を卒業して、実家のヴァンディエール侯爵領で騎士になったと聞いた時はホッとしました。数年後、彼が王都の第三騎士団に入るまでは。

幸い近衛騎士である第一騎士団と違い、第三騎士団の敷地は王城から少し離れた所にあったので、滅多に顔を合わす事はありませんでした。

滅多に、という事で年に数回は夜会などで顔を合わせる事があると、相変わらず声をかけてきて、そして距離が近いのです。

そのたびにエルネスト様が助けてくださいましたが、ヴァンディエール様が王都に来て一年後、第三騎士団の騎士団長が怪我をして引退となった時、ヴァンディエール様が抜擢《ばってき》されました。

元々騎士団長候補として王都に呼び寄せられたらしく、実力からして当然だと皆様口を揃えておっしゃっていたので、かなりの実力者だとは知っていました……が。

騎士団長になったせいで、ヴァンディエール様が王城に来る機会が増えた事が問題です。

王立学院を卒業したわたくしは、すでに王妃教育という事で王城で生活していたのですから。

わざわざ探してまでわたくしに会いに来る事はありませんでしたが、顔を合わせると言葉は悪いですが、口説き落とそうとしてきました。

人目をはばからずそのような行動に出るため、その事は周知の事実となって噂が広まる始末。

騎士道で主君の奥方に心を捧《ささ》げるという恋愛の形は、物語だけでなく実際にある事だと聞いていましたが、彼の行動は明らかにそれとは別物でした。

エルネスト様からわたくしを奪い取りたい、というのがひしひしと伝わってくるのです。

そんな事が続いて、とうとう彼の姿を見ただけで震えるようになった頃、わたくしの実家であるタレーラン辺境伯領に魔物が増え出し、第三騎士団が応援に行く事が決定しました。

お父様には普段からわたくしの現状を伝えてあるため、ヴァンディエール様の事を快《こころよ》く思っていないでしょうから、二人が衝突しないか心配で眠れない日が続いていました。

ところが、王都に戻られたヴァンディエール様が届けてくださったお父様からの手紙には、予想外の事がたくさん書かれていたのです。

ヴァンディエール騎士団長が意識を失う怪我をしてから人が変わったようだ、スタンピードを未然に防いだ恩人だ、手柄を誇らず部下のおかげだと謙虚だった、もうお前を煩《わずら》わせるような事はしないだろう、と。

書かれている全てが信じられなくて、何度も読み返しました。

そしてその事が真実だと知ったのは、ヴァンディエール様が陛下と謁見された席でした。

これまでのヴァンディエール様であれば、褒美にわたくしを求めてもおかしくない状況で、ご自分の手柄ではないとハッキリおっしゃったのです。

それどころか、その後の晩餐《ばんさん》の前に信じられない事が起きました。

昼間が暖かく、晩餐に向かう時に冷え込んだせいで、はしたなくもクシャミが出てしまったわたくしに、ヴァンディエール様が上着を貸してくれたのです。

しかも部屋に戻ってから届けられた少し変わった味の紅茶が、後日お茶会で王妃様がヴァンディエール様が身体が温まると教えてくれたものだと言って出してくれたお茶と同じ味でした。

という事は、晩餐の後に部屋に届けられたお茶もヴァンディエール様の指示という事。

その事実を知った時は、上着を貸してくれた後もヴァンディエール様を警戒していたアナベラですら驚いていました。

街中の書店で会った時はかなり失礼な対応をしてしまったと思いますが、ヴァンディエール様はなんて事はないと言わんばかりに流してくださって……。

しかもその直後、暴漢に襲われたわたくしとアナベラを助けてくださいました。

それなのに怪我をして戻ったわたくし達を見たエルネスト様は、書店でヴァンディエール様と会った後に拉致《らち》されそうになったと聞いた途端に表情を変えてしまわれ、その後はまともに話を聞いてくださらなくて。

そうこうする内になぜかわたくしとアナベラは軟禁状態になっており、部屋にお茶を運んできた侍女を問いただすと、エルネスト様がヴァンディエール様を拉致の首謀者として裁判にかける事がわかりました。

確かにこれまでの行動を思えば、そのような疑いをかけたくなる気持ちもわかりますが。

しかし、今回は絶対に違うとわかっているはずなのに、まるでそう信じたいと言わんばかりにエルネスト様は頑《かたく》なでした。

その侍女にお願いすると、サロンでヴァンディエール様に治癒魔法をかけてもらったお礼をしたいからと協力を申し出てくれたのです。

わたくし達以外にも助けられた者がいたのですね。それまで半信半疑でしたが、彼は変わったんだとこの時やっと素直に認める事ができました。

裁判当日、お茶を運んできた侍女がヴァンディエール様を愛でる会（そんな会があるなんて初めて知りました）の会員という方を数人連れてきて、部屋を出る時にその方達に紛れて脱出する事に成功しました。

殺気のこもった目で睨《にら》まれたい、虫を見るような目で見下されたい、という気持ちは理解できませんでしたが、彼女達にはいつかお礼をしたいと思います。

馬車の管理者にはわたくしの使いだと言い、使用人が使う馬車で二人の侍女と共に王城を出ました。

裁判所で謂《いわ》れのない罪に問われているヴァンディエール様への申し訳なさと、エルネスト様への不信感で胸が締め付けられる思いにかられながら法廷に飛び込み、ヴァンディエール様の無実を訴えました。

王城に戻った後、その事についてエルネスト様からお叱りを受けましたが、その騒ぎを聞きつけた陛下によって逆にエルネスト様が叱責され、軟禁生活を命じられる事になりました。

こう言っては何ですが、エルネスト様はこれまで人を惹《ひ》き付ける太陽のような明るさと力強さがありましたが、このところ力強さというより強引という印象を受けるようになってきています。

恋に落ちたとまではいかなくても、人として好ましく、尊敬できる方でしたのに。

ヴァンディエール様が認められるたびに明るさが翳《かげ》り、公正な目で見られなくなっているように見受けられます。

お父様はエルネスト様を信頼して後ろ盾になっていましたが、今回の騒ぎで盤石だった王太子の地位も危ういと囁《ささや》かれていますし、わたくしから見た現状をお父様にお知らせすべきでしょう。

スタンピードを未然に防げたお祝いをお父様に送るために御用商人を呼び、商品を送るついでにお手紙をお願いしましょうかしら。

商人を通せば、王城の検閲はありませんから……ね？

第七話　聖女とドラゴン

移動疲れで泥のように眠った翌朝、妙に空気が重く感じて目が覚めた。

これまで何度となく感じてきたこの空気は強い魔物が出る時特有のものだ。

「『風道《ウインドパス》』、総員厳戒態勢！　すぐに装備を整えよ！」

風魔法で宿舎全体に声を届けながらも、自分の鎧《よろい》を装備していく。

この時間だと早めの奴らが食事を始めたくらいか。

今日は外回りをしながらゆっくり今後の対策を練ろうと思っていたのに、そんな暇はなさそうだ。

装備を整えると部屋を飛び出し、玄関のホールへと向かう。

「料理長、現在魔物が王都内に出現していると思われる。宿舎から出ないように。それと皆が戻って来たら腹いっぱい食べられるように準備を頼む」

「は、はいっ！」

心配そうに食堂から顔を出していた料理長を安心させるように笑みを見せる。

その頃にはジュスタン隊とオレール隊のメンバーが玄関ホールに集合した。

「団長、何がありました？」

「団長！　南の商人街の辺りに魔物がいるようです！　一瞬でしたが飛んでいるように見えまし

た！」

オレールとほぼ同時に、三階の部屋に住むロッシュ隊のアルバンが吹き抜けから叫んだ。

高い場所だからこそ見えたのだろう。

あれ？　ちょっと待て、小説《『滅救』》だとこのくらいの時期って……ドラゴンが暴れてないか？

小説では闇落ちした俺《ジュスタン》が邪神の手下にそそのかされて、与えられた魔石を自分とドラゴンに埋め込んで操っていたはず。

だが俺は何もしていない……という事は、他の誰かが？

さすがに今のエルネストでも王都を灰にする危険は冒さないだろう。自暴自棄になったとしても国を思う気持ちは本物だったからな。

この状況でドラゴンが出現して得をする人物……ドラゴンを弱体化させられる聖女か！

いや、正確には聖女を活躍させたい神殿だな。更に言えば怪しいのは神官長。

裁判の時、偽証人である従騎士《スクワイア》が神官長と言いかけた場面が脳裏に浮かんだ。

「王都の被害を最小限に抑えるため、ジュスタン隊が先行する！　オレール、残りの団員が揃《そろ》い次第、対ワイバーン陣形で囲め！　相手はドラゴンの可能性がある。気合を入れさせて来いよ！」

「はい！」

「ジュスタン隊行くぞ！」

「「「はいっ！」」」

普段緩い態度の部下達も、本当に命をかける必要のある緊急時にはさすがに真剣そのものだ。

厩舎《きゅうしゃ》で厩番《うまや》に全員出動になると告げ、俺達は自分の愛馬の準備を迅速に済ませて南の商人街へと向かった。

「くそっ、雪が降ってきたか……！」

粉雪が顔に当たり、視界が一気に悪くなる。

しかし遠くから悲鳴が聞こえてきて速度を上げた。

「まずは状況確認！　できれば大神殿へ誘導するぞ！」

「団長！　交易広場じゃないのか⁉」

ガスパールの言う交易広場とは、商人街にある定期的に大きな市場が開かれるかなり広い場所だ。対して大神殿は貴族街と商人街の境目にある。

「恐らく大神殿に聖女が来ているはずだ！　弱体化させれば討伐が楽になる！」

以前の俺なら安全マージン《ジュスタン》より手柄の独占を優先して、部下達を危険にさらしていただろうな。

「ははっ、楽になるって事は相手がドラゴンでも俺達で倒せると思ってるのか！　さすが団長！」

「俺達ならできるだろう？　逃げ腰になった奴はあとでお仕置きだからな！」

「そりゃドラゴンより怖《こえ》ぇな！」

シモンが軽口を叩《たた》きながらも、顔つきが戦闘時のものへと変わっていく。

大物が近くにいると肌で感じているせいだろう。

人々が走って来た方向へと向かうと、二階建ての家ほどの黒っぽいドラゴンが魔石店を破壊し、荒らしていた。

近くには第二騎士団と思われる騎士達が数人転がっているが、ピクリとも動かない。

きっと住人達を逃がすために犠牲になったのだろう。

「いたぞ！　攻撃したら俺が囮《おとり》となって誘導する！　お前達は離れた後方から援護しろ！」

「「「はいっ！」」」

魔石を貪《むさぼ》るドラゴンの体が、ほんの少しの間に一回り大きくなったように見える。

そして魔石店の二本向こうの通りに、重そうな革袋を抱えてコソコソと動く男が見えた。

確かあれはドラゴンに壊されている魔石店の店主だったと思う。恐らく高価な魔石だけを急いで持ち出したのだろう。

俺はドラゴンの背後を愛馬で走り抜け、店主の元へと向かった。

「おい、それを持っていたら店内を食べ尽くしたドラゴンがすぐに追いかけてくるぞ。死にたくなければそれを渡せ、俺達が勝てば魔石は失わずに済むぞ」

「し、しかし……」

素行の悪さが有名な俺に高価な魔石を預けるのが不安なのか、それともドラゴンに食べられるのが嫌なのか、店主がためらっているとドラゴンがこちらを向いた。

「グルルルル」

「ヒィッ」

ドラゴンが革袋に視線を向けている事に気付いた店主が小さく悲鳴を漏らす。

「時間がない！　こっちに寄越せ！」

革袋をひったくるように奪って愛馬で走り出すと、それを見たドラゴンが俺を追いかけ始めた。

部下達は住人に家から出るなと警告しながらドラゴンを挟む形で追いかけて来る。幸いドラゴンは俺の持つ魔石の袋しか目に入っていないようで、部下達には見向きもせずにまっしぐらだ。

一歩進むごとに揺れる尻尾《しっぽ》が建物の外壁を崩していく。街路樹を無造作に掴《つか》んだかと思うと、それを引っこ抜いてこっちに投げつけてきた。

「く……っ」

ギリギリのところで避けたが、前方が投げられた街路樹で塞《ふさ》がれてしまった。

手前の角を曲がれば街路樹の植えられていない、ドラゴンがなんとか通れるくらいの道に出る。

「ほら！　コレがほしいんだろう⁉」

振り返り、魔石の入った革袋を掲げて挑発した。ドラゴンが通りすぎた左右の建物の窓には不安そうにこちらを見ている住人達の姿が見える。

どこに逃げればいいかわからずに、逃げ遅れたのだろう。

中には様子を見に出てきたバカもいて、部下達が建物の中に押し込んでいる。

「頑張れエレノア、もうすぐ大神殿だ」

威圧にやられているのか、いつもと様子の違う愛馬に優しく声をかけて落ち着かせる。

ドラゴンがギリギリ通れる通路を選んで暴れにくくしているが、ガリガリと壁を削りながら移動するため、イライラしているのがわかった。

ゾワリと悪寒が走り、顔だけで振り返ると、ドラゴンの喉元《のどもと》が膨らんでいた。

何度となく前世のアニメやゲームで見てきた光景、ドラゴンブレスの前兆だ。

咄嗟《とっさ》にドラゴンが通れない細い路地に入り込むと、次の瞬間先ほどまでいた道を、まばゆい光が飲み込む。

光が収まった時には、石畳や建物の表面が高温で溶けていた。

「うわ……っ、あんなもの喰らったらひとたまりもないぞ⁉」

嫌な汗が背中をつたう。

「そこを曲がればすぐ広場に出るぞ！」

疲労が見て取れる愛馬に声をかけて励ますと、心得たとばかりに駆ける脚に力がこもった。

大神殿の前は交易広場ほどではないにしても、人々が集まれるようなそれなりの規模の広場だ。

路地を走り抜けて広場に出ると、大神殿の敷地内に革袋を放り投げるべく愛馬を走らせる。

ドラゴンは俺達の気配を感知しているのか、羽ばたいたかと思うと建物の間から脱出し、俺の行く手を塞ぐように先回りした。

しかし、ドラゴンが大神殿前に現れた事により、聖騎士達が大神殿の建物から慌てて飛び出してくるのが見えた。

どうせ大神殿が手薄にならないようにとかなんとか理由をつけて、聖女の登場まで戦闘に参加する気がなかったのかもしれない。

その聖騎士達に囲まれている一人の少女の姿が見えた。きっとあれが聖女なのだろう。

聖女は神官長に何か囁かれると、手を組んで祈るように目を瞑《つぶ》った。

すると聖女は仄《ほの》かな光に包まれ、同時にドラゴンの動きが緩慢《かんまん》になっていく。

それでも力強さは他の魔物と比べ物にならないほどだ。

距離を取って観察していると、小説に出ていた赤黒い魔石がドラゴンの首元にあるのを確認できた。

あれは操っている者と同調させるための物のはず。

一瞬でもタイミングがズレれば終わりというシビアな状況でドラゴンの腕や尻尾を剣で受け流しながら、小説で読んだ知識を総動員させる。

小説では俺《ジュスタン》がドラゴンと共に王城を襲い、エルネストが第一騎士団と第二騎士団を率いて王城を守っていると、ピンチになった時に聖騎士団と共に聖女が現れて神聖力でドラゴンと俺《ジュスタン》を鎮静化させ、その隙にエルネスト率いる騎士団と聖騎士団が討伐を成功させたはず。

その後でドラゴンを操っていた魔石を自分が浄化していたら、ドラゴンを殺さずに済んだかもしれないと聖女が悲しむシーンがあったような。

結構前に読んだ小説だったから、聖女の名前も忘れたんだよなぁ。

実際自分の事も、ストーリー展開と名前の響きでなんとかわかったくらいだったし。

という事は、ドラゴンを操っている奴の身体に埋め込まれている魔石を浄化できれば、ドラゴンと無駄な戦いをしなくていいというわけか。

確証はない。しかし俺には確信があった。

「お前ら！　少しの間だけこいつを抑えておけ」

「「「「はぁぁぁ⁉︎」」」」

見事に驚きの声をハモらせる部下達に背を向け、俺は愛馬から飛び降りると魔石の入った革袋を地面に投げ捨てて聖女の方へと身体強化を使って走った。

正確にはその隣にいる神官長の元へ。

「あんたが聖女様だな⁉︎　ちょっと浄化してもらいたい物があるんだが……」

「えっ⁉︎　は、はいっ！　なんでしょ……」

聖女が答えている最中に、俺は神官長の上半身の服を下から袈裟《けさ》懸けに斬り裂く。

俺の動きに誰も反応できなかったが、直後に聖騎士達が俺を取り囲んだ。

「聖女様！　あのドラゴンを操っているその神官長の胸の魔石を浄化してくれ！」

俺に向けられた剣を弾き返しながら叫ぶと、聖騎士達と聖女の視線が神官長の胸に集中する。

そこにはドラゴンと同じく、赤黒い魔石が埋まっていた。

「何をする……！　これは世界に必要な事なのだ！　邪神が復活するまでに聖女の力を認めさせねば！」

「邪神の力を借りてか⁉︎　神官長のくせに邪神の手を取ったお前は神官である資格を失っているだろう！」

俺と神官長のやり取りに戸惑う聖騎士と聖女。

早くしないと俺の部下達が大変なんだよ‼︎

聖布で作られた祭服で隠れていた間は誰も気付かなかったようだが、神聖力の素養がある者が見ればわかる禍々しいオーラを放っているのだろう。さっきと違い、皆俺の事より神官長を警戒しているように見える。

てっきり聖騎士達も神官長と同類だと思っていたが、どうやら違うようだ。

俺は神官長を蹴《け》り倒すと、足で身体を押さえたまま胸の魔石を鷲掴《わしづか》んで無理やり引きちぎりにかかる。

何をされるかわかった神官長が俺の腕を掴んで抵抗したが、身体強化をかけてブチブチと癒着した肉ごと引き剥《は》がした。

「やめろぉぉぉぉぉ‼　ぎゃあぁぁぁあぁぁ‼」

断末魔のような悲鳴を上げ、神官長は意識を失った。

死んだかどうか確かめる暇はない。すぐに神官長の肉片が付いたままの魔石を聖女の前に突き付ける。

「ひぁ……っ！　な、何を……！」

「何をじゃない！　さっさと浄化しろ‼　チッ、『清浄《クリーン》』、ほら‼　浄化しろ！」

神官長の肉片が付いているせいか、怯《おび》えて使い物にならない聖女にイラつきつつも、清浄魔法で魔石を綺麗《きれい》にしてやった。

「は、はいぃっ！　『浄化《ピュリフィケーション》』‼」

先ほど聖女から放れた仄かな光と違い、今度は閃光《せんこう》が走った。

「く……っ」

思わず腕で目を覆い、光が収まってから魔石を見るが、目がチカチカしてちゃんと見られない。

目をギュッと瞑り、首を振るものの変わらず、何度も瞬きを繰り返してやっと視力が回復した。

そうして見た物は、先ほどと同じ物なのかと疑いたくなるほど青みがかった透明な魔石。

ドラゴンはというと、魔石が同調しているせいか、ドラゴンの魔石も浄化されて、まるで寝起きなのかと思うくらいぼんやりしている。

部下達もどうしていいのかわからず、取り囲んで様子を見ているが、ドラゴンはそんな部下達をただ見ているだけだ。

あ、もしかして俺がこの魔石を持っているから、俺と同調しているんだろうか。

「おい、神官長が生きているか調べなくていいのか？　まぁ、邪神の手下に惑わされた時点で神官と呼んでいいかわからんがな」

聖騎士の一人にそう告げると、悔しそうにしながらも神官長の身体を調べ始めた。

「ハァ……。あのドラゴンは……どうすべきかな」

手にしている魔石に軽く魔力を通すと、驚く事にドラゴンと意識が同調した。

正確に言うと、いわゆるテイムした状態になったのだ。

「は……？　いやいやいやいやいや、ありえないだろ‼」

「キュウ……」

ドラゴンはコテンと首を傾けて上目遣いでこちらを見ている。正確には見下ろしているんだが。

こいつ、同調した時に俺の記憶を見たのか感じ取ったのか、そのしぐさが前世の弟達にそっくりだった。

「うぐ……、いや、しかし……」

こんなにデカいドラゴンを飼うとか無理だぞ。そう思った瞬間、ドラゴンが空に向かって吠《ほ》えた。

「『ギャウルルル』!!」

ドラゴンを取り囲んでいた部下達は慌てて剣を構えたが、テイムしたせいか俺にはわかった。

今のはドラゴンの呪文なのだと。

その証拠にドラゴンは今、馬と同じくらいの大きさになっている。

「ドラゴンはもう大丈夫だ！　心配しなくていい！」

落ち着いた事がわかったのか、愛馬が俺のところまでやって来た。

「よく頑張ったな、偉かったぞ、エレノア」

ドラゴンに追いかけられる、という恐怖体験を頑張って耐えてくれた愛馬《エレノア》を優しく撫《な》でる。

「そ、そんな……、ありがとうございます」

ん？　エレノアが話した⁉　ドラゴンをテイムしたから動物と話せるようになったのか⁉

一瞬そう思ったが、声が聞こえたのはエレノアの方からじゃなかった気がする。

声が聞こえた方を見ると、なぜか聖女がもじもじしながら顔を赤くしていた。まさか……。

「あの、どうして私の名前を知っていたんですか？　あなたのお名前を教えてもらっても……？」

忘れていた聖女の名前に、気が遠くなりそうになった。

「団長！　一体何がどうなってるんですか⁉」

ドラゴンの小型化魔法の声を聞いて駆けつけた第二、第三騎士団。

現状を見て副団長のオレールが俺を問い詰めるのは当然だろう。

わかってる、わかってるけど俺も色々混乱してるんだ。

「騎士団の団長さんなんですかっ⁉　わぁ、だからあんなに強かったんですね」

「……この事も聞きたいんですが？」

神殿特有の衣装で聖女なのはわかっているだろうが、どうしてこんなに懐かれているんですか、とその目が訴えている。

「報告しないとならないから説明してくれ。聖女様の事もだが、あのドラゴンは暴れていた魔物と同じ個体か？　ここに来るまでに壊れた街並みを見る限り、随分大きさが違うようだが」

聖騎士が虫の息の神官長を連れて行ったのに、聖女が俺から離れないせいで数人の聖騎士が張り付いている。

そんな聖女を胡散臭《うさんくさ》そうに見るオレールと、更にコンスタンが追い打ちをかけるように質問してきた。

どうやら第二の騎士団長が謹慎になっているせいで、副団長のコンスタンが団長代理をしているらしい。

「ちょっと待ってくれ……、俺も状況把握するのに頭が追いつかないんだ」

「団長がそんなわけないでしょう。現実逃避したいから考えたくないだけでは？」

ジトリとした目を向けてくるオレール。お前、心が読めるのか？

まぁ、普段現状把握と判断が遅れたら死ぬような討伐が多いからな。

「順を追って説明するから待て。まずドラゴンだが、どうやら俺がテイムしてしまったようだ」

「「えぇぇぇぇ⁉」」

「わぁ！　凄《すご》ーい！」

普通はオレールとコンスタンのような反応が普通だろう。意外に大物なのか？　この聖女。

「驚くのは後にしてくれ、話が進まん。それで……、ドラゴンが暴れていた原因は神官長がこの聖女様の活躍の場を作るために自作自演をしようと利用したんだ。この魔石を使ってな。さっきまで赤黒い色をしていたが、聖女様が浄化してくれたおかげでこの通り綺麗になっている。で、その直後なぜか浄化された魔石を通じて俺がテイムしてしまったんだ」

二人は凄く何か言いたそうにしているが、俺が驚くのを後にしろと言ったせいか、俺の説明が終わるのを待っている。

「テイムしたとわかったのは、意識の同調というやつで、こんなに大きいと困ると考えた途端にドラゴンが魔法で家くらいから馬の大きさに変わったんだ。その直後にお前達が到着した」

「その神官長はどうしたんだ？」

コンスタンが辺りを見回しながら聞いてきた。

「この魔石は最初神官長の胸に埋まっていたんだが、俺が無理やり引き剥がしたら意識を失って、聖騎士に運ばれていったぞ。何とか生きているようだったが、邪神の影響を受けている魔石なんかを使ったんだ。ただでは済まないだろうな。ドラゴンの方は魔石が埋め込まれている状態で、魔石

自体を浄化されたから平気なようだが」

ドラゴンに関して全て話し終わると、二人の視線は当然俺の隣にいる後半ヒロイン……もとい、聖女へと移る。

ハチミツのような金髪を縛っていて、大きな目と……胸。身長はディアーヌ嬢より低い小動物系。なんとなく覚えている挿絵と一致すると思う。

「……えーと、聖女様……で間違いないんだよな？」

「はいっ！　半月ほど前に突然聖女様だと言われて、昨日王都に到着したばかりですが……。名前はご存じの通りエレノアです」

凛《りん》としたディアーヌ嬢と正反対の、守ってあげたい系女子というやつだ。

しかし、小動物的な可愛さなら、前世の弟達の方が上だった。

双子のちびっ子の世話は大変だが、可愛さは相乗効果で二倍どころじゃないからな。

「私は第二騎士団、現在団長代理をしている副団長のコンスタン・ド・ロルジュです。聖女様にお会いできて光栄です」

真っ先にキメ顔で名乗ったのはコンスタン。そういやお前は学院生時代に胸の大きい令嬢にばかり興味持ってたもんな。

「私はこちらのヴァンディエール騎士団長の部下で第三騎士団副団長のオレール・ド・ラルミナです。以後お見知りおきを」

年齢差があるせいか、オレールは聖女に対して舞い上がったりしていないようだ。

「あなたはヴァンディエールさんと言うんですね。それって家名ですよね？　お名前の方を教えてください」


お前、オレール達の名前ちゃんと聞いていたか？

どうやら聖女は素直な田舎の小娘だが、同時に少々頭の中がお花畑なタイプのようだ。

「貴族に対して名を呼ぶ時は『さん』ではなく『様』を付けた方がいい。むしろ聖女という立場であれば、全ての者に対して『様』を付けて呼んだ方が印象はいいだろうな」

「わかりました！　ヴァンディエール様！　お名前を教えてください！」

「…………ジュスタン・ド・ヴァンディエールだ」

「ジュスタン様ですね！」

嬉《うれ》しそうに名前を呼ぶ聖女。

このまま貴族社会に入ったら、小説《『滅救』》そのままに他の貴族令嬢達から総攻撃喰らうぞ。

「名を呼ぶのは許可をもらった相手だけにする事だな。貴族社会では勝手に名を呼ぶのは失礼に当たるぞ」

「でも……、ヴァンディエール様って長くて言いづらいんですもの……。お名前で呼んじゃダメですか？」

確かに……、タレーラン辺境伯領のクロエも言いづらそうだったから、お兄ちゃんって呼んでいいぞって言ったくらいだ。

平民には家名のように長い名前はないから仕方ないか。

「はぁ……、わかった。ジュスタンでいい」

「わぁ！　ありがとうございます、ジュスタン！　私の事もエレノアって名前で呼んでくださいね！」

「え⁉　ちょ、ちが……」

「それじゃあ私、神殿長にジュスタンが言った事説明してきますね！　それじゃあ！」

名前で呼んでいいとは言ったが呼び捨てにしていいとは言ってない、という俺の訂正の言葉を聖女は聞かずに聖騎士達と神殿の中へ行ってしまった。

呆然《ぼうぜん》と見送る俺の両肩には、左右からオレールとコンスタンの手が慰《なぐさ》めるように置かれた。

「コンスタン、第二で神殿の調査を頼む。さっきの状況から見て、聖騎士や聖女は何も知らなかったようだから、神官長と繋《つな》がりのある人物を重点的に調べるといいだろう。とりあえず俺は今起きた事を陛下に報告しないと……。被害状況とドラゴンの事と聖女と神官長の事……信じてもらえるか怪しいな」

考えるだけで頭が痛くなりそうだ。

頭が痛いと言えば、最初にドラゴンを見つけた場所で第二の騎士が数人倒れていたな。

「そういえば第二の騎士が何人かやられていただろう。操られていたとはいえ、あのドラゴンが殺した事には変わりないからどうなる事やら……」

考えれば考えるほど、問題が山積みだ。

しかしコンスタンが朗報を告げた。

「途中で部下達を見つけてすぐに確認したが、意識はないものの生きていた。今は第二に運んで治療を受けているはずだ」

「そうか、それならよかった」

ホッと胸を撫で下ろす。これでむやみに殺処分とか言われずに済むかもしれない。

こっちの気も知らずに、正確にはテイムしているから感じ取っているだろうが、まるで機嫌を取るようにつぶらな瞳《ひとみ》をアピールしながらドラゴンが近づいて来た。

「だ、団長、どうしますか？」

オレールが顔を引き攣らせながら剣の柄に手をかける。

「落ち着け、さっき言っただろう。あいつは俺がテイムしているから暴れたりしないぞ」

ドラゴンは俺の持っている魔石をジッと見ている。そして食べたいという気持ちが伝わってきた。

俺の手元に顔を寄せたせいで、俺の周りから二人が飛び退く。

「これが食べたいのか？」

「ギュウゥ」

目の前で魔石を振ってやると、少し高い甘えた声で鳴いた。そういえば最初に見た時も魔石店で魔石を食べてたもんな。

差し出すとソフトボールサイズの魔石をそっと咥《くわ》え、ガリゴリと美味しそうに咀嚼《そしやく》している。

「あ……、お前の魔石、鱗《うろこ》に変化してないか？」

よく見ると喉元《のどもと》にあった魔石が鱗のように変わっている。そこだけ逆向きに生えているように見えるから逆鱗《げきりん》なのだろう。

しかしドラゴンに話しかけても、よくわからないと言わんばかりにコテリと首を傾げるだけだった。ちょっと可愛いじゃないか。

聖女に浄化された魔石だから、埋め込まれたままでも問題ないだろう。

「とりあえず……、一度騎士団の宿舎に戻るか」

「キュキュッ」

「ん？　ああ、名前を付けろって？」

「団長……、ドラゴンの言葉がわかるんですか⁉」

二メートルほど離れた所からオレールが聞いてきた。

「なんとなく、だ。会話ができるというより、感情が伝わってくる感じだな。名前か……そういえばお前オスか？　メスか？　……ああ、オスなんだな、だったらジェスでどうだ？　俺のジュスタンと似ている名前にしてみたんだが」

「クルルル……！」

どうやら気に入ったらしい。

鼻の頭を撫《な》でてやると、気持ちよさそうに目を閉じた。

その直後、テイムの更に上の段階、従魔契約と呼ばれるものが発動したのがわかった。

テイムは従魔契約の仮契約状態だと言われている。

『わぁい！　これで話せるね！　ジュスタン、これからよろしく！』

少年のような声が脳裏に響いた。

「今の……ジェス、お前か？」

『そうだよ！』

いわゆる念話というやつか？　ドラゴンだしな、色々人族が使えない魔法も知っているのだろう。

意思の疎通ができるのはありがたいと思おう。聞きたい事はたくさんあるんだ。

「よし、とりあえず宿舎に戻ろう。ジェス、ついて来い」

『わかった！』

考えるのは後回しだ。

もう住民が起きて来る時間だし、あまりジェスを人目に触れさせたくない。

「背中に隠れる大きさなら、俺のマントに隠して行けるんだけどな。さすがに今より小さくなるのは無理だろう？」

『できるよ！』

そう言って先ほど小さくなった時と同じ鳴き声のような呪文を唱えるジェス。

あっという間に人間の赤ん坊ほどのサイズに縮んだ。

鎧《よろい》の背中に張り付かせ、マントで隠して愛馬《エレノア》に跨《また》がると、エレノアが不機嫌そうにしてる。

「はは、さっき嫌な思いさせられたからな。だが少しだけ我慢してやってくれ。コンスタン！　俺達は一度第三に戻ってから王城に報告に向かう！」

俺がジェスと話している間に、第二の部下達に指示を出していたコンスタンに移動を告げると、片手を上げて応えてくれた。

マントで隠しても移動中に翻《ひるがえ》って見えるため、少しでもジェスを隠せるようにと第三の部下達で周りを固めたが、ジェスの存在を知ってしまった第二の騎士達は俺の背中に視線を集中させている。

居心地の悪いこの場をサッサと去ろう。

帰り道、薄暗かった明け方と違い、雪もやんで朝陽が街を照らしている。

そうなるとはっきり見えるのが街の被害状況だ。

ジェスによって削られ、破壊された街並み。住めないほど壊されているのは魔石店だけだったのが不幸中の幸いか。

『あのねぇ、さっきまで首に付けられた魔石が気持ち悪くて、命令から逃げたくて魔石を食べてたんだ。ジュスタンの前に同調してたやつは、ずーっと自分が偉くなるために言う事を聞けって気持ちばかりで、それが魔石から伝わってきてたの。付けられた魔石より自分の魔力をうんといっぱいにすれば、命令なんて聞かなくて済むからね』

「なるほど、そういえば神官長と神殿長の仲はよくないんだったか。聖女を利用して神殿長を蹴落《けお》としたかったのだろう」

会社で言えば人事部長が社長の座を狙っていたようなものだ。結構無謀だと思うが、野心と自信に溢《あふ》れていたのか。

「団長！　もしかしてドラゴンと話してんのか⁉　俺達にはキューキュー鳴いてるようにしか聞こえねぇけど」

「ああ！　名前を付けたら、テイムが従魔契約に格上げされたらしい。それから言っている事がわかるようになったんだ！」

走りながらシモンの問いに答えると、ジェスの姿が見えなくなった事で野次馬が大神殿前に集まってきている中、部下達の驚きの声が響いた。


第三騎士団本拠地へと戻り、馬を厩舎《きゅうしゃ》に連れて行く。

「各自馬の世話を終わらせてから食事をするように！　俺は王城へ報告に行くから、お前達は訓練をしていろ！」

普段小隊単位で馬を戻すなら厩番《うまや》に任せるところだが、今回のように一気に戻す時は各自で世話をする。

ブラッシングと蹄《ひづめ》の手入れ、水と塩分補給用にぶら下げてある岩塩の残量をチェックしたら、餌やりは厩番の仕事なので任せればいい。

「エレノア、すまないが王城に行かないといけないから、もう少し頑張ってくれ。休憩したらまた出発するぞ」

厩番に餌と水を頼むと、宿舎の自室に戻って鎧を脱いで清浄魔法をかけた。

ついでにそれまでずっと背中に張り付いていたジェスを降ろす。

「聞きたい事が色々あるが、まずは腹ごしらえからだな。ジェスは魔石以外に何を食べるんだ？」

『ボクは何でも食べられるよ！　魔石は魔力がほしい時だけ食べるの。普段は空気中の魔素だけでも平気なんだ』

「へぇ、じゃあ特に食事はいらないんだな。あんな大きな体だったから、さぞかしたくさん食べるのかと思ったら……意外だ。俺は食事をしないといけないからお前はここで待っててくれ」

『えっ⁉　ヤダヤダ！　ボクはジュスタンと一緒にいたい！』

話し方が幼いとは思ってはいたが、もしかして幼竜だったりするのか？

「わかったわかった。そういえばジェスは生まれて何年くらいなんだ？」

『えっとねー、十年くらい！　お母さんは二百年くらいで、お父さんは……知らない！』

「知らない？　普段お父さんとお母さんは一緒じゃないのか？」

『うん、お父さんには会った事がないから。お母さんがいない時に、変な人間が来てボクの首に気持ち悪い魔石をくっ付けてきたの。寝てる時だったから気付くのが遅れちゃったんだ。お母さんが巣に戻って来た時にボクがいなかったら心配するかなぁ』

ジェスの最後のひと言で、ブワッと全身が総毛立った。

何か忘れていると思ったら、邪神に仕える四天王の一角もドラゴンだったような。

もし小説通りジェスが俺と共に死んでいて、子ドラゴンの復讐《ふくしゅう》として邪神の手下になったとしたら辻褄《つじつま》が合う。

「な、なぁ、ジェスが俺と従魔契約した事、ジェスのお母さんはどう思うだろうか」

息子を返せとか言って、王都に攻め込んで来るなんて事ないよな？

『ボクがジュスタンの事好きならいいって言うと思うよ。ボク、ジュスタンが優しいの知ってるもん』

ヨチヨチと歩いて俺に近付くと、頭をグリグリと足に擦りつけてきた。まるで猫が甘えているようだ。

こいつ、俺が前世でペットを飼いたくても、弟達だけで手一杯で飼えなかった事をわかっているような行動をするな。

思わずしゃがみ込んで首元を撫でる。

最初黒かと思ったが、明るいところだと紺碧《こんぺき》に見える鱗がヒンヤリしているようで、どこか温かい。

スベスベとして、鱗なのに子供の頭や子猫を撫でている感触に近かった。

「おっと、サッサと朝ご飯を食べてこないと、王城に行く時間が遅くなるな。朝議《ちょうぎ》の前に伝えておいた方がいいだろうから、急がないと。……連れて行くけど、大人しくしていろよ？」

『うん！　わかった！』

食後にすぐ王城に行けるように、騎士の正装をして食堂に行くと、すでに数人が食事を始めていた。

朝食を受け取りながら、料理人達には今朝の騒ぎは収まった事を伝え、馬の世話が終わったら部下達が押し寄せると教えてやった。

急ピッチで調理を始める料理人達を横目に食事を始めると、もぞもぞと動き出す背中のジェス。

どうやら匂いに反応したらしい。

『これ何の匂い～？』

ジェスが声を出した途端にガタッと複数の立ち上がる音がした。

どうやら食事をしていた部下達が、俺の背中からジェスの鳴き声がした事に驚いたらしい。

「ジェス、こっちに来い。パンを食べてみるか？」

『人間の食べ物⁉　食べてみる！』

さすがに同じスプーンを使ってスープを分けてやるのは抵抗があるが、パンならちぎって味見させてやってもいいだろう。

ジェスは小さくなった翼をはためかせてテーブルの上にちょこんと座った。

「ほら」

ひと口分むしって差し出すと、俺の手を掴《つか》んでパンを頬張る。

姪《めい》のアンジェルとそっくりなしぐさに笑みが浮かんだ。

「美味いか？」

『う～ん……、味は悪くないけど、なんかもさもさしてる』

そりゃ魔石に比べたらもさもさしているだろうな。

ふと思いついて、実家の離れで作ったクッキーの切れ端を魔法鞄《マジックバッグ》から取り出した。

「これはどうだ？」

再び俺の手を掴んでクッキーを口に入れて咀嚼すると、勢いよく俺を見た。

『これ美味しい！　何これ⁉　もっと食べたい！』

キラキラとした目で見られ、仕方なく数枚取り出して手のひらに乗せて差し出すと、今度は自分の手で掴んで食べ始めた。

おっと、見ている場合じゃない。早く俺も食事を済ませないと。

残りをテーブルの上に置いて急いで食べ終わる。

『美味しいねぇ』

お菓子が美味しいと思うのは人と同じなのか、それとも甘い物が好きなのか。

それは追々調べるとして、今は王城に報告に行かないと。…………行かないと《行きたくない》。

「さ、もう行くぞ。王城で大人しくできたらクッキーはまた作ってやるから」

『クッキーっていうのか！　約束だからね！』

立ち上がって食器の載ったトレイを片付けようとしたら、ジェスは俺の背中とマントの隙間にもぐり込んだ。

どうやら背中が自分の定位置だと思ってしまったらしい。

トレイを厨房《ちゆうぼう》に戻す時に、料理人達が固まっているのが見えたが、オレール達が説明してくれるだろうと信じて王城へと向かった。

「今朝の騒ぎについて陛下にご報告申し上げる！　陛下に取り次ぎを！」

「こ、これはヴァンディエール騎士団長！　すぐにお伝えいたします！」

来訪を告げると、門番の一人が慌てて中に入って行った。

『陛下ってこの国で一番偉い人だよね～？』

「今のはっ⁉」

ジェスの言葉は俺以外にはキューキュー言っているように聞こえているはず。

「気にするな。その事も含めて陛下にご報告申し上げるのだ。では通るぞ」

「ハッ！」

門番は敬礼して俺を通した。

王城の入り口に控えている馬番に愛馬《エレノア》を預け中に入ると、侍従に控室へと案内される。

さっき馬番が俺の背中を二度見した気がするけど、気にしたら負けだ。

この時間であれば朝食を済ませたくらいのタイミングだろう。

少し待たされるだろうが、朝議に間に合ったのならよしとするか。

『陛下に会いに行かないの？』

「ッ⁉」

部屋に控えていた侍従が驚きの顔でこちらを見た。

「静かにしていろ。色々あるんだ」

『はぁい』

ジェスと会話する俺を、気味悪そうな目で見てジリジリと遠ざかる侍従。

気持ちはわからなくもない。

しばらくすると侍従長が呼びに来た。控室の侍従に剣を預けて向かった先は陛下の私室。

今回は公式ではなく、個人的に先に確認したいという事なのだろう。

「陛下、ヴァンディエール騎士団長が参りました」

『通せ』

私室に来るのなら正装でなくてもよかったな、などと少しだけ思いながら中に入る。

いつも謁見の間で見る姿より、幾分軽装な陛下がそこにいた。

「おはようございます、陛下。今朝騒ぎがあった事はご存じでしょうが、その顚末《てんまつ》をご報告にあがりました」

「うむ、ご苦労。座って話すがよい」

「失礼いたします」

『失礼いたします！』

楽しそうに俺のマネをするジェス。

それまで侍従長がお茶を淹れる音がしていたのに、一瞬にしてシンと静かになった。

俺も座りかけの体勢で思わず止まってしまったじゃないか。

「……今のは？」

陛下が明らかに俺の背後を気にしている。

俺はマントをたわませた状態でソファに座った。

「今のは私と従魔契約したドラゴンのジェスです。ジェス、出ておいで」

『はぁい』

もぞもぞとマントの中から出てきたジェスは、俺の膝《ひざ》にちょこんと座った。

『えへへ、ちゃんと大人しくしてたよ。偉かったでしょ？』

誇らしげに俺に向かって胸を張るジェス。

「ああ、おりこうさんだったな。だけどもうちょっと静かにできていたら、もっと偉かったぞ」

頭を撫《な》でて褒めてやったが、どうももうちょっと静かにという部分は聞き流したらしく、満足そうに頭を撫でる手に顔を擦りつけてきた。

「ヴァンディエール、そなた今……従魔契約と申したか？　テイムではなく？」

こちらを指差す陛下の手は震えていた。

それも仕方のない事だろう。確か最後にドラゴンと従魔契約をしたという記録が残っているのは、約四百年前だ。

しかもそれは他国の出来事だから、この国では初めての事だったはず。

「ええ、順を追って説明いたします」

俺は今朝の出陣からジェスとの最初の遭遇、神官長の計画と聖女の事、それからジェスをテイムしてから従魔契約に至った事まで包み隠さず伝えた。

その全てを聞いた後の陛下の状態がこうだ。

「なんという事だ……、エルネスト絡みで以前から怪しいとは思っていたが、まさかここまでの事をしでかすとは……！　確かに聖女を王都に連れて来たという功績はある。だが活躍の場を作るために王都を危機にさらすなど言語道断。よもやこの事にエルネストが関わっているなどという事はあるまいな！　ヴィクトル！　すぐにエルネストに話を聞いてこさせろ！」

「はい、すぐに」

さすが侍従長、普段冷静な陛下がこの状態だというのに、いつもと変わりない落ち着きっぷりだ。

外に控えていた侍従に指示を出し、第一騎士団の騎士を一緒にエルネストの元へ行かせた。

陛下の私室の入り口はあえて薄い扉になっているため、信頼のおける者しか配置されない。

これは何か異常があった時にすぐに対処するためと、こういう時に説明する時間を短縮できるようにだ。

「それでヴァンディエールよ。そなたの話からすると、その膝にいる小さなドラゴンが建物ほどの大きさだったという事か？　そうしているとただの可愛らしい幼竜にしか見えんな」

どうやら陛下はジェスの事を疑っているようだ。

「ジェス、陛下に大きいお前をお見せしたいんだが、大きくなってくれるか？」

『うん、いいよ！　それじゃあ……』

「待て待て！　ここで元の大きさになったら部屋が崩れるだろう！　外でだ、外で！　建物や庭を荒らさないように気を付けるんだぞ」

『はぁい』

ジェスが魔力操作で窓を開けると、ヒヤリとした空気が流れ込んで来た。

窓から外に出て中庭の真ん中に移動したジェスが、小さくなった時とは少し違う鳴き声を上げると、最初に見た時と同じ大きさに変化する。

「おぉ……！　これは見事なドラゴンだ！　しかも従魔契約しただけあって、ヴァンディエールの言う事をわかっているようだな」

陛下が喜んでいるのはいいが、ジェスに気付いた城内の者達が騒ぎ始めた。

サイズ変更する呪文の鳴き声が響いたのだから仕方ないと言えば仕方ない。

「陛下、もういいですね？　皆《みな》が騒ぎ始めたので戻らせます」

「そうだな！　あれが先ほどの大きさになるとは、ドラゴンの魔法は素晴らしい」

「ジェス！　小さくなって戻って来い！」

ブツブツ言っている陛下は置いておいて、ジェスに指示を出すと、再び魔法で小さくなって戻って来た。

数分後、陛下の私室に大勢の第一騎士団の騎士達が押し寄せたのはご愛敬である。

◇　◇　◇

「チッ、どうしてこの私がヴァンディエールの小倅《こせがれ》と並ばねばならんのだ」

さっきから陛下には聞こえない程度の音量で舌打ちと文句を繰り出すこの男は、第一騎士団長である。

噂では恋敵である父に負けて以来、ヴァンディエール家の者を毛嫌いしているらしい。

そんな状況で俺が第三騎士団長なんてやれているのは、騎士団の総長と俺の父親の関係が良好なせいだ。

というわけで、当然ながら俺は人一倍彼に嫌われている。

その俺を嫌っている男となぜ並んで立っているのかというと、朝議に参加しろという陛下の命令により、謁見の間で陛下を護れる位置に立っているからだ。

近衛騎士ではない俺は武器の携帯を許されていないが。

朝議に出るのは初めてだが、事前に侍従長から軽くレクチャーしてもらってよかった。でなければ挨拶《あいさつ》に始まり、誰から話すといった事まで決まっているのを知らずに恥をかいたかもしれない。むしろ第一騎士団長はそれを期待していただろうが。

「さて、今朝のドラゴンを見た者もいると思うが、あれはここにいるヴァンディエール騎士団長が従魔契約したドラゴンだ」

陛下の言葉に大臣達が感嘆の声を上げた。

歴史的快挙だからか。しっかり従魔契約って強調していたしな。

隣で大臣達の声に紛れて小さな舌打ちが再び聞こえた。あんた侯爵なんだろ、品がないぞ。

陛下は神殿関係の事など、いい感じに嘘は言っていないが真実ではない説明をし、最後にジェスをお披露目するようにと俺に言った。

ちょっと釘《くぎ》を刺しておいた方がいい奴らもいそうだからな、軽く脅しておくか。

「ジェス、こっちに出て来い。抱っこしてやろう」

『わぁい！』

定位置となった背中から移動し、広げた腕の中にポスンと収まるジェス。

胸に顔を擦りつけるさまは、完全に甘えている動物そのものだ。

「今は魔法で小さくなっていますが、本来の大きさが中庭で見せた姿です。生まれてまだ十年のため、色々言動が幼いので不用意に近づく事はお勧めしません。親は二百年生きているらしく、このドラゴンに危害を加えれば王都どころか国を焼き払ってもおかしくないので……妙なマネをする者がいたらご報告願います」

言葉を切ると、謁見の間がシンと静まり返った。

あ、そういえば陛下にもジェスの年齢や親の事は言ってなかったか。

「ヴァンディエールよ……、そのドラゴンの親というのはどこにおるのだ？」

さすが陛下、かなり動揺しているはずなのに、しっかり平静を装っている。

「それはわかりません。ドラゴンが言うには親が不在時に眠っていたら、操るための魔石を埋め込まれたそうです。聖女が現れたという事は邪神の復活も近いでしょうから、邪神復活までに味方にできれば心強いですね」

『お母さんと一緒にいられるの⁉』

「それはまずお母さんを見つけてからだな。悪い奴が出てきた時に、一緒に戦ってくれると嬉《うれ》しいんだが」

『ボクも戦う！　お母さんに会えたら、お母さんに言ってみるね！』

「そうか、ありがとう。ジェスはいい子だな」

抱いたままジェスの眉間《みけん》を撫でると、気持ちよさそうにうっとりと目を閉じた。

本当に犬か猫みたいな反応をする。可愛いじゃないか。

「コホン。ヴァンディエール、ドラゴンは何と言ったのだ？」

おっと、ジェスの可愛さに、ここが謁見の間という事を忘れそうだった。

大臣達もジェスに驚いていたのか、陛下の咳払《せきばら》いと共に再び騒めき出した。

俺もキリッとした表情を作って陛下に向き直る。

「母親に会えたら、邪神との戦闘で力を貸してくれるように言ってくれるそうです」

「そうか！　それは重畳《ちょうじょう》！　それにしても聖女が王都に入ったという話は神殿からまだ聞いていなかったが、どういうつもりなのか……」

その時、侍従長がそっと陛下に近付いて何やら囁《ささや》いた。

「では朝議はここまでにしよう。皆《みな》ご苦労だった。騎士団長の二人はついて来るように」

「「ハッ」」

再びジェスを背中に隠して陛下の後をついて行くと、行き先は応接室だった。

そして室内には頭と違い豊かな白い髭《ひげ》をたくわえた神殿長と、今朝会ったばかりの聖女がいた。

「突然の訪問お赦《ゆる》しください。このたび神殿に聖女を迎えたのでご報告と、すでにご存じかと思いますが……、神官長の不祥事についてもお話しいたしたく……」

立ち上がって挨拶する神殿長が俺に視線を向けたところを見ると、どうやら聖女から色々聞いたようだ。

聖女は黙っていろとでも言われたのか、チラチラと嬉しそうに俺を見てくるものの、静かにしている。

「ふむ、そちらが聖女か」

「はじめましてっ、エレノアといいます！」

「ほほ、市井《しせい》から……、いえ、山奥の村から来たばかりで行儀作法をまだ覚えておりません事、ご容赦を」

「かまわぬ、楽にせよ」

「此度《こたび》は神官長が招いた災いをヴァンディエール騎士団長が防いでくださったとか。感謝申し上げます。調べたところ、神官長は神聖力を完全に失っておりました。恐らく呪われた魔石を身体に埋め込んだ影響でしょう。あやつは意識もなく眠ったままとなっておりますが、ご処分はいかようにも」

魔石を取ったら神聖力どころか、生命力も根こそぎ失ったように見えたもんな。

生きてるってだけで不思議なくらいだ。

「うぅむ……、それならば処罰したところでどうにもならんな。では神官長を今後も管理する事を神殿への罰としよう。一人の暴走であっても神殿の者が騒ぎを起こした以上、何かしら処罰をせねば示しがつかぬであろう」

「かしこまりました。ではそのようにいたします」

その後も話し合いは続き、ただ立っているだけなんだったら帰してくれればいいのに、解放されたのは一時間ほどしてからだった。

応接室から出口に向かう途中、朝議で大臣達が騒ついた原因がジェス自身ではなくジェスに向けられた俺の笑顔だったと聞こえてきたのは聞き間違いだと思いたい。

王城の出口で愛馬《エレノア》を連れて来てもらうために馬番に声をかけようとしたら、パタパタと軽い足音が聞こえてきた。

「ジュスタ～ン！」

嘘だろ⁉

連れて来てほしいエレノアではなく、違うエレノアがやって来た。

「………………神殿長はどうした」

「なんかねぇ、王様と長い挨拶してたから先に来ちゃった。だってゆっくりしてたらジュスタンが帰っちゃうでしょ？」

今朝は一応敬語を使っていたはずなのに、もうタメ口に変わっている。

距離の詰め方エグくないか？

俺に対してこんな馴《な》れ馴れしい話し方をする令嬢など見た事がない馬番が固まっているぞ。

「おま……っ、まさか陛下の許しも得ずに勝手にここに来たのか⁉」

「え？　だってお話の邪魔しちゃ悪いでしょ？」

思わず片手で目を覆って俯《うつむ》いた。

だがまぁ、山奥の村では話し中に離席するからと話の邪魔をしてまで許可を得る方が失礼になるのかもしれない。

　これが常識の違いか……。わかってはいたが危険すぎる。

「はぁ～……。あのな、お前が一緒にいた方々はこの国で一番偉い方と、この国全ての神殿で一番偉い方なんだ。礼儀として、許可も得ずにその場を離れるなんて事はありえないと覚えておけ。それと王城では常に敬語で話すように、それがどれだけ親しい相手でもだ」

「ジュスタンにも……？」

　しょぼんとして上目遣いで訴えてくるが、いつ俺と親しい仲になったというのだ。

「我々は今朝初対面のはずだが……？　俺にとってエレノアという名は愛馬の名前だ。あなたの名という意識はないのだよ、聖女様。それと、俺の名を呼ぶ時は敬称をつけてくれ、様が嫌なら団長でもかまわん」

「そ、そんなぁ、村を出てから誰も名前で呼んでくれないんです。あっ、でも、ジュスタン団長って呼ぶと、私も騎士団の仲間みたいですねっ！　それじゃあ、これからはジュスタン団長と呼びます！」

　すぐに敬語に直したところを見ると、完全に頭がお花畑なわけでもなさそうだ。

　だったらもうひとつくらいアドバイスしてやってもいいだろう。

「人というのは異物を排除したがるからな。貴族令嬢の真似事ができるようになるまで、あまり王城には来ない方がいいだろう。でないと陰湿な嫌がらせを受ける事になるぞ。……頑張れよ」

「……!!　はいっ、頑張りますっ!!」

「ブヒヒン」

どうやら気を利かせた馬番が愛馬《エレノア》を連れて来てくれたようだ。

いつの間にか王城の入り口でこちらを見ていた。

「ご苦労。助かった」

本当に助かった。これで聖女から離れられる。

一緒にいたら、勝手に陛下の御前を退出した事に関する火の粉がこちらに飛んで来ないとも限らないからな。

馬番に礼を言って騎乗すると、早々に出発した。

「ジェス、大人しくしてて偉かったな」

きっと聖女の前で姿を見せたら、更に話が長くなっていただろう。

『うむぅ……？　ボク寝てた……？』

背中から聞こえた声は完全に寝ぼけていた。

「ぷはっ、あははは！　そうか、寝ていたのか。背中にくっついたまま寝るなんて器用じゃないか」

『ボクおりこうさんにしてたでしょ？　ジュスタンの巣に帰ったらまたクッキーくれる？』

「ああ、約束したからな。幸いジェスが操られている間にやった事は問題にならなかったし、どちらかというと従魔契約したという事の方が大事《おおごと》になってたから今後もお咎《とが》めはないだろう。とりあえずは一安心だな」

スッキリとした俺と違い、王城の一室では騒ぎが起きていた事を知るのはまだ先の事である。

第三騎士団の厩舎《きゅうしゃ》に到着し、エレノアの手入れをしている間もジェスは俺の背中に張り付いたままだ。

恐らく三キロ程度だが、ずっとだといい鍛錬になるかもしれない。

「よし、これでさっぱりしただろう。朝から大変だったな、ありがとうエレノア」

厩番《うまや》がタイミングよく飼い葉を運んで来てくれて、エレノアは待ってましたとばかりに食《は》んでいる。

あと一時間ほどで昼だが、応援の要請がない今日は全員訓練場にいるはずだ。

訓練場にある更衣室で正装から訓練服に着替え、訓練場で木剣を選んでいるとジュスタン隊の部下達が寄って来た。

「団長！　謁見はどうだった？　ドラゴンにはお咎めなし？」

真っ先に質問してくるシモン。俺のマントをめくって背中にくっついているジェスを好奇心いっぱいの顔で覗《のぞ》き込んでいる。

「ああ、それより従魔契約した事に驚かれた」

「確かに従魔契約なんて聞いた事ないもんね。それにしてもずっとおんぶしたままなの？　団長の事お母さんだと思ってないよね？　ぷぷっ」

『ジュスタンはジュスタンだよ！　お母さんじゃないもん！』

「おっ、何か言ってる。アルノーに文句言ってるんじゃないか？」

「ガスパールの言う通りだ。『ジュスタンはジュスタンでお母さんじゃない』と抗議しているぞ」

「わぁ、人の言葉がわかるんですね！　賢そうな顔してるし、シモンより賢かったりして」

結局皆俺の顔より背中のジェスを見ながら話している。

気持ちはわかるが。

「てめぇ、マリウス！　従騎士《スクワイア》のくせに生意気なんだよ！　喰らえっ、団長直伝の拷問を！」

俺直伝の拷問と聞いて首を傾げたが、シモンがマリウスに仕掛けているのはウメボシだった。

よくあるお仕置きを拷問と言われて微妙な気分だ。

「痛い！　いたたたたた！　コレ嘘みたいに痛い‼　ごめんなさいごめんなさい‼」

涙目で謝り、解放された途端に地面にへたり込むマリウス。

「言っておくが、団長のやつはこれの倍痛いからな！」

ビシッと指差し、なぜか勝ち誇ったように告げるシモン。倍だなんて、そんなはずはないんだが。

……………あ、前世より力が強い分、加減ができていなかったとか？

「そうか、ウメボシって拷問に使えるのか……」

「へぇ、あの拷問の名前ウメボシって言うんだね」

どうやらアルノーも拷問と認識していたらしい。

そのレベルの事をお仕置きに使うのは少々可哀想かもしれない。もう少し優しめのお仕置きを考えておいてやろう。

「さぁ、そろそろ訓練に戻れ。……たまには一本稽古《げいこ》でもするか」

訓練に参加する前にストレッチをしながら提案すると、部下達が顔を引き攣らせた。

一本稽古は一人が全員を順番に相手する訓練のやり方だ。

当然連続して相手をする側になると、とても疲れる。

「えっ、いやぁ……、それは」

「これより小隊ごとに一本稽古を開始しろ！　気の抜けている小隊には後で俺が行くからな！」

アルノーがボソボソと言っている間に、訓練場全体に指示を出した。

自分で言うのもなんだが俺の声は驚くほどよく通るため、サッカーコート以上の広さがある訓練場全体にもしっかり聞こえる。

「さぁ、最初は俺が立とう、順番に来い。まとめて来たいならそれでもいいがな。ジェス、危ないから離れていろ」

『わかった！』

ジェスが俺の背中から離れ、木剣が並べてある台にちょこんと座った。

部下達はというと、誰が先に始めるかと押し付け合っている。

「年齢順でいいから来い！　いつまでグダグダやっている！」

「ゲ、じゃあオレからじゃねぇか。しゃあねぇなぁ」

しゃあねぇ、などと言いながらも、俺と向かい合ったシモンの顔は段々と好戦的なものへと変わっていく。

バトルジャンキーめ。

「いっくぜ〜！　オラァッ！」

「大振りすぎる！　俺は魔物じゃないぞ！」

上段で正面からの打ち込みを剣先を下げて力を逸らし、返す手で首元にピタリと当てた。

「胴体がガラ空きだったから打ち込もうかと思ったぞ。お前の打ち込みに対応できる者は少ないが、俺に対しては悪手だと……何・度・も言ったと思うが？　お前の頭は飾りか？　学習能力がないのか？」

剣先でコツコツと頭を叩《たた》く。

「ぐ……っ、けど、このところ剣速が上がってきたからイケると思ったのに！」

「ほら下がれ、次！」

「俺は堅実にいくか〜」

のそのそと場所を空けるシモンの陰から飛び出すようにガスパールが打ち込んできた。スピード重視で威力はないものの、手数が多い。

下がりながら受けているが、なかなか隙を見せない。

「押してる押してる！　いけるぞガスパール！」

「油断禁物！　集中して！　そして団長をもっと疲れさせて！　僕の前に！」

「ガスパールも凄《すご》く速いのに、団長ってば余裕ありません⁉」

お、意外にマリウスがよく見てるじゃないか。

そしてアルノーはすぐに終わらせずしっかり相手してやろう。

剣を受けるものから弾《はじ》くものへと少しずつ変えていく。気付いた時には隙のできあがりだ。

ガスパールが体勢を崩した時に、剣を弾き飛ばすと、運悪くジェスの方へとガスパールの木剣が飛んで行った。

『きゃんっ！　何⁉』

退屈なのか、半分寝ていたジェスの頭に木剣が当たった。

俺は慌ててジェスに駆け寄る。

人に当たっていたら気絶してもおかしくない衝撃だったと思う。

「すまないジェス、まさかお前の方へ飛んで行くとは。痛かったか？」

『ちょっとだけ……、でも頭撫《な》でてっ』

ジェスの可愛らしい要求に、抱き上げて頭を撫でてやる。

「よしよし、痛いの痛いの飛んでけ〜。もう痛くないか？」

「オレも頭痛〜い」

「よしよし……って、貴様は素振りでもしていろっ‼」

うっかり差し出されたシモンの頭を撫でたが、そのままその頭に拳《こぶし》を振り下ろした。

「いってぇ〜！　でも団長、普段お前って言うのに焦ったり怒った時にだけ貴様って言うんだよな〜、フヒヒ」

「きさ……っ！　…………ふぅ、よし、わかった。そんなに俺に構ってほしいなら、じっくり相手をしてやろう。アルノー、マリウス、すまないがガスパールと三人で訓練を続けてくれ」

「ひぇっ」

「よしっ……じゃなくて、了解しました！　頑張ってねシモン。さ、僕達はあっちでやろうか」

昼休憩の時間が来なければ死んでいたかもしれない。昼食の時にシモンはそう語ったという。

幕間　王城SIDE

時は少々遡《さかのぼ》り、国王が辛うじて王太子のままのエルネストに話を聞くよう、第一騎士団の騎士に命じた後。

「だから知らんと言っている！　神官長はディアーヌの拉致《らち》事件の時に情報をくれただけなのだ！　邪神の欠片の時は……神殿に相談するのは当然の事だろう！」

「エルネスト様、そのように興奮なさらないでください。我々は陛下の命によりお話を聞きに参っただけなのですから」

「その神官長からの情報は、他にどんなものがあったのですか？　全て話していただきたいのです」

実際エルネストの持っている情報など、神官長にとって都合のいい部分しか渡されていない。

エルネストよりも神官長の方が策士としては一枚も二枚も上手《うわて》……というより、神官長という立場にある者に対する先入観で信じ切っていたのだ。

ディアーヌの拉致事件の時も、ある意味エルネストは神官長に踊らされたと言ってもいい。

そして今日初めて神官長の常軌を逸した行動を知り、同じ穴の狢《むじな》として扱われようとしている恐怖に襲われている状態だった。

「どうしてだ……っ、あいつが、ヴァンディエールがタレーラン辺境伯領から戻ってから全ておかしくなったのだ！　いったい何がどうして……っ⁉　なぜあいつが褒め称えられている⁉　これまでは私が……っ」

エルネストは両手で頭を抱え、フラフラと室内を歩き回り出した。

これまでジュスタンの行いを咎《とが》めさえすれば、周りからは賞賛を得られるという経験を何度もしていたせいで、エルネストの中ではその図式が定着していたのだ。

狂った歯車を元に戻そうと焦った結果があの裁判だった。それが更に己を追い詰めるとも知らずに。

第一の騎士が話にならないと諦《あきら》めかけた時、ある人物がエルネストの軟禁されている部屋に入って来た。

「エルネスト様、あまり近衛騎士達を困らせてはなりません。ご存じの事があるのなら話す、知らないのなら最後に神官長と連絡を取ったのはいつか、普段どのような手段で連絡を取っていたのかを話すべきです。知らぬ存ぜぬで通されては何も調べる事もできませんからね」

「ディアーヌ……！　そうだな、わかった。私の知っている事は全て話そう」

未来の王妃になるべく教育されているディアーヌの登場に、第一の騎士達は安堵《あんど》し、エルネストも落ち着きを取り戻してソファに座る。

しかし、エルネストに寄り添い隣に座ったディアーヌの瞳《ひとみ》から、エルネストを敬愛する輝きが失われている事に誰も気付いていなかった。

第八話　お披露目の夜会

ジェスと従魔契約を交わして約半月、ジェスが壊した街並みもほぼ修復された。

そして王城で夜会が開かれる事が決定し、現在第三騎士団も大忙しだ。

「ったく、団長が叙爵されるのはめでたいけどよ、何でオレ達が貴族の護衛なんてしなきゃならないんだよ」

「文句言わないの！　聖女とジェスのお披露目と、団長の叙爵祝いを兼ねているから国中の貴族が集まるせいで、第二だけじゃ手が回らないんだから仕方ないでしょ！」

シモンとアルノーが話している通り、ジェスと従魔契約をした功績で俺は叙爵される事となった。

実家の爵位を考慮して伯爵となる事が決まったのだが、貴族街に屋敷を持てという無言の圧力が凄い。

その圧力は主に王家からなのだが、恐らく下位貴族を使用人として雇えという事なのだろう。

あとは結婚の催促か。

前世でも末の弟達が俺がいなくても大丈夫な年齢になるまで結婚するなんて考えられなかったし、やはりせめて三十歳を過ぎてからがいい。

どうも陛下が褒賞として屋敷を与える気満々なんだよなぁ。

これは俺に王都へ腰を落ち着かせろ、という事なのだろう。邪神の復活が見えてきた今、王都の防衛を強化したい気持ちはわかる。

「団長～、俺、貴族の護衛なんか自信ねぇよ～。粗相したら首飛ばされるんだろ？　やだよ～、礼儀なんか知らねぇよ～」

珍しくガスパールがグズっている。

「仕方ないだろう。各貴族が自分達で護衛騎士を準備したら、見栄の張り合いで待機場が大変な事になるからな。第二騎士団は当日の王都内の治安維持と城内の警備で送迎の護衛まで手が回らんと言うのだから。ちゃんと多少の礼儀のなさには目を瞑《つぶ》るようにと、処罰するなら俺を通すように言っておくから安心しろ」

「あと一週間あるんですから、それまでにシモンとガスパールは言葉遣いを練習した方がいいですね！　貴族の令嬢に乱暴な言葉遣いしたら気絶しちゃうかもしれませんよ」

商家出身で敬語が話せるマリウスの脅し紛いの言葉に、二人は苦虫《にがむし》を噛《か》み潰《つぶ》したような顔をした。

「さすがに気絶はしないだろう。怯《おび》えるかもしれんがな。確かに最低限の言葉遣いは覚えた方がいいかもしれん。いくつかの定型文を用意してやるから暗記しておけ。他の奴らにも伝達しておいた方がいいだろうな」

一週間後の護衛の組み分けを訓練場に集まって確認していたところだが、ここはオレールに任せて敬語定型文の張り紙を作成するために宿舎へ向かう。

執務室の奥にある団長室で、貴族の送迎で言いそうな言葉を例文付きで書き記す。

「よし、こんなものだろう。あいつらの場合、これ以外の言葉は口にしない方がいいかもしれんな」

書き出した文言を執務室前の掲示板に貼り、訓練場に戻って敬語の練習をするように指示を出しておいた。

そしてその一週間後。

第三騎士団が王城の中庭に集合していた。

中には敬語の定型文を昨日慌てて覚え、今もブツブツ練習している奴もいる。

とりあえず貴族令嬢に対して粗相しなければ何とかなるだろう。万が一にでも怪我をさせたら取り返しがつかないが。

「いいか！　対応は丁寧に！　特に女性はプディングだと思って丁重に扱え！　乱暴に扱ったら壊れるとな！」

第三の騎士達から見たら、実際貴族女性のイメージはそんなものだろう。

乱暴とは無縁で繊細だと。

案外中身はその辺の騎士より図太いけどな。

「まぁ、お聞きになりました？　女性はプディングですって」

「ええ、ヴァンディエール様って案外可愛らしい事をおっしゃるのね、うふふ」

中庭に面した回廊を歩く侍女達のヒソヒソと話す声が微かに聞こえてしまった。

仕方ないだろ、豆腐の代わりになる物の名前がそれ以外思いつかなかったんだ。

幸い彼女達の声は部下達には聞こえていないようだから、よしとするか。

王城の事務官から渡された指示書には、住所と地図、そして馬車に乗って王城に来る者の名前が書かれていた。

雪の降る冬は領地にこもる者もいるが、貴族は基本的に社交のために王都の屋敷にとどまっている。

つまりは最も王都に貴族が多い時期なのだ。

部下達が護衛として迎えに行くのは王都の貴族街にいる貴族だけだが、それでもかなりの人数になる。

遠くに住んでいる者の担当から順番に出発し、あっという間に全員がいなくなった。

下位貴族は大抵貴族街の中でも、王城から遠い場所に住んでいる。

最大の理由は土地の値段だ。

しかし裕福だからと下位貴族が王城に近い場所に屋敷を持とうものなら、上位貴族に睨《にら》まれてしまう。

そういう兼ね合いもあり、早い時間に登城する下位貴族が待つのが当たり前なので、到着したら控室で待ち、騎士達は次の護衛先へと向かう。

つまりは高位貴族ほどゆっくり準備できるという仕組みだ。

帰りは王城内の警備をしていた第二騎士団も動けるようになるので、登城と違って順番待ちはほとんどないのが救いだろう。

ちなみに俺が護衛に行かないのは、今夜の主役の一人だからだ。

ちなみにもう一人（？）の主役は今日も俺の背中に張り付いて、マントの陰に隠れている。

どうやらマントの中が暖かくて気に入っているらしい。

小一時間もすると、次々に貴族達が王城にやって来て、部下達は再び次の護衛へと向かう。

そんな事を繰り返し、高位貴族も増えてきた。

俺の両親もすでに到着している。

「あとは公爵家だけだな、それと……」

王城の入り口に目を向けると、ひときわ目立つ白い馬車がやって来た。

神殿のエンブレムが付いたその馬車から降りてきたのは、神殿長と本日の最後の主役、聖女エレノアだった。

聖女は神殿長の後に御者の手を借りて馬車を降りると、俺を見て一瞬こちらに駆け出しそうに見えたが、ハッとなって体勢を戻した。

どうやらしっかり神殿で教育されてきたらしい。忠告した甲斐《かい》があったというものだ。

同時にただの能天気ヒロインじゃなかった事に胸《むね》を撫で下ろす。

まぁそうでなくてはな。あのままだったら神殿の威信に傷がついてしまう。

頑張った努力は認めてやろう。

俺がここにいるのは、陛下に言われて聖女をエスコートしに来たからだ。

「神殿長、聖女様、お待ちしておりました。我々の控室へとご案内します。聖女様、お手をどうぞ」

少人数とはいえ、侯爵家や公爵家の貴族達が執事に案内されて近くを歩いているため、一応礼儀正しく接しないとな。

でないと陰で何を言われるか、わかったものじゃない。

初めて俺の丁寧な言葉遣いを聞いたからか、それともエスコートに驚いているのか、差し出した手と俺の顔を交互に見る聖女。

「えっ⁉　あ、あの……」

軽く手をヒラヒラと動かし、手を乗せろと合図をすると、聖女はおずおずと手を重ねた。

「他の貴族達が見ているぞ。堂々と背筋を伸ばして前を向け」

下を向いていたのでヒソヒソとアドバイスしてやると、ハッとして姿勢を正した。

その様子を見て神殿長は微笑まし気に、ニコニコしている。

この神殿長、陛下と仲がいいんだよな。本心が見えない切れ者同士だ。

事前に説明された夜会が開かれる広間の近くの一室に二人を案内し、部屋付きの侍女以外は俺達だけになった。

ここに配属される侍女なら、見聞きした事を他所で話すような事はしないだろう。

つまり、少しは気を抜いても許される。

「我々は呼び出しがあるまでここで待機となるが、俺の方が先に呼ばれるだろう。神殿長はご存じだろうが、何か飲み物や食べ物がほしければ、そこの侍女に申し付けるといい。あと、この部屋の中でなら少し気を抜いても大丈夫だぞ」

「はいっ、ありがとうございます、ジュスタン団長！　あの……、お世話になります」

聖女は部屋付きの侍女にペコリと頭を下げた。

侍女の方もそれに応えて頭を下げたが、とても事務的だ。

恐らく聖女の噂を聞いているのだろう。裁判での武勇伝からこっち、ディアーヌ嬢の名声は上がっている。

そんな彼女の立場を脅かす存在として認識されているに違いない。

二人はこれから顔を合わす事になるはずだが、大丈夫だろうか。

しばらくして先に俺だけが呼ばれた。

係の者が俺の名を告げ、広間から見ると階段の上にある扉から中に入る。

すると階段の上には王族がずらりと並んでいた。少し前まで軟禁されていたエルネストも。

「皆《みな》も聞き及んでいるだろう。先日のドラゴン騒ぎでここにいるジュスタン・ド・ヴァンディエールがドラゴンと従魔契約を結んだ事を！　そして今回その功績を称え、伯爵位を授ける事を決めた。これはすでに貴族会議でも話し合われた決定事項だ。また、叙爵式は後日行う。ではドラゴンの姿を見せよう！」

陛下が俺に目配せし、俺はジェスに声をかける。

「ジェス、おいで。みんなに挨拶《あいさつ》してやってくれ」

『せっかく寝そうだったのにぃ～』

「そう言うな、挨拶したらまた背中で寝ていていいから」

『わかったぁ』

マントの陰から飛んで出て、俺の腕の中に収まるジェス。

そんなジェスの姿を見た貴族達から声が上がった。特に初めて見る者達は恐怖半分、物珍しさ半分といったところか。

「今はドラゴンの魔法によりこの大きさだが、本来は広間からここまで届くほどの大きさをしておる。間違っても不埒《ふらち》な考えを抱くでないぞ！　ドラゴンに手を出す者は家門の断絶を覚悟するがよい！」

『もう戻っていい？　ボクおりこうさん？』

半分寝ぼけているのか、俺の胸に顔を擦りつけながら甘えている。

「ああ、おりこうさんだったぞ。ほら、背中に戻るか？」

『うん』

マントの陰から出てきた時と違い、モソモソと俺の服を伝い、脇の下を通って背中の定位置に戻った。

その場の全員がその様子に目を輝かせて注目していた。それこそさっきまで俺を睨んでいたエルネストすら。

ちなみにエルネストがここにいるのは、俺が口添えした事が大きい。

確かに俺に濡《ぬ》れ衣《ぎぬ》を着せた事は許せないが、それ以上にこれまでの俺が散々やらかしているという罪悪感からだ。

完全に赦《ゆる》したわけではなく、今後の態度次第とは陛下からエルネストにも伝えてもらっている。

今後、俺の事を公正な目で見るなら救いはあるのだ。しかしさっきまでの目を見る限り、廃嫡になるのは時間の問題な気がする。

その場合ディアーヌ嬢はどうなるんだろう。

第二王子のランスロットにも婚約者はいるが、王族教育を受けていても王妃教育は受けていないから、婚約者のすげ替えになるのだろうか。

確かランスロットはディアーヌ嬢のひとつ上の十九歳だったはず。

個人的にはエルネストより暑苦しくなくて好ましいと思っている。

チラリとエルネストの方を見ると、その隣にいるディアーヌ嬢と目が合った。

何か言いたげな目をしていたが、さすがにこの状況では話をするわけにはいかない。

そんな事を考えていたら、係の者が今度は神殿長と聖女の入場を告げた。

緊張した面持ちで神殿長と共に、俺が入って来た扉から登場する聖女。

俺の顔を見ると、ホッとしたように表情が緩んだ。

そしてその時視界の端で、聖女に見とれているエルネストの姿を目撃してしまった。

聖女が陛下から貴族達に紹介され、付け焼刃にしては見られるカーテシーで挨拶をしていた。

最初に会った日と比べたら、かなり成長したんじゃないか？

挨拶や紹介が終わると、俺達の立っているフロアの真下にいる楽団が緩やかに演奏を始めた。

下のフロアにいる貴族達は思い思いに踊ったり、軽食や飲み物を楽しんだりしている。

「聖女よ、そなたも下で夜会を楽しんでくるといい。ヴァンディエール、今夜は護衛兼エスコート係として頼んだぞ」

「ハッ」

陛下に対して騎士の礼をし、聖女に手を差し出した。

本日二度目のエスコートだったからか、自然な動作で手を重ねてゆっくりと階段を下りる。

隣に婚約者がいるんだから、羨《うらや》ましげに俺を見るんじゃない、エルネスト。

もしかしてエルネストもコンスタンと同じで胸の大きい方が好きなのか？

いや、ディアーヌ嬢だって決して小さいわけじゃないよな。

ああ、未来の王妃として相応《ふさわ》しいのはディアーヌ嬢のように凛《りん》とした女性だが、エルネストの個人的な趣味は聖女のように守ってあげたいタイプなのかもしれない。

ディアーヌ嬢はヒールを履いたら、エルネストとあまり身長差がないしな。

「で、ダンスは踊れるのか？」

「いえ……、それが毎回先生の足を踏んでいる状態で……」

どうやらダンスは苦手なようだ。

「ならば食事は？　あちらに軽食や飲み物が置いてあるぞ。酒は……飲まない方がいいか？」

「お酒は飲んだ事がないので、やめておくようにと神殿長から言われてます。興味はあるんですけどね」

考えてみればかなり若そうだしな、確実に未成年だろ。

お酒ではなく、ソフトドリンクが並んでいるテーブルへと誘導する。

「そういえば聖女はいくつだ？」

「今年で十七歳になりました！」

「へぇ、だったら酒は数年待った方がいいだろう。十七歳なら王都に慣れた頃に王立学院に通うように言われるかもしれんな。年齢的に一年も通わないとは思うが」

空いている方の手で果実水が入ったグラスを取り、聖女に差し出した。

「あ、ありがとうございます……。その王立学院という所にジュスタン団長も……？」

「以前は通っていたぞ。貴族であれば十二歳から十六歳になる四年間学ぶんだ。一、二年くらいは事情があってズレるというのは珍しくない。まぁ……、貴族社会の縮図みたいなものだから、苦労も多いが学ぶ事も多いだろう」

「あ……、護衛として一緒に……なんて事はやっぱり無理ですよね……」

しょんぼりとしながらジュースを飲む聖女。なぜこんなに懐かれているんだろう。

「俺は第三騎士団の団長だからな。聖女の護衛なら聖騎士がするに決まっているだろう。それ以前に王立学院内で護衛は許可されていない。王族のみ未来の側近が護衛のような事をしているが。寂しいのか？」

一応護衛という立場上、酒を飲みたいのを我慢して俺も果実水だ。ひと口飲んで喉《のど》を潤すと、ニヤリと意地悪な笑みを聖女に向けた。

「……っ！　そうですよ！　だって、お友達は一人もいないし、みんな丁寧な言葉でしか話してくれないし、ジュスタン団長だけが普通に話してくれるから……っ」

………反射的な行動だった。

身体ごと振り向いた瞬間、聖女がバランスを崩して俺の方に倒れ込んできた。

慣れないドレスのせいだとは思う。だから仕方ないよな。抱きとめたりしたら噂になるのは確実だ。

つまり、俺はそれを押しとどめただけで……。

「酷いですよぅ、ジュスタン団長……」

「あ、いや、すまない。つい……」

状況としては、俺が聖女の頭を掴《つか》むような恰好《かっこう》で近付けなくしている。

たぶん俺と聖女の身長差は二十五センチほど、自然と押さえつけるような形になってしまうというわけだ。

違う意味で噂になりそうな状況を作り出してしまった。

謝りながら、少し乱れた髪をチョイチョイと直してやる。

「しょうがないですねぇ……。名前で呼んで、お友達になってくれるというなら許します。お友達だったらこのくらいの事、じゃれ合いで済みますから」

聖女はわざとらしく拗《す》ねた表情を作りながら、チラリと俺を見た。

絶妙な条件を出してきやがった。

だが、今後邪神が復活したとしたら、小説《「滅救」》ではすでに壊滅していたから戦っていなかった第三騎士団が駆り出されるはず。

そう考えれば、聖女と仲良くしておいて損はない。

むしろ回復魔法なんかで部下を助けてもらう事もあるだろうからな。

「わかった……」

観念してそう答えた時、会場に大きな声が響き渡った。

「ヴァンディエール！　聖女になんという事をするんだ！」

「エルネスト様……！」

「ディアーヌは黙っていてくれ。さっきの奴の行動を見ただろう⁉」

声の主はエルネスト。いつの間にかディアーヌ嬢と広間に下りて来ていた。

おいおい、俺に着せた濡れ衣で名声を落としたからって、俺を使って再び名声を得ようとしているのか？

おとなしくディアーヌ嬢の言う事を聞けばいいものを、さっきの事を鬼の首を取ったかのように指摘した。

せっかく無駄に注目を集めないようにと思って行動していたのに、エルネストが全て台無しにしてくれたな。

ただでさえさっきの事で注目されたのに、更に注目を集めてくれたよ。

そりゃ遠くから見たら俺が聖女を虐めているように見えなくもなかったのかもしれないが、俺を呼び出して言うとか、色々方法はあっただろうに。

あ、やはり名声復活のために人に見られたかったのか？

だとしたらガッカリだな。そう思った瞬間、状況を覆すひと言が放たれた。

「やめてください！　ジュスタン団長と私はお友達なんです！」

お前、ここでそれをぶち込むのか。

「お友達……だと……!?」

「そうです！　だからジュスタン団長にいじわる言わないでください！」

俺を護るかのように、戸惑うエルネストの前に立ち塞《ふさ》がった聖女。

確かにさっきの状況だと、俺が聖女に何かしたと思っても仕方ないかもしれないが、公正な目を持つようにと陛下から言われているんじゃなかったのか。

このまま放置したらもっと騒ぎが大きくなりそうだ。そろそろエルネストにも自分が昔の俺の立場にいる事を自覚してもらわないとな。

「申し訳ない。少々エレノア……、聖女様と気安く接しすぎたようだ。ドラゴンと従魔契約した時に共闘したからか、戦友のように感じているせいですね」

あえてエルネストに対して爽《さわ》やかな笑顔で対応してやった。落ち着きのある人間であれば毒気を抜かれるところだが、きっとエルネストはエレノアと呼んだ事も俺の笑顔も気に入らないはずだ。

「聖女を呼び捨てにするなど、失礼だろう！」

ほらな。

「ご本人から許可はいただいていますよ。お友達ですので。な？」

「はい！」

単純な聖女に微笑みかけると、思った通りの返事で応えてくれた。

聖女に興味のあるエルネストからしたら、他の誰よりも俺に懐いている事が屈辱だろう。

「誤解も解けたようですので、我々はこれで失礼します。エレノア、あっちに甘い物があるぞ。甘い物は好きか？」

「これまで果物以外の甘い物なんてほとんど食べた事がありませんけど、甘いのは好きです！」

「ああ、そうだ。王太子、陛下から公正な目を持てと言われませんでしたか？　言動は慎重にお願いしますよ。あなたは王太子なのですから」

最後に口パクで『今は』と付け足すと、エルネストの顔は見る見る真っ赤に染まった。

「く……っ、気分が悪い！　少し休む！」

ディアーヌ嬢にそう言って、エルネストは王族の休憩室へと向かった。

おいおい、婚約者をエスコートもせず一人で行くのか。随分と余裕をなくしすぎだろう。

当然ながら俺達のやり取りに注目していた貴族達は、ヒソヒソと今見た事を囁《ささや》き合っている。

この様子だと廃嫡されるのも時間の問題だな。わかりやすい悪役がいたら活躍できるタイプだが、かと言って俺がその悪役になってやる義理もない。

「ほら、これなら食べやすいだろ」

「わぁ、美味しそう！　ありがとうございます」

中には上品に食べるのが難しそうな物もあったため、洋ナシのコンポートが入った小さな器を手渡した。

聖女が美味しそうに食べるのを見て、俺も手に取って食べる。

噛《か》むとジュワッと甘い洋ナシの果汁が溢《あふ》れ出て、赤ワインとジンジャーの香りがふわりと鼻を抜けた。

「うん、さすが王城で出されるだけあって美味いな」

「はい！　お城の食べ物って美味しいんですね。神殿の食事は村で食べていた物とあまり変わらなかったので……」

「一応神殿は清貧であるようにという教えがあるからな。その代わり他の町や村で歓迎される時は色々ごちそうが振舞われるはずだぞ。その場合こういう甘い物はないはずだから、気になる物は今の内に食べておくといい。上品に食べられるならな、ククッ」

今度は少し難易度を上げてフルーツのタルトの皿を手に取った。

聖女も手にしたものの、どうやって食べるのが正解なのか迷っているようだ。

俺は聖女に見やすいように、タルトの上にある大きめのフルーツだけを一度除け、フォークを上から突き刺すようにしてタルトをひと口大に切り分けた。

あとはさっき除けたフルーツを一切れだけ載せて、フォークで食べる。

これで見た目がグチャッとならずに食べられるというわけだ。

俺の食べ方を見てすぐにマネをする聖女。どうやら気に入ったらしく、目を輝かせている。

「ヴァンディエール騎士団長が甘い物を食べるのは意外ですね」

そう声をかけてきたのは、エルネストとは同腹の第二王子、ランスロットだった。

「甘い物は疲れた身体に沁《し》みますからね。ウチの騎士団でもほとんどの者は好きですよ」

「強そうな方々が甘い物を食べていると思うと、何だか不思議な気がします。ふふふ。…………先ほどは兄が失礼しました。聖女様にもご不快な思いをさせて申し訳ありません」

ニコニコと話していたが、ふと真面目な表情になり、俺と聖女に謝罪した。

気付かれないようにジッと観察したが、どうやら本心で言っているようだ。

代わりに謝罪するという事は、エルネストの行動も自分の責任だと思っているという事で、つまりは自分が王太子になるつもりなんだな。

もしかして、内々に陛下から話をされたのかもしれない。

俺はすでにエルネストにチャンスを与えた。それをフイにしたのはエルネスト本人だからな。

これで何のためらいもなく、ランスロットを支持できるというものだ。

「私は何も問題ないので安心してください。むしろジュスタン団長が誤解されてしまったみたいで申し訳なくて……」

しょんぼりとする聖女に、ランスロットは柔らかい笑みを向ける。

「いえ、悪いのは兄上です。ちゃんと見ていたら、お二人が楽しそうにしているとわかったでしょうに。それにしても、団員以外でヴァンディエール騎士団長の事を名前で呼ぶ方は珍しいですね」

「聖女様が私の家名が言いづらいとおっしゃったので、仕方なくです」

ランスロットに正直に答えたが、聖女はあからさまに不服そうな顔をした。

「そこはお友達になったから、でいいじゃないですか！」

「あの時はまだ友達じゃなかった」

「むむぅ〜！」

シレッとそう返すと、聖女の口がわかりやすいへの字口になった。

「あはっ、あははは！　お友達というのは本当のようですね。そんな風に気安く話せる相手がいるなんて……羨《うらや》ましいです」

ポツリと最後に呟《つぶや》かれた言葉に、派閥での気苦労が感じ取れる。

ランスロットが俺達から離れた後、聖女に興味を持っている貴族達が話しかけてきた。

万が一にでも聖女を家門に迎えられたらという下心を持つ者達から、田舎娘がチヤホヤされるのが気に入らない貴族令嬢達まで色々だ。

護衛を頼まれた以上、面倒だからと避けるわけにもいかず、歯が浮きそうなセリフすらも口にして、何とか聖女の事は守れたと思う。

気力が限界に達した俺は、聖女に庭園で休憩する事を提案した。

「魔導具の灯りがあるから夜の庭園も綺麗《きれい》だぞ」

だから俺を休ませてくれ。

そんな本音を隠しながら誘うと、聖女は二つ返事で了承した。

「いいですね！　……ちょっと一人で女性用休憩室に行くのは嫌な予感がするので」

そうなんだよな、本当なら各自休憩室でくつろぐのもいいが、聖女に関しては絶対くつろげないと思う。

さっきから校舎裏に来いと言わんばかりの目力で、聖女を見ている貴族令嬢達がいる。

だからこそ庭園に誘ったんだけどな。

「そういう勘は大事にした方がいい。特に今回の勘は間違ってないだろうから」

広間から庭園へと出られる大きな窓に向かっていると、声をかけられた。

その辺の貴族であれば聞こえなかったふりをして出て行きたいところだが、声をかけてきたのは俺の両親だった。

「これは父上、母上、先日ぶりですね」

「えっ⁉　ジュスタン団長のお父さんとお母さんなんですか⁉　え、えっと、あの、はじまして、お父様、お母様、エレノアといいます。よろしくお願いします！」

ちょっと待て、その言い方だと誤解を生むだろう！

ほら見ろ、父上が二人の関係を確認するようにアイコンタクトをしてきたじゃないか！

俺は小さく、しかし素早く首を振った。

「はじめまして聖女様、息子と仲良くしていただいているようですね。ジュスタンの父のオーギュスト・ド・ヴァンディエール侯爵です。今後ともよろしくお願いいたします」

「はい！　こちらこそ！」

休憩できると思って完全に気を抜いた状態で、とんでもない爆弾を落とされた気分だ。

聖女はあくまで友達として言っているんだろうが、両親はあわよくば、と思っていそうだな。

軽く雑談をしていた三人だが、話題の切れ目を逃さず、聖女を休ませたいからとその場を離れた。

このままだと俺と聖女の仲が噂になってもおかしくない。

だがまぁ、この夜会が終われば、よほどの事がない限り俺と聖女が同席する事なんてないだろう。

「うわぁ……、外は寒いですね！　広間は暑いくらいだったのに」

「広間はドレスの女性に合わせて温度管理されているからな」

すっかり陽が落ちた今、吐く息が白くなるくらい外は寒い。

上着を着ている男性と違い、女性はドレス姿だから見るからに寒そうで、俺はマントを外して聖女の肩にかけた。

急に外気にさらされたせいか、ジェスが俺の髪に完全に隠れる位置まで背中をよじ登る。

何気に髪の毛って保温機能が高かったりするもんな。

前世の記憶を思い出す前の俺も快適さを求めるタイプだったせいか、服だけじゃなくマントにも温度調節の魔法が付与されているので、ジェスもずっと快適だっただろう。

「あったかい……。ありがとうございます！」

「そのマントにも温度調節の魔法がかけられているんだ。暑くても雪が降ってもそれ一枚で耐えられる高性能だぞ」

「ふふっ、なんだか宝物を自慢している子供みたいですね」

「……っ！　別に宝物というわけではないが、魔導具なんかは好きではあるな。こういう付与魔法は特に」

前世を思い出す前も今もそれは変わらない。

騎士の才能がなければ、魔導具に携わる仕事に就いていたかもしれないくらいには。

こういう心の奥というか、核心的なものを見抜くのは後半ヒロインの特技なのかもしれないな。

エルネストは見た目で気に入っていたみたいだが、『滅救』小説内の他のキャラクターは会話で癒されたり、色々気付かされたりして聖女に心酔していったはず。

生粋の貴族であればあるほど、そうやって心の奥を言い当てられるような事もなければ、言い当てるようなマネもしない。

本心を隠して友好的に、正に社交をするのが貴族だからな。

俺《ジユスタン》も前世の記憶がなければ、もしかしたら聖女に惹《ひ》かれていたかもしれない。

俺を理解してくれるのはこの女だけだ〜とかなんとか言って。今の俺はないけどな。

庭園には寒さのせいか、人の気配がなかった。

サクサクと芝生を踏む二人の足音だけが耳に届く。窓越しに漏れる広間の灯りと、庭園に置かれている灯りの魔導具のおかげで移動には困らない。

「聖女、恐らく今後邪神討伐に関連して、連れ出される事が増えるだろう。聖騎士に護られるとはいえ、咄嗟《とっさ》の時に多少動けるように訓練しておいた方がいいぞ。聖騎士に女性がいないから、必ず一人になる瞬間はあるだろう？」

親切心で忠告してやったつもりだが、振り返ると聖女は広間でも見たへの字口になっていた。

邪神討伐に行きたくないのか、それとも訓練をするのが嫌なのか？

「むぅっ！　どうして聖女呼びに戻っているんですかっ!?　普通は二人きりの時こそ名前で呼ぶものでしょう！」

なんだ、そんな事か。

そう口を突いて出そうになったが、なんとかそれは踏みとどまった。

「わかったわかった。悪かったな、エレノア。これでいいんだろう?」

「ふふっ、そういう事です。気構えずに話すって楽しいですね！　もっとお友達が増えるといいんだけどなぁ」

可哀想だが広間で見た貴族令嬢達は、とてもじゃないがお友達になりましょうってタイプじゃなかったぞ。

どうやら神殿では結構抑圧されているみたいだし、気晴らしができる相手を探してやらないとな、俺以外で。

広間に戻りたくはないが、ずっと庭園にいるわけにもいかず、渋々戻るとまた挨拶《あいさつ》攻めにあった。

どこかに聖女を受け入れてくれる心優しい令嬢はいないものか。

だが、今夜来ているのは令嬢よりも聖女見たさに来た子息が多いせいか、聖女のお友達になってくれそうな人物は探せなかった。

聖女に一番興味を持っていそうなのはエルネストだったし、どうしようもないな。

顔の筋肉の限界がきたのか、聖女の笑顔が不自然になってきた頃、やっと夜会の終了が告げられた。

俺の方は愛想笑い自体は日本人の特性で余裕だが、俺《ジュスタン》がこれまで笑ってこなかったせいか、頬の筋肉が悲鳴を上げている。

身体だけじゃなく顔の筋肉も鍛えておいてほしかった。

だがまぁ、これで俺の役目も終わりだ。

聖女をエスコートして広間の階段を上がっていくと、ほとんど王族専用の休憩室から出て来なかったエルネストが階段の上で待ち構えていた。

嘘だろ、まさか今から絡まれるんじゃないだろうな。

そう思ったが、エルネストの視線は聖女に向いている。

護衛という俺の立場はまだ続いているんだよな？　結局相手しなきゃいけないんだろうか。

「聖女よ、少々話したいのだがいいだろうか」

こいつ、こうやってキリッとした顔してればちゃんと王子様なんだよな。

俺と違って悪人顔していないから、それだけでも得しているというものだ。

聖女が話すと言ったら、先に帰っていいだろうか。……やっぱりダメだろうな。

そう思っていたら救いの手が差し伸べられた。

「申し訳ありません、王太子殿下。聖女様は慣れぬ環境に少々お疲れのようでして、本日はこれにて下がらせていただきたく存じます」

柔和な笑顔でキッパリと断る神殿長。どうやらエルネストを聖女に近付けたくないようだ。

微妙な立場だから妙なマネはしないと思うが、婚約者のディアーヌ嬢がいるのに聖女に声をかけている時点で、ある意味妙なマネをしていると言える。

「そ、そうか……。聖女が疲れているのなら仕方ないな」

そう言いながらも聖女が許可を出さないか期待しているかのように、チラチラと視線を送っている。

俺はとどめを刺してやれと聖女に目配せした。

「申し訳ありません。お城はどうしても緊張してしまって……。神殿ですらやっと慣れてきたところですから」

聖女はまるでエルネストの視線が気持ち悪いと言わんばかりに、羽織ったままの俺のマントで前を閉じて身体を隠す。

「そうか……、そうだな。今夜はゆっくり休むといい」

さすがに拒否されている事が伝わったのか、悲しげな表情を浮かべて踵《きびす》を返した。

「王太子様はいったい私に何の話がしたいんでしょう……、なんとなく夜会の始まりの時より嫌な感じがするから関わりたくないんですけど、また誘われたらどうしよう」

「その時は二人きりで会わなければいい。神殿長に同席をお願いするとか、聖騎士を二人以上同伴させる事を条件にするとか。婚約者のいる男性と二人きりでは会えませんって言えば問題ない。どうしても二人きりと言われたら断るんだな。聖女であればそれが許されるだろう。ですよね？　神殿長」

聖女の立場は特殊だからこそ、王族ですら自由にはできないはず。

「そうですね、ヴァンディエール騎士団長のおっしゃる通りです。ふふふ、噂には聞いていましたが、以前のヤンチャぶりから随分成長されましたねぇ。あなたが第三騎士団に入ったばかりの頃はそれはエドウィンも手を焼いていましたから」

「ごふぅっ！　ゲホゲホッ！　ちょ、ちょっと待ってください。どうして先代の名前が……」

予想外の人物から予想外の名前が飛び出てきた。

「おや、知りませんでしたか？　私と先代の第三騎士団の団長であるエドウィン・ド・メーストルは、王立学院の同級生だったのです。なぜかウマが合って今でも交流してますしね。私の役職で五十一歳は普通ですが、騎士団長の職はさすがに続けられないと何年も前から言っていたので、ヴァンディエール騎士団長が継いでくれて私も感謝しているのですよ」

これで神殿長が俺を見透かしたような目で見る理由がわかった。

先代の団長から色々聞かされて、俺の事をよく知っているせいだったんだ。

しかも友人である先代を役職から解放した事で、俺に好感を抱いてくれているらしい。

しかし、こんなエピソードは小説になかった気がする。

もしかしたら設定だけ作られて、書かれなかった内容があるのか。

そうだとしたら、小説の中の神殿長や先代のエドウィン団長はジュスタンが闇堕ちした事を悲しんでいたかもしれない。

そう思うと少しだけ、ほんの少し小説の中のジュスタンが救われる気がした。

ちゃんと見ていてくれる人がいた事に気付かなかったのは、どうしようもないと思うけれど。

「感謝するのはこちらの方です」

色んな意味で。

「ふふっ、では我々も退散しましょうか。この歳になると夜会に参加するのも厳しくなりますね。それでは出口まで聖女様のエスコートを頼みましたよ」

「はい、お任せください」

公爵家の馬車が全て出発したせいか、出口にはすでに神殿の馬車が待機していた。

「ジュスタン団長、マントをありがとうございました。……おやすみなさい」

「ああ、おやすみ。神殿長も今日はお疲れ様でした」

「ヴァンディエール騎士団長も。今後も聖女様をよろしくお願いしますね。お友達だそうですし」

最後にニッコリと意味深に微笑んで馬車に乗り込む神殿長。

やっぱり油断ならない人物だな。そう思いながら二人の乗った馬車を見送った。


「ああ……、疲れた……っ」

夜会が終わって自室に戻り、マントを脱いでソファに放り投げた。

『ジュスタン！　ボクずっとおりこうさんだったでしょ⁉　クッキーもらえるよねっ⁉』

「そうだな、凄《すご》くおりこうさんだったぞ。ほら、おいで。今はこれしかないけど、また何か作ってやるからな」

ソファに座って魔法鞄《マジックバッグ》から残りのクッキーを全て取り出し、テーブルの上に置いて背中のジェスを呼ぶ。

俺の背中をよじ登って肩越しにクッキーを見ると、目を輝かせながら飛んでテーブルへと着地した。

『わぁい！　他にも美味しいものがいっぱいあるの⁉』

「あ、いや、俺が作れるのはそんなにないが、店で買えば色々あるぞ。今度買いに行くか？」

『ううん、ジュスタンが作ったやつがいい！』

お兄ちゃんが作ったやつがいい！　弟達が俺に言っていた言葉。

不意に視界が霞《かす》み、瞬きするとポタポタと雫《しずく》が膝《ひざ》の上に落ちた。

『ジュスタン……？』

「グスッ、いや、なんでもない。そうか、俺が作ったやつがいいのか、仕方ないな」

自分の部屋でよかった。もしこんなところを部下達《あいつら》に見られたら何を言われるやら。

前世を思い出したばかりの時に泣いた事はあれ以来触れてこないから、案外そっとしておいてくれるかもしれないが。

ジェスの頭を撫《な》でて視界を遮《さえぎ》り、その隙に涙を拭《ぬぐ》った。

ドラゴンだから気にしないかもしれないが、やはりいい歳して泣いているところを見られるのは恥ずかしい。

「俺は今から食事してくるが、ジェスはどうする？　一緒に来るか？」

『ううん、ボクもうこのまま寝るよ。なんだかまだ眠いんだ』

「そうか、あっちのベッドで寝ていていいからな」

『わかったぁ、おやすみなさい』

着替えるのは面倒だし、このまま食堂へ行くか。

今日は護衛任務の騎士達のために、料理人が遅くまで残って食堂で料理を提供してくれる事になっている。

中央の階段を下りて行くと、ちょうど俺の隊の部下達が戻って来た。

「おかえり、ご苦労だったな」

「ただ今戻りました！　団長はいつ戻っていたんですか？」

「十五分ほど前かな、今から食事しようと思って下りて来たところだ」

マリウスの質問に答えていたら、シモンとアルノーがスンスンと俺の身体を嗅《か》いでいた。

「うわっ、何なんだ！」

「いい匂いがする……」

「ずりぃよ！　オレ達が寒い中面倒な貴族達相手に頑張って笑顔で護衛してきたっていうのによ！　団長は夜会で美味いモン食って、女の移り香がするような事してさぁ！　オレ達にも！　そんな美味しい任務を！」

俺の周りをグルグル回りながら騒ぎ立てるシモン。

こっちの気苦労も知らずに、好き勝手言っているシモンの首を片腕で捕まえた。

張り付けた笑顔でヘッドロックをし、脳天に拳《こぶし》をゆっくり回転させながらグリグリと押し付ける。

「いだだだだだ‼　挟まれるのも痛《いて》ぇけど、こっちもめちゃくちゃ痛ぇ！」

「移り香は聖女にマントを貸した時に付いたんだろうよ。こっちは次から次へと聖女に挨拶に来る貴族や絡みに来た王太子やら……面倒さはお前達の比じゃないからな？　代わってくれると言うのなら、喜んで代わってやりたかったぞ？」

「うわぁ、団長ってこんな爽《さわ》やかな笑顔しながら拷問できる人だったんだね。それにしても、聖女に上着を貸すような仲だっていうのも驚きなんだけど」

「王命で夜会のエスコートをしていたからな。休憩で庭園に出た時に貸しただけだ。さすがに震えさせておくわけにもいかんだろう」

「団長なら『寒ければ勝手に戻れ』とか言いそうと思ったのオレだけか？」

拳は止まっているものの、俺にヘッドロックされたままのシモンが、一部俺のモノマネをしつつ再び余計な事を言った。

当然再始動する俺の拳。

「痛い痛い痛い‼　皆だって口に出さないだけでそう思ってるって‼」

他の部下達に視線を向けると、全員一斉に目を逸らした。

まぁ、以前の俺《ジユスタン》ならありえるか。

今回も王命だから最後まで面倒を見たが、でなければ目の前で言葉にして助けを求められない限り放置していたと思う。

「フン、まぁいい。いつもより遅いからさっさと食事を済ませろ。護衛が終わった奴らがドンドン帰って来るだろうからな」

固定していた腕の力を緩めると、シモンは海老のように後方へ飛んで逃げた。

直後に蹲《うずくま》って脳天を押さえたまま痛がっているが、放置して食堂へと向かう。

「やべぇよ、てっぺんハゲてねぇ？」

「あ……っ、シモン……！」

「えっ⁉　何⁉　やっぱりさっきのでハゲてるのかっ⁉」

「ううん、ちょっと頭皮が赤くなってるだけー」

「まぎらわしい言い方するんじゃねぇよ‼」

シモンとアルノーのじゃれ合いが聞こえてくるが、ガスパールとマリウスはちゃっかりと俺について来ていた。恐らく空腹が限界なのだろう。

従騎士《スクワイア》にもかかわらず、正騎士であるシモンとアルノーを放置できるマリウスの図太さは少々普通ではないとは思うが。

その後、遅れてやって来た二人の分も食事を準備しておくというアフターフォローを、マリウスはしっかりしていた。

将来的に必要となる副団長《オレール》の後釜《あとがま》の有力候補だな。

「とりあえず皆今日はご苦労だったな。明日はゆっくりするといい。休める時はしっかり休んでおかないと、その内ジェスの母親探しの命令が出るだろうから体調は万全にしておけ」

「えっ⁉　母親探しが決まったのか⁉」

食事の手を止めて顔を上げるガスパール。

「いや、まだ決定したわけでも命令されたわけでもないが、夜会で何度も話題に上がっていたからな。命令されるのは時間の問題だろう」

「ジェスの母親かぁ。本当に見つかったらジェスは喜ぶでしょうね」

「そうだな」

マリウスの言葉に喜ぶジェスを想像し、思わず口元が緩んだ。

ジェスの母親が見つかれば、しばらくはゆっくりできるだろうか。

最近は部下達も少しは落ち着いてきたし、このまま皆で楽しく過ごしながら処刑を回避して、最終的には俺の穏やかな引退生活を目指して頑張ろう！

書き下ろし　第三騎士団の新人

〈ＳＩＤＥ　騎士・シモン〉

「こいつは今日から第三騎士団に所属するジュスタン・ド・ヴァンディエール侯爵令息だ。すぐに仲良くしろとは言わんが喧嘩《けんか》を売ったりしないように。一応未来の騎士団長候補だぞ。理由はそれだけじゃないが……まぁその内わかるだろ」

オレの所属する第三騎士団のエドウィン・ド・メーストル団長に紹介された妙に綺麗《きれい》な面《つら》をした長い銀髪の若造、それがジュスタンの第一印象だった。

年齢はオレと変わらなさそうなのに、騎士団長候補？

確かヴァンディエール侯爵領の騎士団は実力者揃《ぞろ》いっていうのは聞いた事がある。だけどそこを出て王都に来たっていう事は、向こうで騎士団長になれる実力がないからこっちに逃げて来たんじゃないのか？

その考えに行きついた時、オレの顔はニヤリと笑みを浮かべていた。

俺達第三騎士団の訓練は、最初に身体をほぐして体力をつけるための走り込みから始まる。甘やかされた坊ちゃんなんて、周回遅れにして泣かせてやるぜ！

……………そんな事を考えられたのは、走り始めて訓練場を一周もしない内だけだった。

「ハァハァ、ハッ、ハッ、クソッ、なんであいつあんなに足が速いんだ！　ハァ、ハァッ」

ジュスタンは俺達が一周する間に一周半の位置にいたのだ。

クソッ、田舎育ちだから森の中を駆け回っていたせいで体力だけはあるんだろ。それは認めてやるが、剣術は筋がいいからと孤児院から引き抜かれたオレの方が上のはずだ。

……………そんな事を考えられたのは、団長とジュスタンの模擬戦を見るまでだった。

嘘だろ⁉　何なんだあの剣速は！　あんなのと打ち合えるウチの団長も化け物だろ！

こんなに強いのに、どうしてヴァンディエール侯爵領はジュスタンを手放したんだ？

だけどそんな事より二人の模擬戦を見ていると、オレも打ち合いたいとウズウズしてきた。

「次オレ！　オレがやりたい‼　ジュスタン、オレと対戦しようぜ！」

まだ団長との決着がついてなかったが、我慢できずに手を挙げて立候補する。

しかし団長もジュスタンもオレの声が聞こえていないのか、お互いから一瞬でも視線が逸らせないのか、打ち合いを続けている。

たぶん後者だな。さっきからお互い紙一重で避けているし、死角からの攻撃を意識しているように見える。

木剣が空気を切る音すらオレ達と違う。ブンッじゃなくてヒュッと小さな音しかしないんだ。

「ほっ」

団長の小さいかけ声と共に、勝負はついた。

十五分は打ち合った結果、ジュスタンの首元に団長の木剣が、あとわずかに間に合わなかったジュスタンの木剣は団長の脇腹のすぐ近くにあった。

「はぁはぁ、参った……はぁ……」

「は、ははは、ここまで追い詰められたのは久々だったぜ……はぁはぁ。これで対人戦が苦手とか嘘だろ？ ハァ……、これでまだ十代か、末恐ろしいな」

団長が言った言葉に耳を疑った。あれだけ強くて対人戦が苦手だと⁉

肩で息をしている二人だが、もう少し長引けば団長の体力が削られてジュスタンが有利になっていたかもしれない。

「次、次はオレと手合わせしてくれ！」

今度は聞こえるだろうと、手を挙げて再び訴える。

ジュスタンは面倒くさそうにオレを一瞥《いちべつ》し、木剣を左手に持ち替えてオレと向き合った。

「おいおい、休憩なしでやるのか？ 体力のある若者はいいねぇ。さぁ、見学は終わりだ。全員いつも通りに手合わせを始めろ～」

さっきまで激しい模擬戦をしていたとは思えない気の抜けた声で指示を出す団長。しかしその声にはありありと疲労の色が見えた。

「オレはシモン、十八歳で正騎士になりたてだ。よろしく……なッ！」

先手必勝！ 軽く挨拶《あいさつ》しながらまだ構えていなかったジュスタンに向かって踏み込む。

ジュスタンは流れるような動作でオレの攻撃を受け流した。受けたのではなく、受け流したのだ。

ジュスタンの木剣に沿ってオレの剣先が滑っていく、基本的に攻撃する時はすぐに次の動作に移るために八割程度の力に抑えるが、今回は先手を取るためにほぼ全力を出してしまった。

勢い余って地面に木剣を叩《たた》きつけてしまい、手が衝撃でビリビリと痺《しび》れる。

体勢を立て直そうとしたら、ゾワッと嫌な予感がして身体が勝手に動いた。

ガコッ！

次の瞬間にはオレの顔の真横で木剣同士がぶつかっていた。コレ絶対寸止めする気なんてなかっただろ！

当たっていたらオレの凛々《りり》しい顔によくて痣《あざ》、悪くてスッパリと斬り裂かれた傷ができるところだったよな。

「フン、よく止めたな。最初にあんなお粗末な攻撃を仕掛けてきたから止められるとは思ってなかったぞ」

口元を歪《ゆが》めるように笑ったその顔は、物語の悪役ってこんなの、というお手本のようだった。

「はぁはぁ、対人戦が苦手だって言う割に……はぁはぁ、ためらいがない攻撃だな？　それとも、はぁはぁ、油断させるための、くっ、はぁはぁ、嘘だったのか？　っと！」

話している間も容赦なく打ち込んでくる。貴族に多い正確に急所を狙って来るお上品な剣と違い、少しでも隙があればどこだろうと剣先が襲うせいで防戦を強いられている状態だ。

「無駄口を叩くと余計に息が乱れるぞ？　俺が対人戦が苦手な理由は……手加減が苦手だから……だッ！」

ガコンッ！

ひときわ大きい音と共に、オレは木剣を手放していた。

ジュスタンの一撃一撃が重いせいで、いつの間にか握力が限界になっていたらしい。

「ふぅ……俺の勝ちだな、思ったより粘ったじゃないか」

大して息も乱さず、オレの喉元《のどもと》に剣先を突きつけているジュスタン。悔しいが完敗だ。

「はぁはぁはぁ、クソッ、そっちは随分余裕そうじゃねぇか」

「何を言っている。魔物相手に疲れた姿を見せたら真っ先に狙われるじゃないか。疲れやダメージを感じてないように見せるのは基本だろう。第三騎士団は魔物討伐が専門なんだから知っていると思うが」

本当にそれが当然と思っているのだろう。ジュスタンはキョトンとした表情で首を傾げている。

オレはこういう表情をしていると意外に幼く見えるな、なんて明後日な事を考えていた。

実際ジュスタンのいたヴァンディエール侯爵領は魔物討伐の支援要請が一度も出された事のない強者揃いで有名だし、かと言って魔物の数が少ないかといえばそうでもなかったはずだ。

だからこそ自然と身に付いた技術と考えなのかもしれない。

「はぁ……、最近は魔物が少しずつ増えてきたみたいだけどよ、月に一回支援要請があれば多い方なんだぜ？　そんな事を基本って言ってるヴァンディエール侯爵領ってどれだけ魔物が多いんだよ」

「多い……というより、被害が出る前に定期的に間引いているんだ。実践の勘を鈍らせないためでもあるんだがな。月に一度で多いのか……、かなり暇なんだな」

つまらなそうに呟《つぶや》く様子は、なぜかとても寂しそうに見えた。

「なぁに！　退屈しないように色々俺が教えてやるぜ？　アッチの方もな」

ガシッとジュスタンと肩を組む団長。小指を立ててニヤニヤと笑っているが、ジュスタンは気配に気付かなかった事に驚いていているようだった。

団長は気配隠蔽《いんぺい》が得意だからな。オレ達もうかつに宿舎内で愚痴を言おうものなら、いつの間にか団長が背後で聞いていた……なんて事が何度あった事か。

それにしてもジュスタンはその辺の貴族とは違うようだし、これからも色んな顔を見せてくれそうで楽しみだ。

早速今夜はどんな女が好みか語り合うってのもありだな。オレは団長に向かって手を挙げた。

「団長！　オレも！　オレにも色々教えてくれよ！」

「よーしよしよし、お前ら、今夜は花街に繰り出すぜ～！」

団長の言葉に、成人済み騎士達の気合の入った返事が訓練場に響いた。

なお、その夜娼婦《しょうふ》達の人気を掻《か》っ攫《さら》ったジュスタンに対し、団長は嫉妬《しっと》丸出しで感情を隠蔽しようとしなかった。

〈ＳＩＤＥ　副団長・オレール〉

「オレール、こいつが前から言っていた次期騎士団長だ」

団長室に呼び出され、そう紹介されたのは銀髪にアイスブルーの目が冷たい印象を与える美形の青年だった。

以前から自分は団長には向いていないから、団長に相応しい人を勧誘してほしいとエドウィン団長に言っていたが、確かこの青年はヴァンディエール侯爵の三男だったはず。

彼が王立学院に在学中に、何度か社交界で見かけた事があった。

学院の中では無敵だとか、王太子の婚約者に言い寄っているとか色々噂も聞いている。

確か卒業後は実家のヴァンディエール侯爵領の騎士団に入って活躍していると令嬢達が噂していたような……。

「ジュスタン・ド・ヴァンディエールです。はじめまして、これからよろしくお願いします」

愛想はないものの、噂と違い意外に礼儀正しくて驚いた。差し出された手を握り、握手を交わす。

しかし……そうだとは思ったが、何度かすれ違っただけの地味な私の事は覚えてはいないようだ。

「副団長のオレール・ド・ラルミナです。未来の上司なんですから敬語は不要ですよ。後から言葉遣いを変えるのは大変でしょうし」

「そうそう！　ウチの騎士団は俺とオレール以外ほとんど平民だしよ、身分なんか気にせず普通に話していいんだぞ！　敬語を使い続けてるのはオレールみたいな変わり者だけだしな！」

団長はジュスタンの肩をバシバシと叩きながら話しているが、ジュスタンの反応は薄い。

「誰が変わり者ですか……。けれど敬語が使える人間が少ないのも事実ですから、気にせず普通に話してくれていいですからね」

「わかった、そうさせてもらう」

ジュスタンはコクリと頷《うなず》いた。これは神経が図太いのか、それとも素直なだけなのか。

その後、一緒に訓練場へ行き、団員の皆に団長がジュスタンを紹介する。

団員達の様子から、ジュスタンの見た目で侮《あなど》っているのがありありとわかった。

団長もそれを感じ取ったのだろう。実力を見せるためにジュスタンと模擬戦をすると言い出し、いきなり激しい打ち合いを始めた。

どうやらジュスタンの実力は団員からしたら予想外だったようで、ほとんどがポカンと口を開けて見ていた。

一部は血が滾《たぎ》っている者もいるようだが。

団長とジュスタンの決着がついた時、その筆頭のシモンが次の相手として立候補した。

シモンは正騎士になったばかりとはいえ、第三騎士団の中でも有望株で、その実力は団員の誰もが認めている。

そのシモンが防戦を強いられているのを見ると、先ほどの団長との模擬戦も実力だったと証明されたようなものだ。

その後は妬《ねた》みからジュスタンに絡んでいるバカがいるのを何度か見かけたが、助けるまでもなく自力でなんとかしていた。

　中には新しい扉を開いているんじゃないかと疑いたくなるほど、ジュスタンに対して従順な態度に豹変《ひょうへん》した者もいるくらいだ。

　そうして誰もがジュスタンの実力を認めて一年が過ぎた頃、急遽《きゅうきょ》魔物討伐の支援で二つの領地に向かう事になった。

「目撃情報から考えて、とりあえず片方は俺が率いるが、もうひとつはオレールな。補佐としてジュスタンはオレールの隊に入っておいてくれ。よほどの事がない限りこれで対応できるはずだ。どっちもすでに被害が出ているから早く来てほしいと言っているしな」

　時々あるが、出た魔物に対して団長が戦力を計算し、隊を分ける。

　その領地の騎士でも手に負えないとなると、こうして第三騎士団に支援要請が届いて必要な戦力を各地に届けるわけだが……。

「それにしても心なしか最近支援要請が増えてきましたね。報告に上がる魔物も強くなってきているような……」

「確かにな、今後は隊を分けずに行動した方がいいかもしれん。今回は同時に行かないと手遅れになりそうだから半分に分けるしかないがな。気を付けろよ」

「団長こそ、最近体力が落ちてきたとか言ってるじゃないですか。無茶はしないでくださいね」

「はいはい」

　そう言って各自魔物討伐に出かけて再会した時には、団長はポーションでも治癒魔法でも完治しない怪我をしていた。

「いや～、ははは。まさか目撃証言とあそこまで数が違うとかありえないよな！　おかげでこのザマだ。日常生活する分には問題ないが、騎士としてはもう戦えないらしい。これで老体にムチ打って働かなくてもよくなったってわけだ！」

第三騎士団の団長室であっけらかんと笑うエドウィン団長。

「老体だなんて……」

あんなに動ける老体がいてたまるものか。

騎士団総長といい、団長といい、確か同い年で来年五十歳だったはず。年齢からすれば老体に片足を突っ込んでいると言えなくもないが、見た目は四十歳前後で通る若々しさだ。

これまでの功績に対して小さいながらも王都近くの領地をもらったらしいから、これからも生活に困る事はないだろう。

「という事だから、これから第三騎士団を頼んだぞ、ジュスタン団長！」

「ああ、頼まれた」

あっさりと承諾するジュスタン。これまでどこか冷めた風な様子だったが、この日を境に周りをしっかり見るようになった気がする。

エドウィン団長は皆の兄貴といったタイプで統率していたが、ジュスタン団長は逆らう者は剣で黙らせるという、かなり力任せな方法だった。

まさかそんなジュスタン団長が『皆のお兄ちゃん』になる日が来るとは、この時の誰に言っても信じなかっただろう。

あとがき

はじめましての方もお久しぶりの方も、拙作を手に取っていただき、ありがとうございます。

こうして二作品目の書籍を出す事ができて感無量です！

カクヨムにて応援してくださった読者様方、カドカワＢＯＯＫＳ編集部の本作に携わってくださった方々、更には素敵なイラストで書籍の完成度をグンと上げてくださったイラストレーターのｋｏｄａｍａｚｏｎさんに感謝です！


みなさまお気付きでしょうが……主人公のジュスタンが凄《すご》くカッコイイのです！

とても私好みのキャラクターデザインで、どれくらい好みかというと、キャラクターデザインをいただいた直後に推しぬいを作ってしまうくらいです。

ちなみに推しぬいを作ったのは初めてでした。顔の刺繍《ししゅう》が難しかった……。

この本が出る頃にはカクヨムの近況ノートにジュスタンぬいの写真が公開されている事でしょう。

現在パンイチですが、公開までには服を……服を作らねば‼

『滅救』のヒロイン達やジェスも可愛くて、作者としてはホクホク笑顔が止まりません。

なぜヒロイン達に『滅救』の、と付けるかと言いますと……おっと、この先はネタバレになってしまうのでここで止めておきましょう。

二巻では理由がわかるかもしれませんね！

待ち切れない方はカクヨムで続きを読んでいただくのもいいかもしれません。

ですが最初から読んだ方が、どれだけＷｅｂ版と書籍が違うかわかって面白いと思いますよ！

その時はぜひ感想欄も覗《のぞ》いてみてください。

私の趣味のひとつに読者の方々を裏切る、というのがあります。

「だまされた！」「そっちか！」などの感想が大好きなのですよ。

もちろん「面白かった」や「笑った」も嬉《うれ》しいですが、ツッコミが並んでいる感想欄も大好きだったりします。

思わず笑ってしまう感想もあって、楽しいですよ。


帯をご覧いただくとおわかりでしょうが、本作【俺転】は、第九回カクヨムＷｅｂ小説コンテストのカクヨムプロ作家部門にて特別賞と最熱狂賞を受賞させていただきました。

本当ならコンテストには初挑戦のラブコメで参戦する予定だったのです。

ですが作家仲間の仲良しとオンライン飲み会をしつつ、ポロッと「悪役転生好きだから書きたいんだよね～」と言ったところ、「書きなよ！」と背中を押してもらったのがきっかけで【俺転】が誕生しました。

悪役転生も初挑戦だったりするんですけどね。やっぱり好きなジャンルは書いていて楽しいです。

あの時、背中を押してくれた仲間には頭が上がりませんね！

続いてみなさまに嬉しいお知らせがあります！


なんと‼

本作【俺転】、並びに前作【自由賢者】こと『自由に生きようと転生したら、史上４人目の賢者様でした⁉～女神様、今の時代に魔法はチートだったようです～』、この両作品のコミカライズが決定しました！

つまり二作品とも漫画で読めるのです‼

これで「小説は読まないから、漫画になったら読むわ」と言っていた友人達にもやっと読んでもらえる！

やったね‼


しかも【俺転】のコミカライズを担当してくださる方が、『豚公爵に転生したから、今度は君に好きと言いたい』（著：合田拍子先生／ファンタジア文庫／ＫＡＤＯＫＡＷＡ刊）のコミカライズを担当されている、ｆｕｊｙ先生なのです！

連載開始からの愛読者なので、オンラインミーティングで気持ち悪いファンムーブをしてしまった気がします。

それだけ嬉《うれ》しかったんだと微笑ましくfuｊy先生が思ってくれた……という事にして心のアルバムにそっと仕舞っておこう。

連載日程や媒体については、カドカワBOOKS公式X、またはわたくし酒本アズサのXでのポストやカクヨムの近況ノートにてご報告していきますのでお楽しみに!!

この本の発売日まで言いたくても言えない、ソワソワした日々を過ごします。

二巻ではあの人やこの人、新たな登場人物が出てくるので更に楽しんでいただけるかと。

それでは二巻でまたお会いしましょう!

酒本アズサ　拝

お便りはこちらまで

〒102－8177
カドカワBOOKS編集部　気付
酒本アズサ（様）宛
kodamazon（様）宛

カドカワBOOKS

俺《おれ》、悪役《あくやく》騎士《きし》団長《だんちょう》に転生《てんせい》する。

2024年11月10日　初版発行

著者／酒本《さかもと》アズサ

発行者／山下直久

発行／株式会社KADOKAWA

〒102-8177
東京都千代田区富士見2-13-3
電話／0570-002-301（ナビダイヤル）

編集／カドカワBOOKS編集部

印刷所／大日本印刷

製本所／大日本印刷

●お問い合わせ
https://www.kadokawa.co.jp/（「お問い合わせ」へお進みください）
※内容によっては、お答えできない場合があります。
※サポートは日本国内のみとさせていただきます。
※Japanese text only

Printed in Japan
ISBN 978-4-04-075682-0 C0093

新文芸宣言

かつて「知」と「美」は特権階級の所有物でした。

15世紀、グーテンベルクが発明した活版印刷技術は、特権階級から「知」と「美」を解放し、ルネサンスや宗教改革を導きました。市民革命や産業革命も、大衆に「知」と「美」が広まらなければ起こりえませんでした。人間は、本を読むことにより、自由と平等を獲得していったのです。

21世紀、インターネット技術により、第二の「知」と「美」の解放が起こりました。一部の選ばれた才能を持つ者だけが文章や絵、映像を発表できる時代は終わり、誰もがネット上で自己表現を出来る時代がやってきました。

UGC（ユーザージェネレイテッドコンテンツ）の波は、今世界を席巻しています。UGCから生まれた小説は、一般大衆からの批評を取り込みながら内容を充実させて行きます。受け手と送り手の情報の交換によって、UGCは量的な評価を獲得し、爆発的にその数を増やしているのです。

こうしたUGCから生まれた小説群を、私たちは「新文芸」と名付けました。

新文芸は、インターネットによる新しい「知」と「美」の形です。

2015年10月10日

井上伸一郎

逃亡賢者（候補）のぶらり旅

～召喚されましたが、逃げ出して安寧の地探しを楽しみます～

Presented by
BPUG
illustration
村カルキ

異世界に召喚された遥と和泉は、その場の怪しい雰囲気を察知してチートスキルでこっそり逃げ出す。

王城で潜伏しつつ情報収集する中で、元の世界には帰れないことを知り……ならば探そう、のんびり暮らせる永住先！　ふたりはハルとイーズに名を変えて旅立つことに⁉

見知らぬ世界のご当地グルメや壮大な風景――若返った元サラリーマンと中学二年生の凸凹コンビが異世界を満喫し尽くす、気ままなのんびり観光旅がスタート！

カドカワBOOKS

グルメに観光、
最強凸凹コンビが
自由気ままに異世界を
満喫します！
作画：静波 セイハ
連載：ヤングエースUP
コミカライズ決定！

水魔法ぐらいしか取り柄がないけど現代知識があれば充分だよね？

著 mono-zo　画 桶乃かもく

スラムの路上で生きる5歳の孤児フリムはある日、日本人だった前世を思い出した。今いる世界は暴力と理不尽だらけで、味方もゼロ。あるのは「水が出せる魔法」と「現代知識」だけ。せめて屋根のあるお家ぐらいは欲しかったなぁ……。

しかし、この世界にはないアイデアで職場環境を改善したり、高圧水流や除菌・消臭効果のあるオゾンを出して貴族のお屋敷をピカピカに磨いたり、さらには不可能なはずの爆発魔法まで使えて、フリムは次第に注目される存在に――!?

最底辺スタートな
転生幼女、
万能の「水魔法」で
成り上がる!?